城市微光系列

夏礼/著
CHERRY BOMB

樱桃炸弹

重庆出版集团 重庆出版社

图书在版编目(CIP)数据

樱桃炸弹 / 夏礼著. —重庆:重庆出版社,2020.3
ISBN 978-7-229-14472-2

Ⅰ.①樱… Ⅱ.①夏… Ⅲ.①长篇小说—中国—当代 Ⅳ.①I247.5

中国版本图书馆CIP数据核字(2019)第213025号

樱桃炸弹
YINGTAO ZHADAN
夏 礼 著

责任编辑:陶志宏 张 蕊
责任校对:刘小燕
装帧设计:刘沂鑫 Reira

重庆出版集团 出版
重庆出版社

重庆市南岸区南滨路162号1幢 邮政编码:400061 http://www.cqph.com
重庆出版社艺术设计有限公司制版
重庆市国丰印务有限责任公司印刷
重庆出版集团图书发行有限公司发行
E-MAIL:fxchu@cqph.com 邮购电话:023-61520646
全国新华书店经销

开本:787mm×1092mm 1/32 印张:13.75 字数:306千
2020年3月第1版 2020年3月第1次印刷
ISBN 978-7-229-14472-2
定价:38.00元

如有印装质量问题,请向本集团图书发行有限公司调换:023-61520678

版权所有 侵权必究

> 被六月漂洗过的蜂蜜色阳光落在窗沿上，
> 水晶杯里的金盏花好像睡着了。

一

周五一早，窗外阳光刺眼。姜蓉甩着一头亚麻色瀑布般的卷发，得意洋洋地扯动嘴角，发出一阵聒噪的笑声。她的影子从敞开的门里刺进来，映在办公室的白色瓷砖上，张牙舞爪。

她压低声音："他是不是有什么毛病啊？"

姬松月心不在焉地瞥了一眼窗外。天空中飘着大朵的珍珠色云团，像浸透过牛奶似的，胖乎乎沉甸甸的。被六月漂洗过的蜂蜜色阳光落在窗沿上，水晶杯里的金盏花好像睡着了。

噪音还在继续，像热风送来的蝉鸣——

"对吧，姬松月？"噪音源突然问。

姬松月立刻戴上微笑，转身以初夏夜风一般温暖的声音回答道："对。"

姜蓉停下笑声，飞快地扭过头凝视她，试图从她的脸上捕捉到不同寻常的蛛丝马迹。"今天发生了什么好事吗?"她问,"中了乐透头彩?"

姬松月的心底涌出一声"呵呵",一会儿你就知道了。

姜蓉是她在整个地球、整个银河系,乃至整个浩瀚无垠的宇宙中最讨厌的生物。不开玩笑,她的存在拉低了姬松月对全人类品质的期望值。

"哎哟!"姜蓉笑出一声海豚音。

看来近期她的"病情"又加重了:只要超过十分钟不说坏话,就会出现坐立难安、口干舌燥、心神不宁等一系列生理性反应——姬松月曾用手表为她计时。当然也有例外,那是一年前她因扁桃体发炎导致失声的时候。

说坏话不难,难的是无时无刻不在说坏话。

姜蓉热情、健谈、自视甚高,醉心于贬低他人以抬高自己。只要看谁不爽,她一定能用那双探究的大眼睛找出他们身上的瑕疵,并高度提纯。以一种极其微妙的方式,以蜿蜒而迅疾的路径,将恶语吹遍她与当事人社交圈的整个重合区域。

无须怀疑,姬松月就是那个百里挑一的幸运儿——她在姜蓉的"看不爽"排行榜上位列榜首。

如果哪天她未婚先孕或者得了抑郁症,消息定将飞速传遍整个公司,连在橡树湾开会的刘大姐和年初移民澳洲的前客户部主管也不例外。

哪怕是激情四射的金·凯利,在姜蓉这个话筒界的"人形高达"面前,都会被秒杀得不堪一击,自愧不如,如果他还有那么一丁点自知之明的话。

姬松月讨厌姜蓉,但她并不是真的在乎姜蓉的冷嘲热讽、阴阳怪气和糖衣炮弹,因为她不在乎别人说什么。好吧,她妈妈除外。不过既然无论如何都无法令妈妈满意,那在不在乎也没什么区别了。

不记得从何时开始,姬松月练就了一副橡胶般坚韧的耳膜。之后设备升级,她的基本配置中又增加了一颗橡胶般坚韧的心。在名为"人生战役"的这场游戏中,一副橡胶般坚韧的耳膜加一颗橡胶般坚韧的心,可以换取一套"金钟罩铁布衫",确保她在成年人的世界中免受伤害。

尽管如此,连日来跟妈妈的争执,还是令她疲惫不堪。

她早就知道,妈妈会激烈阻止她跟朱苑青结婚,但没想到妈妈会如此激烈——简直是在拿生命阻止她。

两年前跟朱苑青初识的时候,她就知道,她会嫁给他。不是因为多喜欢,而是因为合适。闺蜜申珍说,比起喜欢的东西,更应该选择合适的东西。因为喜欢的东西有一天可能会厌倦,但合适就是合适而已。

朱苑青严肃、乏味、有责任感,性格温和,有点郁郁寡欢。但起码他懂得尊重生命个体,不会像横行霸道的八爪鱼一样,孜孜不倦地用他的"爪"入侵她的思想、精神和灵魂。并非她不愿意和自己所爱的人分享她的一切,只是她还没遇见一个让她爱到想请他住进自己灵魂的人。

"除非人家邀请你,否则别硬闯。"这道理跟"红灯停绿灯行"一样简单,可就是有人不明白,或者装作不明白。十年前,当她小心翼翼地对初恋男友表明"想要更多私人空间"的时候,他的眼神像是一支架在弩上、即将离弦的利箭。

他用眼神说,他恨她。

后来她知道,她伤害了他,但他那一触即发的恨意,也伤害了她。

三年前,她结束了一段长达三年的感情,因为前男友收到一份"邀请函",决定去国外闯荡一番。临走之前他说,他没有资格让她放弃安定,跟他一起步入迷雾笼罩的未来。他一定知道,如果他开口,她会跟他一起走的,但他从未开口。

她一度以为她会孤独终老。

如今,朱苑青成了她停歇的港湾。他安静、知足、随遇而安;他不会咄咄逼人,不会不可一世,也不会对她的生活指手画脚,告诉她该做什么、不该做什么。他们可以相处一整天,他读他的书,她看她的电影,谁也不打扰谁。

这不就是大龄青年的浪漫吗?如果她选择和某人共度余生,那他一定得是一个让她感到放松的人。

跟朱苑青认识半年后的一个早上,姬松月郑重地跟妈妈提起她有了男朋友的事。一听到"朱苑青"这个陌生名字,妈妈还没来得及完全咧开的嘴角立刻僵住了,每过一秒,就更下垂一毫米。

姬松月估摸着,妈妈是想问,"那李兆年呢?"她祈祷妈妈不要问出口。

"那李兆年呢?"妈妈问。

她听见窗外狂风的呼啸声、落地座钟里摆针的滑动声,还有心跳砸在耳膜上的反弹声——那是她气愤的呼唤。

可是妈妈对此毫不知情。她只是重复着:"那李兆年呢?那么好的孩子,对你那么好,一直等着你——"

"妈,"姬松月克制住想拿手指在妈妈眼前晃晃——好让她清醒一点的欲望,"我们现在说的是我男朋友的事,跟别人没有关系。您想见见他吗?"

至少在她看来,妈妈以肉眼不易察觉的微小幅度点了下头。

她明白,妈妈已经在努力说服自己接受"女儿的男朋友不是李兆年"这个噩耗了。她欣赏妈妈为此所作的努力。于是趁热打铁,卖上了"安利":朱苑青,三十一岁,性格稳重偏内向,身材适中,长相一般,在市立图书馆做图书管理员。

妈妈听了没说话,但姬松月知道她在盘算见面的事。

"他的时间挺宽裕的,平时下班也早。"临走之前姬松月说。

那天下班回家后,妈妈在客厅里,跟"热铁皮屋顶上的猫"一样慌乱,焦躁地绕来绕去。看到她欲言又止的神色,姬松月开口说:"他明天有空。"

但妈妈说:"我没空。"

原来,妈妈从小姨的表弟的同学的闺蜜之类的路人那里,打听到了一些关于朱苑青的"丑闻"。

朱苑青的父母在他的少年时代就离婚了,他跟着父亲长大。继母去世之后,也就是朱苑青进大学不久,他父亲就疯疯癫癫的了。没等他正式毕业,父亲就住进了疗养院,此后一直住在那里。

妈妈忧伤地说:"他在那里安了家。"

姬松月耸了耸肩,妈妈立刻严厉地瞪视她。

"我已经知道了。"姬松月小声说。只见一阵疾风卷走了妈妈脸上的忧伤,眨眼之间,她的面孔被愤怒的火光笼罩了。

朱苑青从来没有试图对此有所隐瞒,他们第二次约会时,他就向她坦白此事,然后让她作选择,是继续了解他,还是离开。

她选择了留下继续听他的身世。

虽然有时候,她怀疑朱苑青的忧郁可能遗传自他父亲,甚至还担心他有轻微的厌世倾向,但她从未怀疑过他对她的忠诚。这难道不是一段关系中最重要的品质?

姬松月看出妈妈的愤怒在聚积,耐心也像沙漏里的细沙一般渐渐流失。但她不能示弱。有些事现在做不到,就永远都无法做到了。

妈妈梗着脖子，那是她压抑怒气的标志性动作。过了一会儿，她语调低沉地说："他还有一个未成年的弟弟需要抚养。"

"我也知道了。"姬松月说。

这是第二次约会她选择留下之后，朱苑青告诉她的。那时候他弟弟十三四岁，现在应该上高中了吧。

妈妈盯着天花板生闷气。两三分钟过去，她还跟雕塑似的纹丝不动。姬松月想说点什么，好结束这令人疲惫的对峙。可她想不出一句既应景又得体的话。妈妈换了个姿势，盯着印在棉布窗帘上的一小片花瓣愣神。又过了两三分钟，她开口说："我不同意。"

姬松月料到她会这么说。

"挑来挑去，竟然挑了这种人！李兆年哪里不好？人家那么迁就你！"

"我跟李兆年就只是普通朋友而已！"

妈妈义愤填膺地问："普通朋友会下着暴雨开车去接你？普通朋友会每年记得你的生日？普通朋友会从巴黎捎香水回来送给你？普通朋友会锲而不舍地邀请你去橡树湾旅行吗？"

"会，"姬松月说，"朋友之间有时候会这样做。"

妈妈说："那你这个朋友可能是患有感统失调症。"

姬松月也倔强地梗起脖子："我就会这么做。"

"因为你是个傻瓜！总之我不同意。我只能从我的观点给你建议，如果你非要跟那个朱苑青谈恋爱，我不支持！而且坚决反对！"

姬松月的心坠入了冰冷的黑色深海。她从来不会做妈妈坚决反对的事情，妈妈怎么会不知道？

"关于李兆年的事，你再好好考虑一下。能遇到这么好的年轻人，而且这么包容你，是你的福气。赶快安定下来吧。"

"妈，您还不明白吗？现在根本没有李兆年什么事。他不适合我。作为一个朋友，他很好，但作为跟我共度终生的人，他不合适。我们不合拍，明白吗？他也知道这一点，我一开始就告诉过他了，我们的交往全都是基于友谊之上。我从来没有拿他当过备胎，也永远不会答应跟他一起去旅游，因为他是一个很好的朋友，我不能伤害他。"

"那你告诉我，什么才是适合你的？那个精神病的儿子？"

"妈，别那么说他好吗？我知道什么适合我，不用别人——"

妈妈腾地一下从沙发上站起来，跟鲤鱼打挺似的。"我就是想让你好而已，你怎么就是不明白？你知不知道，精神病是会遗传的？你高中生物不及格，补习了三个月，都学什么了？遗传是什么你明白吗？要不要我翻开词典，给你念念注释？"

姬松月的心底永远会为"遗传定律"留有一席之地。来不及细品"孟德尔遗传定律"在她学生时代刻下的惨痛阴影,她辩解道:"他没有精神病!"

妈妈的嗓门比她还大:"没有人生下来就有精神病!所有的精神病患者都携带精神病的基因,在人生中某一天的某一个时刻突然爆发!如果幸运的话,他们会在造成不可逆转的伤害之前,被送进精神病院,在那里度过一生,就像他父亲——"

姬松月打断妈妈:"他父亲不是住在精神病院,是住在疗养院。"

站在她左肩上、长着红色恶魔角、手拿三叉戟的小恶魔发出一声讥笑:"有什么不同吗?"

"安静!"站在她右肩上、头顶金色天使光环、背着一对洁白翅膀的小天使严厉地对小恶魔说。

姬松月那虚弱的辩解仿佛落向水面的羽毛,没有引起一丝波纹。妈妈甚至没有注意到她在说什么。

妈妈愤怒地说:"你愿意抱着一颗不定时炸弹度过一生吗?你愿意住在火山下,过着等待熔岩随时喷发的日子吗?前一天还好好的,说不定第二天夜里你就会在睡梦中被勒死在床上!生命对你来说,就这么廉价吗?就算你有自我毁灭情结,也总该为下一代考虑一下吧?你愿意孩子一出生就携带着精神病的基因?那你真是太残忍太自私了!世界上没有一个母亲愿意眼睁睁地看着孩子带着精神病的基因出生、成长,然后变成精神病!别忘了朱苑青还有个携带精神病基因的弟弟呢！"

姬松月哭了："他弟弟没有精神病！"

"是携带精神病基因！"妈妈说，"到时候看到你一个人照顾一大家子精神病，你觉得我会是什么感受？"

姬松月从未把事情考虑得如此严重复杂，从未想过一个自然而然的选择竟可能导致下半生变得如此凄惨不堪。

她走进卧室，哭了很久，直到睡着前，一直想着朱苑青的优点。即使在那天晚上，她也没有爱上他。她只觉得无比失望，她理想中的生活被打碎了。

之后她决定先跟朱苑青像朋友一样相处一段时间，顺其自然，看看会发生什么。不知从何时开始，一切又不知不觉回到了恋爱阶段。于是她不得不决定恢复"恋爱关系"。后来她才明白，对于他们来说，"恋爱关系"只是"朋友关系"的复制版而已，两者没有大不了的区别。

自始至终，她都没有将她的决定告诉他——不管是回到朋友关系，还是恢复恋人关系。

半年前，朱苑青向她求婚。她看不出为什么非得拒绝他，他只是有点内向消极而已。在这个世界上，每个人或多或少都有些心理上的问题需要克服，没必要搞得草木皆兵。答应求婚后她才知道，在他们相识之前，他继承了一笔遗产。

开玩笑吧？她想这么问，但是没问出口，因为她知道他从来不开玩笑。但她想不出，他有什么获得遗产的途径。

"是我爷爷。"他说。

"你爷爷不是早就去世了吗？"她问。

他瞪大眼睛，恍惚中带着惊诧，仿佛她是圣母玛利亚在人间降下的一道神迹。"当然了！他不去世的话，哪来的遗产这一说？"

朱苑青从来没说过他爷爷有多少钱，确切说，他几乎就没提过关于他爷爷的事。大概他自己也不太清楚吧。

姬松月只知道，朱苑青的父亲早年离开家乡求学，之后遇到他母亲，定居月桂谷。童年时，他也只是在假期跟父亲去过爷爷家，次数屈指可数。那些记忆甚至比墙纸上被阳光晒到褪色的山茶花更黯淡。后来他父亲住进疗养院，连他爷爷的葬礼都没能参加。

朱苑青说，站在墓地前，看着那些陌生的面孔对他表达哀伤，听他们诉说爷爷一生的成就，他只觉得像是走进了一个超现实主义的葬礼片场。他试着在记忆的悠悠河畔打捞起零星的时光碎片来纪念爷爷，可什么都没想起来。

那感觉不像悲痛，甚至不是悲伤，就只有空虚而已。

姬松月没问过遗产数目，据朱苑青说至少可以保证他们衣食无忧。基于对他的了解，这应该只是保守说法。

这感觉就像中了彩票。

姬松月的童年梦想是做一个衣食无忧的无业游民。她至今还记得小学二年级的班会上，老师让每个学生说一说长大要做什么。有人想做飞行员，有人想做运动员，只有姬松月想做衣食无忧的无业游民。

老师说:"你没明白我的意思,我问的是,你想做什么职业。"

姬松月说:"我还是想做无业游民。"

全班同学哄堂大笑。最终在老师的精心开导和纠正下,她克服了惰性与虚荣,决定作出妥协——做一名护林员或者园艺师。但内心深处,她仍然想做无业游民。随着一本本日历在垃圾桶上方划出一条条抛物线,这种自不量力的妄想才渐渐熄灭。

她跟朱苑青是在申珍前男友、编辑许耀山组织的"文学青年交流会"上认识的,她是被拉去凑数的。

那天朱苑青朗诵了他最后的作品,那是一首冗长、晦涩、略带一丝无病呻吟的长诗,讲的是一个忧郁的男孩在经历过一场空难之后,变成丹顶鹤并且跟独角仙交上朋友的故事,颇有点艾伦·金斯伯格的风格。

姬松月烦透了艾伦·金斯伯格,她只有在失眠时才读他的诗。艾伦·金斯伯格的长诗、亨利·詹姆斯的小说和新海诚的电影,都是她的催眠良药。

后来申珍告诉她,那个写"丹顶鹤还是火烈鸟"故事的诗人,竟然是他们公司孟总监的侄子。

她忍不住感到一阵甜蜜的心慌。

心情轻盈得仿佛断了线的气球，飘出窗口，

飞向初夏冰蓝色的天空。

二

"哟，姬松月，今天的气色挺好呀！不会是真的中了彩票吧？"

原来废话强迫症患者姜蓉还没走啊，看来她真的走神很久了。姬松月站起身来，给她一个微笑，说了声"借过"，快步走出了办公室。姜蓉吃了一惊，其实姬松月也吃了一惊，连她自己也没搞懂，那个微笑到底是不是假笑。

高跟鞋在黑色大理石上敲出轻快的回响，她抚平裙摆上的折痕，整理丝绸衬衫前襟的领结，脸颊上泛起微笑。

一过二十五岁，她就退出了熬夜俱乐部。十八岁那年，她跟申珍在星空下的帐篷里彻夜聊天之后，兴致勃勃地去看日出，在冷风中抽搐得像两只撞上电蚊拍的蚊子，却还能坐在沾满露珠的山坡上谈笑风生。然而年近三十，凌晨失眠时的痉挛令她心惊胆战，生怕染上帕金森综合征。

可一反常态，经历了连日的睡眠不足，这会儿她还能步伐轻快。想起片刻之后生活将发生巨变，她忍不住感到一阵甜蜜的心慌。心情轻盈得仿佛断了线的气球，飘出窗口，飞向初夏冰蓝色的天空。

她很少感觉像现在一样好，仿佛有无尽的活力注入身体，吞多少片莫达非尼也带不来这感觉。连前天晚上那场泪水交加的争吵，似乎都变得可以释怀了。

答应朱苑青的求婚时，正值妈妈心中的完美女婿人选李兆年交上女朋友。姬松月松了一口气。虽说没她什么事了，可她衷心地为李兆年开心，也为自己开心。这下妈妈总该回心转意了吧。

姬松月又不是迷人的海伦，也没有一个特洛伊王子在等她。本以为妈妈会"听天由命"，没想到她的反应比上次还大，厉声指责女儿犯了极大的罪过——让一个那么好的男人在自己面前溜走，那歇斯底里的架势好像亲眼目睹她放火烧了巴黎圣母院。

于是在一个阳光明媚、微风吹拂的周末，无望的姬松月和朱苑青去领了结婚证。之后两人像什么都没发生过一样，继续之前的生活。

其间好几次想跟妈妈坦白，却跟受到命运女神诅咒似的，屡屡失败。不是妈妈丢了手提包急着去报案，就是申珍被邻居家的雪纳瑞狗咬伤，更有甚者，她还接到过姨妈车祸的消息，幸好后来没有大碍。

半年的时间像夏夜暖风中的蒲公英绒球，一眨眼的工夫就飘散了。上周朱苑青说，他希望尽快举行婚礼。他们在月光弥漫的公园草地上谈了许多。也是那时，她决定即使冒着血雨腥风，也一定将要嫁给他的心意堂堂正正地传达给妈妈。

前天早上，顶着两个黑眼圈的姬松月心不在焉地搅着燕麦粥，目光在妈妈为她做香煎吐司的忙碌身影周围盘旋着。

妈妈的心情格外好，她当然不能错过这个天赐的机会。"妈，这几天有什么好事吗，这么开心？"

这只是数千句无心搭讪中最无心的一句，不想妈妈竟然像波兰蒸馏酒一般被点燃了。她摘下围裙，笑嘻嘻地问："你听说了吗？"

"什么？"姬松月问。

"李兆年跟那个女孩分手了！"

看到妈妈那掩饰不住的高兴劲儿，姬松月听到了一阵嘈杂而凌乱的耳鸣声。她把勺子往黏稠的燕麦粥里一杵，捏捏酸痛的脖子，长吁了一口气。克制着怒火，用她能拿捏出的最温和理智的声音说："他分不分手，跟我没有关系。"

妈妈不解地看着她："你这是什么反应？"

难道我该开瓶香槟、跳个土著舞，或者放礼花庆祝一下吗？姬松月不满地噘起嘴。

"你的确应该感到幸运，"妈妈说，"并不是所有宝物都能失而复得。你要珍惜这来之不易的破镜重圆的机会！"

那时姬松月才终于肯承认，漫长的等待付诸东流，最后的期待也灰飞烟灭。

"妈妈,我就要跟朱苑青结婚了。"

压抑的怒火越演越烈,却无益于坦白真相。她仍不敢将领证的消息大声告诉妈妈。毕竟之前她没有透露半点,甚至没有暗示过。在妈妈的否决声中结婚是一回事,妈妈毫不知情又是另一回事了。

"她可是抚养你长大的妈妈呀。"小天使动情地说。

小恶魔哼哼唧唧:"可是——"

"我不允许!"妈妈怒气冲冲地说。

姬松月摇摇头:"反对无效。"恐怕妈妈不会明白,此刻她的平静中潜藏着多少愤怒。

妈妈将围裙往餐桌上狠狠一拍:"他给你下什么咒了?"

"妈,朱苑青是一个正派的人,有一份稳定的工作。我为什么就不能嫁给他呢?"她以激昂的情绪娓娓道来,"我相当肯定,我没有被他迷得神魂颠倒。但我就是愿意跟他在一起。我们很合得来,默契得就像认识了一辈子那么久。跟他相处很轻松,比跟谁在一起都自在。这就是我下半生想过的生活,不管您同不同意,我已经作好了决定,不会因为任何事而改变了。"

妈妈难过地看着她,但是姬松月知道,现在不是心软的时候。

毫无预兆地,她回想起她小时候发烧想吃樱桃,妈妈冒着大雪,半夜跑了好几家超市买樱桃给她,回来的路上太匆忙，在路边滑倒，手心划出了一条丑陋的伤口。现在看到那条伤口，她仍然会心疼。

姬松月握紧拳头。

小天使轻声说："妈妈一个人将你抚养长大不容易——"

但是现在，到了她必须要使妈妈伤心的时候了。

"妈妈，我要搬出去跟朱苑青一起住，我们都冷静一下，您可以趁这段时间考虑看看，能不能接受他做女婿。"

妈妈问："这是最后通牒？"

姬松月感觉自己像一个罪人。她伤了妈妈的心，却不得不继续下去。她没说话，沉默延续了很久，久到她以为她们都会变成蜡像。

"上班要迟到了，"妈妈无精打采地说，"先吃饭吧，其他事等你晚上回来再说。"

当天下班回家时，姬松月抱着背水一战的心情。妈妈抱紧双臂坐在沙发上，掩饰着蠢蠢欲动的不安。妈妈没有耍性子，也没有卖关子，只是直截了当地说："我考虑了，还是不能接受。"

声音那么温和，让姬松月回想起小时候妈妈哄她入睡时念过的童话。那时候妈妈工作很忙，经常顾不得照顾她。她最想要的礼物不是毛绒熊、缎带蝴蝶结或水晶发卡，而是妈妈的睡前故事。

"妈妈，对不起。"

姬松月想忍住泪水，但是没有成功。她在恍惚中站起身来,回卧室收拾行李,没一会儿妈妈也跟进门。她背对着门坐在地板上叠衣服,听见妈妈那悲伤的叹息声从身后传来,在她的忏悔中弥漫。

她差一点就转身抱住妈妈,举白旗投降了。

她祈祷着妈妈能改变主意,至少试着接受她的选择,哪怕做做样子。这样她们就不用面对现在这令人心碎的离别了。有一瞬间,妈妈像是要说什么似的靠近她,但终究什么都没说,轻轻地离开了。

晚餐很丰盛。姬松月嚼着她爱吃的蜜汁鸡腿饭,将这绝无仅有的家的味道吞进胃里。妈妈沮丧地坐在餐桌边看她,眼中带着悲伤的疑问,像是在说"你还能改变主意吗?"

她问自己,"你还能改变主意吗?"

改变主意的话,意味着要以一种令她不适的方式过完下半生。她有勇气承担这种损失吗?毕竟人生只有一次。

也许让妈妈失望只是一个夏天的事,只要妈妈能想通,一切都会好起来。但与她合不来的人共度一生,她能若无其事地忍受下去吗?

姬松月离家之前,妈妈看似平静地说:"如果你作好了决定,在我跟他之间选择他,那你以后永远都不用回来了。"

"妈,您为什么非得把它变成一道单选题呢?"

"你决定选他了?"妈妈避而不答,"那就当我没你这个女儿。以后不管在那边受了什么委屈,离婚也好、整天跟精神病打交道也好,这都是你的选择,不要后悔,也不要回来跟我诉苦，就算是为了我着想。因为过了今天，我再也帮不了你。我不想眼睁睁看着你去走一条最坏的路，但你非要如此，就当我们母女缘分已尽吧。"

姬松月没说话，慢吞吞地拖着行李走向玄关，耳边回荡着心碎的声音。她猜妈妈哭了，因为她早就泪流满面了。

"妈妈再见。"她哽咽着说。磨磨蹭蹭地祈祷着，妈妈能做最后的挽留，但妈妈什么也没说。她推开了门，没有回头。

前一晚她打电话给朱苑青，说要搬过去，他什么都没问。于是第二天——也就是昨天上午，她把行李搬进了他家。他将沉重的行李拖进玄关，在门前给了她一个无言的拥抱。之后他们坐在沙发上盯着墙纸上的山茶花愣神。

"真希望时间定格在这一秒，我们就能永远这样并肩坐着了。"他说。

"我只请了半天假。"姬松月说。

朱苑青笑了："后悔只请了半天？"

"我多想请一辈子假，"她抹去额头上的汗水，"过一种余生皆假期的生活。"

"那我也请个长假，然后我们去旅行，趁着阳光灿烂到处走走。我们不是一直想这么做吗？"

她也笑了。他的脸庞被兴奋点亮了，他看起来那么认真，她都不知道是否该把他的话当成玩笑了。

他将身体转向她，握着她的手。"就算以后什么都不做，我们也可以衣食无忧。你不是一直想开一家花店吗？那就开吧。下个月我就请假，我们先举行婚礼，再去有海的地方旅游，好吗？"

他的眼中摇曳着微光，姬松月猜自己也是一样。

一种类似于幸福的感觉爬上脊椎，蔓延至全身。加上前一夜的疲惫、清晨的伤感和初来乍到的不安，一同叩击着心扉，侵蚀着她愈加脆弱的判断力。

一切来得太快，她的脑袋里又太乱，需要一个人捋捋头绪。昨晚她没有留宿朱苑青家，而是借口最后一次回家跟妈妈谈和，在申珍家暂住了一晚。

人类拥有不可思议的自愈能力。今天早上，当清晨柔软的阳光抚摸她的脸庞时，她还是决定听从心语，重新开始，并且安慰自己，妈妈总有一天会想通，让她回去。因为爱总能战胜偏见。

姬松月走进电梯，按下九。现在，她要去总监办公室辞职了。

同在创意部的闺蜜申珍目前在休假中，大概正在枫香市海边的遮阳棚下悠然喝着柠檬茶，乐不思蜀呢。去橡树湾开会的沈主管也要过几天才能回来。她们都无缘见证她一生一次的"激情时刻"了。

她想象申珍得知她辞职后瞠目结舌的样子，忍不住笑了。空荡荡的电梯里，手机铃声突然响了，是李兆年。难道是妈妈将她离家出走的事跟他说了？

李兆年是一位"严以待人"的道德模范,姬松月对他那抢占道德制高点俯视她的一贯姿态绝不陌生。不仅如此,他还是一位先锋派艺术家,在"行为艺术"领域造诣颇丰——日常致力于扮演格林尼治天文台——相信世界永远围着自己转。

出了电梯,铃声在空旷的九楼走廊四壁上弹跳着,比接上扩音器还响亮。她是要去辞职不假,可伴着这欢快异常的背景音乐,多少有点古怪。

按下挂断键,铃声戛然而止。

财务部的刘小星迎面走来,脸上带着微笑。姬松月笑着点头回应。擦身而过的瞬间,激昂的铃声再次响起,给刘小星吓得微笑都僵住了。

没法再拖下去了,姬松月按下通话键。

"姬松月!"李兆年的语气还是那么不容置疑,一点都没变。

姬松月压低声音问:"怎么了?"

只要他一开口,她就要让他明白,一切发生在她身上的事,都与他无关。他们是朋友,但这不意味着他可以干涉甚至谋杀她的决定。

"你的男朋友是不是叫朱苑青?"他问。

"是又怎么了?是我妈妈联系你,让你来教育我的?"她就料到他会来这一出,于是先发制人。"这是我们家庭内部矛盾。"话说得这么刺耳,他一定知难而退了吧。

可话一出口,她又担心太过咄咄逼人,毕竟他肯替她妈妈说话是出于好意。愤愤不平的语调缓和下来:"好吧,我也知道我做错了,但是我必须这么做,作为朋友,希望你能理解。不理解也没关系,反正我还是会走下去。如果可能的话,帮我给妈妈带句话,无论如何,我都想念她,希望她早日原谅我。"

"发生了什么?"李兆年问。

她愣住了。他不知道那件事,那又为什么打电话来?不会是家里出了什么事吧?要是妈妈有个三长两短……

不对!她突然记起来,他刚才问的是朱苑青!

"发生了什么?"李兆年又问。

姬松月没回答。

一反常态,他竟然没有追问到底。没等她开口,他压低洪亮的声音,用难得一见的温柔语气说:"接下来我要说的话,可能会令你非常难过,但希望你能克服——"

他给了她一个深呼吸的时间。

但她来不及深呼吸,因为心脏漏跳了好几拍。

"家住水莲苑小区的朱苑青于昨天晚上九时左右发生车祸,经抢救无效身亡,已经确认。他们昨晚联系过你,但你的手机一直关机。打电话告诉你一声,免得一会儿他们通知你时,你会太伤心。"

有什么区别吗?

姬松月杵在安静的走廊上,一瞬间发现无处可去。接下来李兆年还说了些什么,她只听到耳边嗡嗡作响。脑袋仿佛灌进了黏稠的胶,她努力去想,想来想去,却想不出自己该想些什么。

"你还好吗?"他问。

"对。"她说。又不禁觉得这回答很可笑。

朱苑青死了。昨天这个时候,她在畅想日后的美好生活,决定辞职结婚,去温暖的海边旅行,开一家属于自己的小花店。对了,花店。这就是她此刻站在九楼的原因,她是来辞职的!

姬松月捂住嘴,可还是慢了一拍,压抑的哭泣声已经从指缝渗出来了。她扭头快步离开,却也真的不知道该去哪里。片刻前轻盈的脚步声,现在变得如此慌乱可笑。她慌不择路地躲进无人光顾的楼角。

"你还在听吗?"李兆年问。

"对。"

"你哭了?"他问。

她靠在墙壁上,等一阵眩晕过去。

李兆年深深叹了一口气,以前他想表现"她的幼稚行为令他失望"时就会这样。也可能是她的敌意太大,误解他了。说不定这次他只是单纯地同情她,或者为她感到惋惜。

"他们很快就会联系你,需要你过来一趟,配合我们的调查,处理一些后续问题。"短暂的停顿,听起来像是在斟酌用词。"自杀还是事故,现在还不能确定。"

"好。"她说。不知何故,她不想在他面前表现出脆弱。

"需要我去接你吗?"他问。

"我没问题。"她说。

电话那头又传来一声叹息。他欲言又止。她希望他什么都别说,最终她如愿了,她感到一丝欣慰,但也只是稍纵即逝的一丝而已。

他下定决心似的问:"你确定没问题?"

片刻前坦诚的愿望如掌心上的流沙，

随风而逝。

三

昨天将行李搬进朱苑青家，下班后却借住在了闺蜜家。该怎么向他们解释呢？

都为爱离家出走，又打起了退堂鼓——对同住一个屋檐下的未知生活萌生忧虑，脑袋里乱得要命，想再给自己一个夜晚的时间，消化这心血来潮的决定……这么解释的话，他们能理解吗？

如果昨晚她跟朱苑青在一起，他是不是就不会出事了？姬松月没想过，一个微不足道的决定竟然会让她永远失去他。

她撒谎说要回家，最后一次请求妈妈原谅。但她没有，因为她知道妈妈不会这么快原谅她。她去了申珍家。去旅行之前，申珍把公寓钥匙交给她，拜托她帮忙照顾心爱的鹦鹉泡泡和种在阳台的向日葵。

昨晚，她坐在申珍家的阳台上，喝着柚子茶看窗外的雨幕，心里想着朱苑青是否看到了她的信……对了，她的信！

一片橘子酱色的夕阳下，姬松月的眼前闪过那个雪白的信封，浑身僵硬。朱苑青不会是读了信，一时想不开，才寻短见的吧？

不可能，她对自己说。他不是那么脆弱的人，即使脆弱，也到不了那种程度，况且前一天他们还在描绘玫瑰色的未来呢。

可笑的是，妈妈的气话却咒语一般从脑袋深处不知名的地方钻出来，在耳边缠绕："不定时炸弹""随时爆发的活火山""前一天还好好的，第二天就……"

姬松月摇摇头，她还是无法想象。他们设想了能够想出的最美好的未来，现在他却只留她一个人独自面对。还没回过神来，她已经永远失去了他这位相濡以沫的朋友和本该共度一生的伴侣。

一刻钟后，她接到了她在等的电话。一个冷静的男声通知她，朱苑青已于昨夜车祸身亡。

"希望你能节哀顺变，并且尽快过来录个笔录，配合警方调查，早日查清车祸原委，让逝者安息。"

她去见了朱苑青最后一面。昏暗的太平间里，他独自一人躺在床上，冰冷，苍白，陌生。她几乎无法看他的脸。曾经给她拥抱的伴侣此刻被锁进一具冰凉的躯体中，温热的脸庞变成了一张面具，遮蔽了他的爱意、温情和微笑。

姬松月吓得都不会哭了。

坐在计程车里,那张冰冷的脸挥之不去,恐怕她的余生都无法忘记那一幕了。她六神无主,想给什么人打电话说说,却一次又一次强迫自己打消软弱的念头。申珍正在享受梦寐以求的难得假期,手机一直打不通。妈妈说过,既然她不听劝阻选择了朱苑青,那就永远不要后悔和诉苦。

眼看她就快挺不过去了。

李兆年在警局门口等她。看到他翘首以盼的样子,她的心中泛起了感激的涟漪,涟漪的中心是歉意。他终归还是她的朋友,是她太偏激了,总是错怪他的好意。她踏上台阶,他伸手去扶她。

"吃饭了吗?"他问。

她一时没搞懂,他指的是午饭还是晚饭。不过没关系,因为她既没吃午饭,也没吃晚饭。她一点也不饿,甚至记不清这一天是怎么过来的。

他若无其事地看了她一眼:"还好吗?"

她点点头:"事故是怎么发生的?"

"具体还不清楚,"他的回答比起电话里的没什么升级,"是车祸,暂时没有发现他杀迹象,估计不是自杀就是事故,事故可能性较大。我现在是以朋友的身份跟你谈这些,之后我的同事们会以警察身份参与进一步调查,也需要你的配合。"

她脑袋空空,跟上了发条的机械人似的穿过大厅,跟着他在走廊里绕来绕去。他在一扇门前停下脚步,推门请她先进去。房间里，一个戴着金丝边框眼镜的男警察坐在电脑屏幕后面，一个女警察冲着李兆年点了点头。

"就是走个程序，不用顾虑太多，如实回答问题就行。"李兆年说。

女警察询问了她的个人信息，男警察在电脑前录入笔录。姬松月意识到，这场面比她想象中正式多了，绝对不像李兆年说的那么随意。

被问到"与死者的关系"时，她爽快地回答："夫妻关系。"李兆年抬起眼睛看向她，她飞快地移开了视线，并非心虚，只是觉得没什么可跟他解释的。

"去年冬天我们就领了结婚证，本想今年正式举办婚礼的。只是至今没有告诉我妈妈，因为她一直强烈反对。昨天我刚把行李搬到他的公寓，打算今后住在一起……"

她发现自己开始语无伦次了，李兆年看她的眼神也越来越奇怪。那眼神里饱含复杂的感情，说不上是震惊、厌恶、失望，还是同情，也许是这一切的总和。她不喜欢那眼神，好像她做了什么需要道歉的事情。

于是她倔强地迎上他的视线。那一刻，她竟然在他的脸上看到了一丝伤感。那神色犹如飞掠过湖面的白鹭，一眨眼就消失了。她本以为他已经搞清了她跟朱苑青的关系，这么看来，他似乎还不知道呢。

"我有个疑问——"李兆年说。女警察惊讶地看向他。没人说话，大家都在等着他的问题。他严肃地说："据我所知,你跟朱苑青,嗯——你们——嗯,还没有开始同居。是这样吗?"

"对,但我昨天把行李搬到他家,准备一起生活的。"

"也就是说,"女警察推了推眼镜,"你们领证之后,一直没有同居,就在昨天你将行李搬过去、打算同居之时,他就出了车祸。"

姬松月点点头。

说不上哪里,她觉得这种说法有点不对劲。

"为什么领证这么久,才突然决定搬过去一起住?"

"因为他说想尽快举行婚礼,我也觉得不该再拖下去了,所以向妈妈摊了牌。其实也不算摊牌,我没有完全将实情告诉她,只说要结婚,想先探探口风。但妈妈反应很激烈,我们吵了一架,我决定搬出来。"

李兆年别过视线,看向窗外。大概他也猜到,他就是姬松月的妈妈反对女儿跟朱苑青结婚的理由吧。

"既然如此,你昨晚是住在朱苑青家里的吧?"女警察问。坐在电脑前的男警察停下打字的双手,安静地看着她。

姬松月有一种不祥的预感:他们的问话正在以惊人的速度朝着一个诡异的方向驶去,但她无法控制。"没有。"她说。

"那你去哪了?"女警察问。

"去了朋友家。"

"朋友家?"

姬松月不由自主地解释起来："我的闺蜜，她去旅行了，把家里的钥匙交给了我。"

"为什么？"女警察问。

"什么？"姬松月反问。其实她听懂了，只是被这突如其来的难题问蒙了。

女警察皱起眉头："你为了跟男朋友在一起不惜离家出走，那为什么白天都将行李搬进去了，晚上又去朋友家借住了呢？"

"因为——"她不知道该怎么回答。实话实说的话，他们会相信吗？

"因为什么？"

三人都在等着，天衣无缝也好，漏洞百出也好，必须得给他们一个答案。"因为我突然有点害怕，担心作了错误的决定，想一个人整理情绪，然后好好考虑一下……"

"考虑什么？"女警察问。

姬松月没说话。出乎意料的是，她也没有接着问下去。

"你说事发当晚你在朋友家，有人可以证明吗？"

姬松月发现，她正在被询问不在场证明呢。

原本不该如此惊讶的。可此刻她的心仿佛蒙上了一层冰霜，感到沉重的失望。新婚丈夫遇难，她的整个人生在一夜之间骤变，昨天还在憧憬的玫瑰园瞬间被击成碎片，散落一地。她才是受害者！

她赌气地说："没有。"

女警察轻声说:"请认真考虑一下,慎重回答,以免给我们的调查取证工作增加难度,也为你自己带来不必要的麻烦。"

姬松月蔫儿了:"我不知道。"

李兆年插话说:"仔细想一想,不一定非得是几点到几点跟谁做了什么。你在电梯上偶遇的邻居、在特定场所拨出的固话、出去吃饭时的一张小票、不经意拍的自拍照,都有可能会成为证据。"

可姬松月的脑袋里一片空白。即使昨晚在申珍家的小区里遇到了什么人,也都是些陌生人,她一点印象都没有了。

她轻扯着钥匙链上的迷你毛绒熊。在意识到这种心不在焉的动作让她看起来有多神经质之前,迷你毛绒熊像是在抗议一般,离开了它头顶的圣诞帽。

姬松月面无表情地看了一眼被她从钥匙链上扯下的毛绒熊,不动声色地塞到了椅背的角落里。

"好吧,关于这个问题,必要的话,我们还会查看小区内的监控录像进行核实。"女警察说,"现在,我们还想了解一些关于朱苑青的私生活问题。他性格怎么样?近来有什么反常举动吗?有没有向你暗示过他最近很累、想辞职,或者身体不舒服之类的?再细小的异常也没有关系,都可以告诉我们。另外,他的精神状态怎么样?我们也正在对此做多方调查,希望你能从妻子的角度提供一些重要信息。"

姬松月觉得很累。"你是想问,他有没有自杀倾向?"

"不限于此,不过你想这么理解的话也可以。"

"在我看来,没有。"

话是说得斩钉截铁,可她不禁犯嘀咕:她有百分之百的把握吗?糟糕的是,那个白得瘆人的信封在脑海中挥之不去,越发刺眼。悔恨的乌云在心间越积越浓。如果他们给她用上测谎仪,她刚才说的话能过关吗?

她用平静的声音说:"虽然他性格内向,容易情绪低落,但还不至于到轻生的程度。退一步说,就算他有这种打算,我也不可能对此一无所知。况且前一天他还对新生活满心期待,怎么可能第二天就寻短见?"

"朱苑青有没有抑郁症?"

"曾经有过。"姬松月看出三个人都被这"猛料"吸引了,辩解道,"但是没到自杀那种程度。"

女警察不置可否:"他是从什么时候患上抑郁症的?"

"我们认识之前就有,可能跟他的成长经历有关。不过现在已经好了,至少我们交往期间我没有发现异常。"

"他的成长经历怎么了?"

"刚上初中时父母离婚,之后父亲得了精神病,不过朱苑青都克服了,而且他做得很好。他是一个坚强、善良、有责任心的男人,如果你想从我这里得到答案,我不认为他会自杀。"

李兆年清清喉咙说:"其实自杀这事挺难以捉摸的,很多人上午还在跟人开玩笑,下午就跳楼了。我不是说那些快乐的人随时可能寻短见，只是有些不快乐的人，他们的忧郁有时候真的难以被发现。或许他们也曾试着向家人和朋友发出某种'求生信号'，但由于太过微弱，没能被发现。"

"不会的。"姬松月笃定地说。

这份笃定守护着她作为新婚妻子的自尊心。她是朱苑青的妻子、朋友和灵魂伴侣，他再不在乎她，也不会在她搬来的第一天就迫不及待地去自杀吧？

她从来没有开口问过他的抑郁症。关于这一点，直到今天为止，她一直觉得作出了正确的决定，还一度为自己的善解人意而沾沾自喜。

半年前，两人去天文博物馆参观，回来的路上下雨了，她顺路去了他家。他在厨房里冲热可可，她在玄关的柜子里翻找晾衣木夹。就是那时候，她在零碎杂物中发现了那瓶百忧解。瓶底的日期是三年前的，已经过期了。

她听见朱苑青的脚步声，赶紧把药瓶塞进抽屉，坐回沙发。

她并没有那么惊讶——至少不像她该有的那么惊讶，也许她内心深处的某个角落早就对他那毫无缘由的愁闷、心不在焉的沉思和与世无争的遁世倾向萌生疑惑了。但她知道，他已经熬过了黎明前最黑暗的时刻，那慷慨的宽容和豁达的随和就是证明。

"药已经过期很久了。"她安慰自己。

从那天起，她发现自己时不时就会关注起他的情绪来。

知道他喜欢下西洋棋，对西洋棋一无所知的她还主动请缨，陪他下棋。坐在棋盘前，他那凌乱划痕一般紧皱的眉头渐渐舒展，嘴角微微上翘，纵使眼中还留有一丝疲惫，那也是他最接近于雀跃的表情了。

日复一日，她弄懂了每颗棋子的名称，记住了基本行棋规则，犯了很多可笑的错误，也越来越确定，她讨厌下棋。

这深不可测的黑白棋盘仿佛《爱丽丝梦游仙境》中的兔子洞一样没有尽头。每当盯着棋盘，在国王、皇后、战车、主教、骑士和禁卫军的博弈与对峙中茫然冲撞时，她总会感到近乎难以抑制的疲惫、无聊和烦躁。那感觉跟七岁那年被妈妈逼着苦练三小时钢琴，瞥到窗外邻居家孩子们欢呼着打雪仗时的绝望感别无二致。

时针明明在一圈圈地旋转，时间却胶着一般停滞不前，姬松月总是祈祷着他会对她愚钝的棋技不耐烦，但他从来没有。也许是太沉迷于下棋的乐趣，他几乎从未察觉到她的抓耳挠腮、坐立不安和心烦意乱。

他总是不厌其烦地指导她，善意地谦让她，毫不吝啬地鼓励她，也正因如此，她不忍心告诉他，使他失去这无害的小小乐趣。有时候她甚至会埋怨自己，你为什么就不能喜欢上下棋？

一个飘雨的春日午后，她坐在咖啡厅靠窗的座位，心不在焉地盯着面前的棋盘，又忍不住去看粘在玻璃窗上的晶莹水珠，幻想她正漫步于窗外浓绿的橡树小径中，被那细密清凉的雨丝亲吻着,以及倾听那从天而降的雨丝与树叶交织而成的奏鸣曲。

看着朱苑青无动于衷的脸,她赌气地想:人生正像流沙一般在指缝间溜走,而她却只能像雕塑一样,永远呆坐在棋盘前,苦思冥想。

他不厌其烦地为她分析局势、指点迷津,还替她出谋划策,不知从什么时候开始,这场棋局变成了他与他自己的较量。

"我们去雨中漫步吧?"她差点问出口。不过看他一脸认真研究棋局的劲头,她还是没能开口。再这样下去,她都要抑郁了。

几天过去,依然毫无进展——话到嘴边,总是开不了口,只能坐在棋盘前假装思考。直到跟妈妈吵架的那一晚,她睡不着觉,坐在飘窗前,看着窗外布满夜空的点点星光,决心鼓起勇气。

于是她写了那封信,说她其实不喜欢下西洋棋。

现在她明白了,悔恨交加是一种异常苦涩的滋味。如果朱苑青能再一次出现在她面前,她愿意在余生的每一天都陪他下棋,连法定节假日也不例外。不仅如此,她甚至可以为他通读国内出版的所有西洋棋书籍,不管它们有多枯燥晦涩。

"还有要补充的吗?"坐在电脑前的警察问。

姬松月仿佛从一场转瞬即逝的梦境中醒来了。她望向窗外，不知何时，浓重夜色涂满天空，闪烁的霓虹点亮了夜幕。这只是月桂谷众多夏日夜晚中的一个，她却在这样一个再普通不过的夜晚，发现自己无处可去了。

待会儿他们让她走的时候，她该去哪里呢？

女警察站起身来："如果想起什么可疑之处，请务必跟我们联系。另外如果你觉得有什么需要让我们知道的，也请及时告诉我们，免得延误调查。今天就先到这里，还有一些后续问题，如有需要，我们还会跟你联系，请保持手机畅通。"

走入夏夜的暖风中，姬松月感到一阵难以抵挡的疲惫。

"刚才只是例行公事的询问。一般调查都会从亲戚朋友等较密切的关系入手，真的不用多想。就算不是单纯事故，你也几乎没有嫌疑。"李兆年说。

"为什么？"

"这种情况一般都与遗产有关，我们已经调查了朱苑青的财产情况，你不用担心。"

为什么不用担心？姬松月没想明白，但也没有虚心请教的心情。

"我送你吧。"他说。

"不用，"她无力地摆手，"车站就在门口。"

他坚持道："你自己回去我不放心。"

她更加坚持："真的不用。"

这一刻，就连想象跟他困在同一个安静的车厢中，她都会不自在。以往为了敲破尴尬的坚冰,她会试着没话找话,跟他说几句不痛不痒的废话。可今天她没心情。她觉得她永远不会有这份心情了。

"在这里等我,我去开车。"他仿佛严重听力障碍患者一般,对她的话充耳不闻。她真怀疑他是怎么做到的。大概这就是她永远没法喜欢上他的原因,他从来不听她说话。他对于她作为个体的需求并不是很认可,非要将自己的意志凌驾于她的意志之上。

她并非不感谢他。如果他急需用钱,她会毫不犹豫地借给他。如果他出了事,只要在能力范围内,她都愿意伸出援手。可这跟违背意愿行事是两码事。

于是她也像没有听见他的话一样,大步往前走。

"姬松月!"他拉住她,"你怎么回事?"

她双手合十,举到胸前。"大哥,我知道你是为我好,谢谢你。但是今天我真的很想一个人静一静,不用担心,我没那么脆弱。"

他看了她一眼:"有件事我想问你。"

至少在那一瞬间,她觉得不管他问什么,她都能坦诚相待。

"我以为我们是很好的朋友。"他说。

她点点头:"没错。"

"我以为我们之间不会存在什么难言之隐——起码你结婚的事不会瞒着我。刚才听你亲口说你已经跟他结婚,我有种很奇怪的感觉,好像你突然变成了一个陌生人,我从来都没有真的认识你……"

"其实我并不是想刻意隐瞒——"

"现在能不能告诉我,关于这场意外,还有什么我可以知道的吗?不是审讯,我只是以一个朋友的立场问你。"他若无其事地说。

片刻前坦诚的愿望如掌心上的流沙,随风而逝。她微微一笑,摇了摇头。

"真的没有?"他问。

她转过身,挥挥手:"拜拜。"

今天他竟然就从她的人生中悄然消失了。

那么轻率,就像一个仲夏夜的梦、一颗骤然消逝的流星,

或者一掬随风飘散的尘土。

四

姬松月瞥了一眼指向远方天际线的贝壳色钟塔楼,快八点了。流光溢彩渲染梦幻的夜色,好似为城市蒙上了一层童话中的海雾。她站在嘈杂的车站前,看人群说笑着走过,一阵久违的孤独感如潮汐一般漫上心头。

每个人都行色匆匆,急着赶去什么地方。

几个女孩小跑着经过她身边,跳上刚停在车站前的公交车。慌忙中姬松月抬头一看,那正好是回家的车。她魂不守舍地跟着上了车。听到车厢中聒噪的育儿广告:"孩子不听话怎么办?"她又一次猛然记起她已经离家出走,跟妈妈"断绝了母女关系"。

昨天为了朱苑青毅然离家,今天他竟然就从她的人生中悄然消失了。那么轻率,就像一个仲夏夜的梦、一颗骤然消逝的流星,或者一掬随风飘散的尘土。

尘归尘,土归土。如果一切真的如一场悼词那般洒脱就好了。无从谈论接受,此刻她甚至无法理解这荒唐透顶的现实。

她突然想起他写的那首关于丹顶鹤男孩和独角仙的长诗。如果当初或者后来她读懂了那首诗,是否就能走进他迷宫般的心里,读懂他最隐秘的孤独?这样一来,她至少会成为一个名副其实的灵魂伴侣吧。

下了车,她磨磨蹭蹭地走上那条再熟悉不过的回家路,盘算着该怎么跟妈妈解释。今晚她不想吵架,只想抱着妈妈大哭一场。她很想问妈妈:"您能原谅我吗?"不是确定自己做错了,而是她再也不想跟妈妈吵架了。

她已经身心疲惫,再也经不起另一场"战争"了。

此刻,"回家"这件世界上最理所当然的事,正折磨着姬松月的心。她发现她站在自家门前,心里被一个可笑的念头占满:到底是该按门铃,还是该用钥匙?在走廊里徘徊了几圈之后,她按响了门铃,因为发现没带钥匙。

妈妈的脸从门缝里露出来,惊讶在她的瞳孔中一闪而过,立即被先前的沮丧覆盖。她让门开着,慢吞吞地往里走。姬松月跟在她身后进了门。

"落下什么东西了?"妈妈问。

她那前所未有的冷淡态度,令姬松月热切盼望温暖怀抱的心蒙上了一层霜雾。她手足无措地杵在玄关,期待着妈妈能问上一句"你怎么了?"这样她就能化委屈和消沉为泪水,痛快地大哭一场了。

一开始,她还怀疑妈妈会听见她那大得足有割草机那么响的心跳声,可妈妈只是无动于衷地看着她。

"是朱苑青——"一听这话,妈妈开始往回走。"妈!"姬松月急切地叫道,"朱苑青出事了!"

妈妈还是没有停下脚步,她已经走到卧室门口了。

一种荒谬的想法击中了姬松月:如果现在妈妈离开了,那她就永远地失去了妈妈。"妈,朱苑青出车祸了,现在他已经走了。"她将双手紧握在胸前,像无助的祈祷者一般注视着妈妈日渐苍老的背影。

妈妈转过身来,脸上带着一丝困惑,像是在问"你说的'走了',是我理解的那个'走了'?"

姬松月点了点头。

妈妈愣在原地,半天没有说出话来。她雕塑一样苍白的脸上,唯有眼睑在微微颤抖。她慢慢走回姬松月身边,拍了拍她的肩膀。姬松月悬着的一颗心,像星星坠入摇篮般的海面一样,找到了安息之处,如果时间静止的话。

接着妈妈开口说话了,打断了那破镜重圆的恶俗戏码,也敲碎了姬松月等待救赎的脆弱渴望。"我早就告诉过你,你就是不听!"她的悲叹中带有一丝连她本人都未曾察觉的自鸣得意。"自作自受。"

姬松月感到一阵无可奈何的恍惚。

妈妈皱着眉头问:"发生了什么?"

"车祸。"

"酒后驾车？"

姬松月摇头："初步判定为事故，暂时没有排除自杀。"

"呵！"妈妈发出一声来自灵魂深处的愤怒呐喊，"是自杀！"姬松月吓了一跳，头发都差点跟摸到静电球一样竖起来。"我早就知道会是这样！"妈妈狂热地叫道，"是自杀！我早就让你远离那个精神病基因携带者，你偏不听！我有没有告诉过你，他会像不定时炸弹和活火山一样突然爆发？"

姬松月傻了眼，不知何时，妈妈开上了悲愤交加的批斗大会。一串串暴躁、生硬的音节敲打着她自认为已经坚不可摧的耳膜，令她惊愕。

片刻前那抚慰人心的力量，此刻像一簇簇扭转方向的利剑，又全都朝着毫不设防的她袭来。她的心坠入谷底，好像刚去死亡谷坐了一趟过山车。她意识到，求助于妈妈无异于饮鸩止渴。

"不是的！"她生气地说，"我了解他，他是不会那么做的！"

妈妈翻了个白眼："你那么了解他，有没有料到他的今天？"

她没有料到朱苑青的今天，更没有料到妈妈会说出如此刻薄的话。她忍住眩晕，站起身来，好像背上被人插了刀子的人，挣扎着要走开。

妈妈沉浸在愤愤不平之中难以自拔："精神病的基因就像超级病毒，一旦沾上绝对不会有好事。幸好没拖到太晚，一切还没到不可挽回的地步。否则就太晦气了!"

"妈,朱苑青到底犯了什么罪?他已经死了,您还这样说他!"

"你这是说的什么话?你还希望他跟你结婚,生出几个带精神病基因的孩子之后才去自杀?"

"他不是自杀!而且他都死了,还要接受您的审判?他就不能享有死后安息的权利吗?您为什么这么恨他?"

"我恨他?我感谢他还来不及呢!"

天啊,一场悲剧俨然变成了可耻的闹剧。有一瞬间,姬松月发现她甚至开始怨恨妈妈,也怨恨自己。

妈妈还不明白。如果现在她还不明白,那她永远都不会明白了。妈妈以为问题出在朱苑青身上,她以为是他蛊惑了女儿。不是这样的。姬松月没有她想象的那么爱他,她甚至不敢对自己承认,她并没有想象中那么悲痛。

她所做的一切,都是为了她自己。她只想跟一个朱苑青那样悠然自得的男人在一起,悠然自得地度过一生。

"我们已经结婚了。"

妈妈没听懂:"什么?"

"我们结婚了。去年冬天时,我们就是法定夫妻了。以后我永远都是朱苑青的遗孀,一辈子都要跟他绑在一起,就算结婚也只能是再婚。"姬松月觉得命运有点可笑,"现在我是一个年近三十的遗孀了。"

妈妈懵懂地看着她,眼神中带着厌恶,熊熊怒火能烧化空气。姬松月感到被妈妈注视过的侧脸一阵刺痛,似乎被灼伤了。

妈妈紧紧攥着拳头。姬松月对这个动作不陌生。小时候每次她考试不及格,妈妈都会攥紧拳头。这是她挨打的前奏。就像恐怖电影里一响起减七和弦,她就知道该捂眼睛了。她以为妈妈会打她,但是没有。

妈妈松开拳头,微微颤抖着朝卧室走去。

"为什么?"姬松月突然很想知道,"到底是为什么?我是个成年人,我知道我需要什么。我只是去结婚,这是什么不可饶恕的罪过吗?我只是一个嫁给普通男人的普通女人而已,为什么要接受这么多家人的阻拦和命运的考验?"

妈妈回过头缓缓地说:"你自找的。"

最疼的刀口总是由最亲的人刻下的。她明白了,一切都是徒劳。

目送妈妈走进卧室,她也迈出家门,决意在这场漫长的宿醉中醒来。

门在她的背后紧紧关闭,只留下一片空虚和寂静,这个巨大而荒芜的世界上,再也没有人会在她疲惫的时候,为她留一盏灯了。

姬松月站在自家楼下,借着鹅黄色的路灯,遥望她卧室的窗口。如果没有跟朱苑青结婚,那扇窗现在会亮着吧,大概她正悠闲地倚在床头喝着柠檬茶看电影呢。

夜色已深,她并不匆忙,因为不用赶时间,没有目的地，也没有人在等她。她梦游一般走在树影中，穿过夜风吹拂蔷薇丛带来的浓郁花香，踏进路灯印在地面的光团里。她漫不经心地漫步，却没有感到一丝轻松。

再没有人会在一间留着灯的房子里等她回家了，不管是妈妈还是朱苑青。如今她已经完全被世界遗弃了。十八岁的她曾对妈妈的"门禁时间"颇为愤慨，现在想来，不禁哑然失笑。她咧开嘴，鼻子却一阵酸痛，哇地哭了出来。

如此痛苦的一天中，这是她第一次痛痛快快地哭出来。意识到这一点，她更是泣不成声。她一个人，一边走一边哭，悲痛、委屈、绝望充斥心间，想到今后的每一天都要与它们相伴，无尽悲凉在身体内涌起。

脸颊被泪水一遍一遍地冲刷，还未被迎面而来的晚风吹干，就被更多的泪水浸湿了。姬松月任脸颊泡在连绵不绝的泪水里。而她则坠入悲伤的黑洞，一直下沉……

静谧的夜色对前一晚的悲剧一无所知，像降临在月桂谷的任何一个角落一样，安然地抚慰着水莲苑。透明的月光温柔地亲吻着即将开尽的茉莉花和还未盛开的月桂树，惬意的云雀在无花果的树枝间鸣唱。

眼泪像夏天傍晚的阵雨，时停时续，完全没有彻底停止的迹象。一进大厅，断断续续哭了一路的姬松月又忍不住潸然泪下。一对亲热的年轻情侣跟在她身后进了电梯，她若无其事地抹掉眼泪。扎着高高马尾的女孩一看她，朝男朋友使了个眼色，两人站得离她远远的，积极地同她所代表的悲伤势力划清了界限。

电梯来到二十五层,姬松月越过那条无形的虚线,快步走出电梯。远离了那对幸福的小情侣,让她感到一阵轻松,又加倍地感到不幸。

她从皮包里拿出钥匙,透过模糊的泪眼,颤抖地开门。转动钥匙的刹那,又是一阵悲痛如狂乱的旋风席卷而来。

轻轻推开门,一片黑暗淹没了她。

手在陌生的墙壁上摸索着寻找电灯开关,她听见一阵窸窣作响。她抽了抽鼻子,眯起泪眼,屏住呼吸,站在黑暗中侧耳倾听。确定那动静只是自己悲伤过度产生的幻听,她才继续摸索开关。就在这时,窸窣声又出现了,而且比片刻前更清晰。

那声音离她越来越近了,千真万确!

这速度也有点太惊人了。除了来自德里镇的小丑潘尼怀斯,还有哪位恐怖片主角可以拥有如此酷炫的瞬间转移技巧?

"苑青?"姬松月吓得忘了悲伤哭泣,忘了呼吸。

没有回答。

"是因为那封信?"她紧张到心神恍惚,甚至不敢确定这话到底是真的问出了口,还是只在意念之中问出了口。

不管怎么说,灵魂与鬼魂之间的交流,大概用脑电波就能搞定吧?这个念头把她吓出了心律失常。要是现在的朱苑青能够看透她的想法,那他们也不用翻拍《人鬼情未了》

了，还是合拍《小丑回魂》比较合适。

求生欲令她执着地追寻着与黑暗融为一体的朱苑青，"苑青，你在哪？"

也许是听到这声呼唤，一个黑影嗖地一下跃到姬松月的面前。黑影迅速覆盖了她的视野，遮蔽了她的视线。她捂住胸口，大口呼吸，可恐惧不像残留体内的麻醉剂，可以通过加速新陈代谢排出。于是她只是感觉更加虚弱了。

"是我不好，都是我不好！"她握住脖子，仰视着将她覆盖的黑影，生怕他一把扭断她的脖子。就在同一个瞬间，她意识到自己竟然还在妄图苟且偷生。

她放弃了挣扎。

她太累了，之前跟妈妈断绝母女关系、连日睡眠不足、上午接到他遇难的消息、傍晚去公安局做笔录、晚上又一次回家跟妈妈彻底断绝母女关系、一整天没吃饭、脑袋疼得像是有人在里面开挖掘机，现在还被鬼魂人身威胁。这种日子她也过够了！

果不其然，响应她的召唤一般，黑暗之手伸向了她。她闭上眼睛，等待那双手为她短暂而悲惨的一生画上残酷的句点。

伴着她响亮的心跳，"啪嗒"一声，房间里的灯亮了。她将紧闭的眼睛微微睁开一点，一个男孩正站在面前，一脸复杂地俯视着她。

看到眼前站的居然不是朱苑青的亡灵，肾上腺素激退的姬松月感到一阵虚脱的眩晕。她扶着墙站了一会儿，等待眩晕感逐渐减弱。

"你没事吧？"男孩好像比她还紧张。他低头看她的表情，看样子想搞清楚她是不是精神状态有异常。

"没事。"她说。

"你是？"他问。

我是谁？我是朱苑青的合法妻子！请问你又是哪位？她抬起头，想狠狠瞪一眼这个身份不明、无事生非，并且趁火打劫的男孩，可目光一触到他那还微微残留着一丝婴儿肥的脸颊，她又改变了主意。跟她假想中的不同，他没有在挑衅，就只是困惑而已。

她先作出让步："我是朱苑青的妻子。"

他瘪了瘪嘴，青涩的脸颊上显露出一丝委屈，目不转睛地盯着她看。姬松月发现，他晶莹的眼睛明亮得有些异常，那也许是闪烁的泪光。

眨眼工夫，仿佛有一只晶闪蝶飞进了她的胃里搅动着。感觉越来越强烈，如同坐上眼看就要攀至顶端的过山车。一道光在她脑中闪现。"天啊！"她想起来了，"你是朱雀吧？"

他点了点头。

他的脸上，片刻前游丝一般微弱的委屈已经无迹可寻，只有微微抿着的嘴唇，像梅花鹿在林间空地上留下的三叉蹄印，隐隐透露着不同寻常的迹象。她没有意识到，她的声音变得柔和多了："你还好吗？"

笑声拨动七月夏夜的空气，
夜风掠过草尖的露珠、颤动的花瓣和停驻着微凉月光的树梢，
拂过他们的面颊。

五

两年前的夏天，姬松月曾经和朱雀见过一面。

那时候她跟朱苑青的恋爱关系已经稳定，听说他上初中的弟弟放暑假了，她主动提出见面。出乎她意料的是，对这个提议，朱苑青并不像她那么热情。

那是七月的一个傍晚——至今她闭上眼睛，仍然能闻到当时街角弥漫的蔷薇花香。她反复查看手表，离约定的时间过去十分钟了，他们还没出现。刚拿出手机，肩膀被人拍了一下。是朱苑青，他认真地注视着皱紧眉头的她。

他的身后站着一个跟他差不多高的男孩，穿着黑色T恤、黑色破洞牛仔裤和白色匡威鞋，胸前捧着一束白色马蹄莲。白色马蹄莲在黑色T恤的映衬下，异常浓郁。花叶边缘被盛夏的风镶上一圈鹅黄。

"不好意思，有点堵车。"朱苑青说。

男孩的皮肤令她想起去年秋天在山谷中见过的白色风铃

草花瓣，不知何故给人感觉很脆弱娇嫩。这有点奇怪，因为他本人朝气盎然，很有男孩子气，并不会给初见者留下脆弱娇嫩的第一印象。

珊瑚色的路灯光晕如同十二月的雪花，飘浮在他的周围。

姬松月说："从来没见过这么可爱的小男孩。"除了月桂谷公园的许愿池里背着天使翅膀、抱着水罐的小天使。

"那是因为你跟孩子打交道太少了。"朱苑青说。

朱苑青朝男孩使了个眼色。男孩走到她面前，像观众向谢幕的女演员献花一般，将花束举到她面前，笑容里透着活泼，稍微有一点夸张。

看到他郑重其事献花的样子，她也不禁双手接过花束，小心得有如捧着镶嵌有"非洲之星"钻石的加冕权杖。

"你好，姐姐。"男孩说。

姬松月看了朱苑青一眼，他正对她微笑。她还沉浸在被人献花的欣喜中。男孩笑了，娃娃脸变成映着一小片粉红的桃心形。

"好开心！"她喜滋滋地对男孩说，"有你这么可爱的小帅哥献花给我。"

一听这话，男孩的脸上泛起搞怪的笑容。

姬松月问："你叫什么名字？"

男孩飞快地瞥了朱苑青一眼："朱雀。"这是一个很可爱的名字。她立刻就记起来了，之前朱苑青跟她提过。

她用唐老鸭关心三个外甥的语调问:"朱雀,你今年多大啦?"

朱雀被逗笑了:"姐姐,我又不是小孩子了。"不过他看起来并没有因为被当成小孩子而生气,反而有点开心。

"那你多大啦?"

"十三岁,"他说,"马上就十四岁了。"

"是吗?那你怎么这么可爱?"

朱雀抿着嘴,面无表情地移开视线,目视前方。她似乎说错话了。不会第一次见面就被小朋友讨厌了吧?"他不好意思了。"朱苑青说。

她越过站在两人中间的朱雀,看向朱苑青,想确认他是否在开玩笑。她很喜欢逗小孩,不知何故却总会把他们逗哭。邻居家三岁的小女孩一看到她,比杰瑞鼠见了汤姆猫跑得还快,就连拿棉花糖和彩虹豆逗她都无济于事。

姬松月夸张地凑到花朵前嗅了嗅,一脸陶醉。

"我还以为你不喜欢鲜花。"朱苑青说。

可以说到今天为止,她也这么想。之前他从未送花给她。她一点也不介意,因为她并不喜欢收到鲜花做礼物。

所以她也有点不可思议:"你怎么想起送花给我?"

"朱雀出的主意,"朱苑青轻轻撞了一下朱雀的肩膀,"他非坚持要我送白色马蹄莲,否则我会选红玫瑰之类的。"

"白色马蹄莲的花语是?"她问朱苑青。

朱苑青蹙眉说道:"是什么来着?我爱你之类的吧?"

朱雀看看左边凝视他的姬松月，又看看右边凝视他的朱苑青，故作无奈地叹了口气，朝傍晚天空中微微泛白的星星开口道："永结同心。"

"永结同心。"朱苑青重复道。

永结同心。她在心中默念。

街道两侧的栅栏上花团锦簇，布满了云团般的蔷薇花，好似一盏盏夏夜的花灯从天而降。风一吹，花瓣点点飘落，把脚下的草地都染成了粉红色。花香随风摇曳，和他们的笑声缠绕在一起。

不知不觉间，这条三人并肩同行的蔷薇小径来到了尽头。

那一天她很开心，他们去了一家月桂谷新开张的餐厅，结账时抽到一大束彩虹气球，回家的路上朱雀一直喜滋滋地拽着气球。路过月桂谷公园，他们还在湖边草丛里的松木长椅上坐了一会儿。

朱雀将气球系在长椅靠背上，三人漫无边际地说笑着。笑声拨动七月夏夜的空气，夜风掠过草尖的露珠、颤动的花瓣和停驻着微凉月光的树梢，拂过他们的面颊。姬松月不由自主地联想起一个快乐的家庭——爸爸、妈妈和儿子。

那是她最快乐的一次约会。她不记得朱苑青的脸上露出过那么释怀的笑容，即使后来端坐在他心爱的棋盘前也不例外。

当时聊了些什么，现在记不清了。她没有机会见证那束白色马蹄莲的枯萎,因为第二天下班回家,它已被妈妈丢掉了。后来朱雀转学去外地的寄宿学校念书,她就没再见过他。她以为已经忘了那束马蹄莲,忘了他,忘了那个三人漫步于蔷薇小径的夜晚。

直到现在。

他又长高了,好像也变瘦了一点,她拿不准。神色说不上憔悴、疲惫还是感伤,总之跟他的脸颊并不相称。跟两年前相比,他的脸上似乎有什么东西发生了变化,具体是什么,她一时说不清。

也许比起那时,他更有男子气概了。并非说他变得棱角分明或者身材魁梧之类的。其实他有一张轮廓柔和的脸,可那神态中分明有什么,让她觉得他成长了。

她抬起头,又看了他一眼,跟片刻前不同,她已经彻底跟他结为同盟了。此刻,在这颗巨大而孤独的冰蓝色星球上,她终于找到了一个可以跟她感同身受的人。想到他有可能比她更难过,她更加为他难过。

"你哥哥——"她欲言又止。

他点头,像是在告诉她,他不会因为她接下来要说的话而垮掉。

她同情地看着他,想安慰他,却发现这太难了。跟一个十五岁的男孩谈论生离死别,无异于爬上月亮的阴暗面。而事实就像平克·弗洛伊德那首歌里说的,"月亮没有阴暗面,实际上它全是黑的"。

所以，她该从何谈起呢？

人们总说，有光的地方就有阴影。现在他们身处一个连阴影都没有、全部被黑暗笼罩的迷宫。她又不是能从黑色大礼帽里抓出白兔的魔法师，又怎么能为他变出一缕原本就不存在的光芒呢？

她在他这个年纪时在做什么？因为蝴蝶结发带沾上墨水跟申珍斗嘴、因为执意去看夜场电影跟妈妈吵架、因为忘带作业被老师错怪而垂头丧气、因为偶像有了绯闻女友而伤心欲绝觉得整个世界都塌了。她在整个青春期中所受的伤害，与他相比根本不值一提。

朱雀的妈妈在他与世界初识时就去世了。整个童年，爸爸跟持有免费卡似的，时不时地出入精神病院，终于在他进入青春期之前，落叶归根一般在那里安顿下来，开始了婴儿式天真无邪的新生活。好容易一切平静下来，朱苑青又开着车，撞上了藏在花园小径外的死神。

姬松月知道生活不是迪斯尼喜剧片，到处布满鲜花和奇迹，可这也有点太过分了吧？难道朱雀一直住在《死神来了》的片场？这到底是一家什么人啊？就算是"亚当斯一家"也没到与黑暗如此结缘的程度吧？

此刻在这个偌大的世界上，到底还有没有一个人为这孩子着想啊？

她很想问命运女神，这个可怜的男孩到底跟她有什么仇什么怨？世界上那么多人，为什么非得逮着他可劲儿地整，整起来没完没了？他只是个十五岁的男孩而已呀。

她生命运女神的气，也生自己的气。她跟废柴一样，急于说点什么安慰他，脑袋却不听使唤，一片空白。

空气凝滞，时间滴答溜走，苦恼也越来越棘手。

她绞尽脑汁，苦思冥想，紧迫感在体内不断膨胀，就快受不了了。她的心脏扑通直跳，很担心他会突然哭出来。为什么她所面对的每一件事都非要令她如此无奈不可？她脑袋一热，鼻子一酸，忍不住啜泣起来。

"我没事。"他说。

"好的。"她说。

本来是想安慰他的，结果她先哭了。她很感谢他这么善解人意，因为她根本不知道该如何安慰他。如果放任她处理，她一定会把事情搞砸，以两人抱头痛哭为结局，为这个悲惨的夜晚更创新低。

他轻手轻脚地在墙角徘徊了几步，朝她递过一个纸巾盒。

她接过纸巾盒，抽出纸巾，使劲擤了擤鼻子。"我没事，"她说，"倒是你，才这么小。都是我不好啊——"

"别哭了，姐。"他说，"不是你的错。"

他那么懂事，她更难过了。

如果他是一只小松狮犬或者小短毛猫，她一定紧紧地把他搂在怀里，抚摸他的脑袋，告诉他什么都不用害怕，她再也不会让他受到伤害。可他是一个活生生的人，她连自己都顾不好，又怎么能保护得了他呢？

"真的，我没事——"

他看起来那么无助、迷茫、不知所措，就像一个小男孩，不，他本来就是一个小男孩。姬松月命令自己立即停止哭泣，即使不能表现得像血洒拳击赛场的穆罕默德·阿里那般强硬，至少也别再火上浇油，为他徒增烦恼。

可是愚蠢的哭泣声很任性，拒绝听从她的指挥。

一串与气氛极不相称的轻快音符从皮包里钻出来，打断了姬松月的哭声，将她从泪水编织的摇篮中摇醒，提醒她该换手机铃声了。这首欢快得刺耳的曲子再也不适合做她生活的伴奏曲了。

申珍急切的女高音犹如一把利剑直指她的耳膜，给人一种为琼瑶戏配音的错觉。"小月！小月？小月，你在听吗，小月？"

尽管如此，听到闺蜜关切的声音，她还是忍不住泪流满面。那亲切的声音让她备感温暖。

"小月，你还好吗？朱苑青的事是真的吗？我正在枫香市逛海洋公园呢，接到李兆年的电话，吓得我差点抽过去。这是真的吗？天啊，我真不敢相信！小月，怎么办？你一定要挺住啊。我当时真恨不得顺着电话线爬过去，陪在你身边。我真恨我自己，竟然选了这么个鬼日子去度假。其实出发的前一晚我做了一夜噩梦，梦里我不是被绑在螺旋桨飞机的机翼上俯冲而下，就是站在皮划艇的尖端激流勇进，可给我累死了。早知如此，我就不去了！对了，小月，你怎么不说话呢？别吓我啊！"

明明是她喋喋不休，不给别人说话的机会啊。

"我没事，"姬松月哀嚎道，"我没事啊！"

电话那边，申珍的声音在发抖："我的老天爷，你怎么都哭成这样了？别哭了，你的声音听起来跟用小提琴琴弓架在人脖子上拉琴一样瘆人啊！我听了心里好难受，告诉我，你现在在哪里呢？"

"在朱苑青家。"

"出来吧，出来散散心。"

"什么？"姬松月问，"去哪散心？去枫香市找你，然后去海洋公园看海豚？申珍，不是我说你，你觉得我现在有心情去看海豚吗？我知道海豚真的很贴心、很治愈、很可爱——"

"到外面来！"申珍喊道。

"哪个外面？"姬松月生气地问，"太阳系外面，还是银河系外面？"

"小月，我知道你今天受了很大的刺激，搁我我也受不了，所以没事，我的意思是——"她一字一句对牙牙学语的婴儿说话一般说道，"到水莲苑小区的门口来。"

"为什么？"

"因为我下午接到消息就往回赶了，现在正在你家附近呢。你妈说你搬出去了。到底是怎么回事？如果不堵车的话，半小时内我就能到水莲苑。"

"真的假的？"姬松月嘴上这样问，心里却知道她最好的闺蜜一定不会骗她。不过她真的想不到，申珍一接到电话就会放弃假期，急乎乎地赶回来。"对不起，申珍，你来之不易的假期——"

申珍不耐烦地打断了她："这都什么时候了，还谈什么假期？快别啰唆了，过会儿出来吧，我在小区门口等你。"

姬松月支支吾吾地说："恐怕不行。"她若无其事地朝朱雀的方向看了一眼，他正呆呆地盯着墙纸上的山茶花。

"怎么了？"申珍问。

"别问了，反正就是不方便。"

一直在发呆的朱雀这会儿好像突然惊醒了。他瞪大眼睛惊讶地看着她，还指了指自己的胸口，像是在问"不是因为我吧？"

申珍急了："到底发生了什么，我们之间还需要说这套废话吗？"

姬松月对着手机小声说："家里还有孩子呢，才十五岁，我不能让他一个人待在家。"

"哪来的孩子？"申珍问，"什么孩子都十五岁了还不能一个人在家待一会儿？约翰·康纳吗？那我要不要派个终结者去保护他？"

就在这时，朱雀冲她做了一个"我OK"的手势。

看到他不像她想象中那么脆弱，她很欣慰。即便如此，她也不能留刚痛失亲人、孑然一身的十五岁孩子一个人在家。可申珍为了她,连心爱的假期都泡汤了,大老远从枫香市跑回来,要是连见都不见她一面,那也太过分了。该怎么办呢?

"我真的没事。"朱雀小声说。

申珍提议道:"要不我去你那里吧。"

"好吧。"姬松月勉为其难地说,没过一秒钟,她又反悔了。"别了,别来了。"

姬松月了解自己,也了解申珍。两人一见面,肯定会相拥而泣、倾诉衷肠,乃至痛哭流涕,场面堪称感人。她倒是发泄了,可朱雀呢?

他也是真正意义上的"受害者"。他表现得很坚强,好像他一点也不介意,但不代表他不会因此受到伤害。

"两个成年人当着一个男孩的面哭哭啼啼,像什么样子?你们是非要在他满是伤痕的青春期中,再多刻下一道伤痕才肯罢休吗?"这声音显然来自于小天使。姬松月觉得有道理。

"要不我出去吧。"姬松月说,"不过我不能在外面待太久。"

"我就想见你一面,确定你没事就好。"申珍爽快地说。

她挂断电话,抹掉脸上的泪痕,满腹心事地瞥向朱雀。"我没事,"他说,"不用担心我,我能照顾自己。"

"我就去一会儿,马上回来。"

他赶忙摆手:"不用,真的不用担心我。"

不知道何时开始,两人展开了拉锯战。"那怎么行?"她不容置疑地说,"别说傻话了,我很快就回来。"她看看挂钟,那是当晚她第一次重拾时间概念,"快十点了,去休息吧。"

可这话听起来很可笑。眼前这个男孩刚失去了哥哥,孤身一人。现在她让他去睡觉,他能睡得着吗?

他当然睡不着,就连她自己也必定会经历一个恐怖的无眠之夜。那该怎么办?她也不知道,大概只能忍受吧。

想到这里,她走到他身边,拍拍他的肩膀。"不要害怕,不管发生什么,我都陪着你。"

他迟疑地点了点头。

"一会儿会有人来照顾你吗?姑妈或者姨妈之类的?"她环顾安静得有些可怕的房间。

他摇摇头。

"这是怎么回事?"她想问来着。愉快的手机铃声又响了,申珍在催她。"我马上回来!"说完,她抓起钥匙快步走向门口。

最多一刻钟。她默念。

出了电梯,姬松月一路小跑来到小区门口。被清凉的夜风一吹,她突然感到她还活着,除了痛苦,她还能奔跑、能呼吸、能感受到凉爽的风。

"小月!姬松月!"正当她情不自禁地闭上眼睛、展开双臂、仰起脸颊，准备接受来自夜风的微弱抚慰时，一声尖叫刺破黑夜，射中了她脆弱的神经。回头一看，申珍的脸从不远处的绿化带里冒出来。"看着一个人影晃来晃去，还真是你啊！"

姬松月慢吞吞地走向申珍。

申珍迎上来，给了她一个拥抱。"没事的，一切都会过去的。"虽然知道这是假的，姬松月还是从这镜花水月中得到了片刻的释怀。"我到现在还难以相信，这种事竟然真的会发生。"申珍说，"更何况你了。"

姬松月又不争气地哭了，她违心地说，"我没事。"

"对了，你怎么搬到这里来了？"申珍问。

"你不是去度假了嘛。事发突然，还没来得及告诉你。昨天我离家出走了，打算今后住在这里，谁知道竟然发生了这种事。"

申珍瞪大了眼睛："为什么突然要同居？"

姬松月没心情解释她跟妈妈的连环激战，于是敷衍道："也是时候了。"

路灯下，申珍的妆容看起来格外精致。姬松月摸了摸自己的脸，经过一整天泪水的反复洗礼和手背的频频抹擦之后，它一定变成一张调色盘了吧。想到因熬夜和衰老而日渐粗糙的皮肤暴露在空气中，一瞬间夜色都仿佛变成了聚光灯，将她的每一个毛孔照得更大更闪亮。

姬松月突然抽风似的感叹："睫毛粘得挺好。"

申珍愣了几秒,欣然接受了她的赞扬。"谢谢,"她不好意思地翻了个白眼,"今天假睫毛剪成四段了,而且,你发现没?"她用食指按住下眼睑使劲往下拽,"我今天也粘下睫毛了,一根一根粘上去的。"

提起这么荒谬的话题,姬松月很是诧异。自己是不是短时间内受到的刺激太大,脑子有点坏了?

"没事,"申珍看出了她的忧虑,"去喝一杯吧,很快就什么都忘了。"

"不行不行,朱雀还一个人在家里待着呢。现在十点多了吧?我得赶快回去了。我知道你对我好,申珍,谢谢你特地从枫香市赶回来安慰我,跟你见面之后我感觉好多了,真的。我会没事的,就是还需要点时间。"

"谁?朱雀?朱苑青的弟弟?"申珍问。

"对。"

"他没有其他亲戚吗?叔叔大伯舅舅姨妈之类的?"

姬松月无奈地看了她一眼:"我出门的时候,家里还没有人。朱苑青的亲戚们大多不住在月桂谷,一时半会儿也都赶不过来吧。既然这个时间还没赶来,今天大概就来不了了。"

"那他妈妈这边没有亲戚吗?"

"具体我不清楚,"姬松月说,"不过她妈妈去世很早——"

"所以呢?"

"他年龄那么小,又是这种时候,一个人在家我不放心。"

"话是这么说,不过半个小时应该没关系吧。咱们小时候整天一个人在家,没什么大不了的。男孩子嘛,也不会那么胆小。况且——"她欲言又止地看了看姬松月的脸色,"朱苑青也只是他同父异母的哥哥。"

"瞧你这话说的!"

"好了好了,是我错了。不过你又不是露易丝·莱恩①,你不过是一个普通人而已。不要自寻烦恼,什么重担都往自己肩上扛好吗?你回去当育儿保姆,我不反对,不过我不能眼睁睁地看你就这么回去。最起码我要看到你的状态稍微好一些,才会放心。而且你就这么痛哭流涕、失魂落魄地回去,对那孩子能有什么好影响?今天没人比你更需要一杯酒,你真的需要放松一下,然后重新上路。看到前面超市旁边那个闪红绿光的牌子了吗?就这么近。我保证十一点之前,咱们两人就能开开心心地出来,忘了一切烦恼。你听没听说,人的神经就像一根弹簧,只紧绷不放松的话,它就会失去弹性,也就是说,你的神经系统就会——"

"快行了吧。"姬松月原本就被她劝得心生动摇,这会儿又被她的长篇大论一浇灌,心里更是烦得要命。"我去!不过也就是喝两杯放松一下,十一点之前必须回家!"

---

① 超人的女朋友。

"我保证!"申珍跟摇滚乐手似的伸出拳头。

姬松月哼了一声,握紧右手,跟她对了对拳头,感觉自己俨然也变成了一个无所畏惧的摇滚乐手。

> 她能看出他不想去睡觉,
> 也能看出忧郁像七月潮湿的空气一般浸透了他。

六

第一杯酒,姬松月来了个一口闷。如果喝得太慢,那种轻飘飘的感觉就会来得很慢,而她现在急迫地需要它。

没过多久,一阵温暖在胸中弥漫开来,她迫不及待地想让它变得更强烈一点。终于,它像光团一般逐渐扩散,越来越大,以胸口为圆心,覆盖了喉咙、胃和肩膀。第二个一口闷之后,光团进了脑袋里,筑起温暖的巢。四肢也慢慢感受到温馨的震颤,她终于等到了期待已久的漂浮感。

她闭上眼睛,享受这种令人着迷的感觉,慢慢喝第三杯。

"你喝得太快了,小月!"申珍说。

"没事,"姬松月口无遮拦地说,"我跟你不一样,我能控制我自己。我都好几年没喝酒了,也不会觉得难熬。我这辈子不沾酒精都无所谓!"

申珍说:"姬松月你知道吗?你一喝酒就开始说大实

话。你想什么就说什么的时候,我就知道你喝得差不多了。"

姬松月有气无力地哼了一声:"还早着呢。"

申珍叹了一口气:"去年你瞒着你妈跟朱苑青领结婚证的时候,其实我想劝你来着,可是看你主意已定,我想了又想,还是没能开口。主要是怕你恨我,嫌我多嘴。现在想想,我真后悔,要是当时多嘴就好了。"

"我早就是已婚女人了。"姬松月哈哈笑了两声,接着开始哭。

"你说你怎么就这么倒霉呢?有了这张结婚证,以后再结婚就是二婚了。唉,不过也别太担心,现在也没人看重这个了。"

"随便,"姬松月说,"反正我也不想再结婚了。"

"真的假的?"申珍夸张地问。

虽然是一瞬间的念头,但也不能说是假的。奇怪的是,这个念头一经浮现,竟然令她烦躁的心绪得到了一丝慰藉。

"对了,那孩子以后会一直住在那套公寓里?"

"我不清楚。"姬松月说。

"你不清楚?那套房子不是朱苑青的财产吗?"申珍使了个眼色,"你不是他的合法继承人吗?当然他弟弟也是,不过肯定排在你的后面,而且——"她脸上又一次浮现出刚才那种为难的神色,"毕竟只是同父异母的弟弟。还有他爷爷的遗产,你不是说他爷爷很有钱吗?这样一来,你也算得到了一点补偿。别嫌我俗气,毕竟俗话说得好,金钱是灵魂的布洛芬嘛。我知道这样说不太好——"

姬松月一饮而尽,感到一阵令人陶醉的眩晕。她也觉得申珍这么说不太好,朱苑青才刚去世,他们两人的婚姻也不是一桩生意。申珍是她的朋友,当然会为她着想,不过她不想再继续听下去了。

今晚就让胀痛的脑袋放个假,不去考虑这些烂事了吧。

申珍神秘兮兮地凑过来:"朱雀今后不会由你来照顾吧?"

姬松月赶忙摆手:"不会的,我跟他没有血缘关系。"

"他不可能一个亲戚都没有吧?再怎么着也轮不到你啊。"申珍说,"不过话又说回来,毕竟你是他的嫂子,是他哥哥生前最亲近的人。"

姬松月没说话。

申珍说:"呵呵,那你们很快就会分割财产了吧?要是你不抚养他的话。估计他的亲戚们很快会来找你,要求属于他的那部分财产,美其名曰暂时帮忙看管。"

这是来散心的,还是来堵心的?"先让我歇一晚上行吗?"姬松月急了,又咕咚喝了一口酒。

"我就是说说而已嘛,你生什么气。"申珍噘了噘嘴,"如果,我只是说如果,他的亲戚们都有多远跑多远,只能由你来抚养他到成年,你会怎么做?"

"那就抚养呗。"

"不是吧?"申珍跟《驱魔人》里被恶魔附身的芮根一

样，腾地一下子从座位上弹起来。邻桌一个扎着马尾的女孩吓得咧开嘴，一个劲儿朝朋友使眼色。姬松月抬起双手，作好堵住耳朵的准备。

"我跟朱苑青约定过，结婚之后，会好好照顾他弟弟。"

"你没提过。"申珍说。

姬松月慢吞吞地说："其实之前那孩子一直住校，我没怎么跟他相处过。刚才见面差点没认出来。之前我和朱苑青谈过许多，我们打算等他弟弟成年再考虑生孩子……"

"这你也同意？"

"是我提议的，我一直想做丁克族。"

申珍冷笑一声以示费解。

姬松月叹息："我不会跟孩子相处。"

"你倒是挺有自知之明！我外甥五岁那年来月桂谷过暑假，你自告奋勇给他念童话，结果把他吓跑了，你还以为他跟你玩躲猫猫，追得他哇哇乱叫、又哭又闹。"

"我忘了。"被姬松月吓哭过的小朋友数量之多，她都记不清了。到现在她也没搞明白，她是怎么吓到他们的。

申珍嗤之以鼻。

"我刚才说过，我答应过朱苑青，会善待他的弟弟！"姬松月说，"即使情况有变，我也不能立马翻脸走人啊！别喝了，你醉了。"

"我没醉，"申珍口齿不清地说，"告诉你个事儿，这几年我外甥女不是一直由我妈妈照顾的吗？我一直相信我姐姐的说法，以为她跟姐夫在外地太忙了。可是你猜怎么着？前天我才知道，原来他们两个人早就分居了！现在正在商议离婚呢。姐夫想挽回，不过我看形势不太乐观。"她又凑过来，用一只手罩住嘴巴神秘地说，"听说她跟一个嬉皮士搞上了，心思回不来了。"

她的语调虽然神秘，声音却不小，连邻桌的马尾女孩都听见了。一听她又开始口无遮拦，姬松月明白她喝多了。"别拿手遮了！你的声音很大。"

"现在还不知道我姐什么时候才肯回来呢！老实说，十几岁的女孩真的让人费心，不是闷闷不乐，就是唉声叹气，整天对着日记本愣神。我怀疑她最近在早恋。要是她走上了邪路，我该怎么跟她父母交代啊？真庆幸我十年前没选教育专业，当时还有点拿不定主意呢。青春期的孩子都是魔鬼，相信我，如果可以的话，一定要尽可能远离他们。"

"不一定。"姬松月费力地说。

她模模糊糊地想，电影里的青春期少年全都任性暴躁、固执己见、敌意十足，对继父、继母和哥哥的未婚妻等家庭新成员充满戒备，眼神恨不得能射出远红外线。但现实中并不完全如此，至少她刚才见到的孩子就不这样。他是个很温柔的男孩。

"我很好奇，他是不是跟朱苑青很像？"

姬松月摇头："不像。"

申珍惊讶地问："你指的是哪一方面？相貌、举止，还是性格?"

"都不像。"如果不是家里这档子事,姬松月感觉他的性格应该会很开朗。"对了!这么一说,好像有件事我忘了做。"

"什么事?"申珍问。

"想不起来了。"

申珍说:"你已经喝成大舌头了。"

姬松月一边认真想,一边跟申珍聊天,想着想着就彻底忘了。直到欢快的铃声再次响起,她从皮包里抓出手机对着屏幕一看,吓得差点扔出去。

"这是手机还是手雷啊?"申珍问。

"妈呀!"姬松月捂着胸口,大口喘气,过了几秒钟,她又说了一句"妈呀!"除了"妈呀",她已经吓得不会说话了。

"怎么了?"申珍凑过来,冲着明亮的屏幕看。"哎哟,我眼花。"

手机屏幕上显示的是朱苑青的来电。

姬松月用颤抖的双手将手机伸到申珍的面前,申珍又往后推了一下姬松月的手,皱着眉头看了半天。就在姬松月怀疑她的大脑已经被酒精残害得彻底停摆的时候,她突然跳起来喊道:"妈呀!"

邻桌的马尾女孩闭上眼睛,十分缓慢地翻了个白眼,拉住坐在她身边的男孩说:"亲爱的,我们走吧,这边戏精太多了,我都快吓出病了。"

"妈呀,"申珍挥动双臂,"他来找你啦!"

姬松月听见自己用惊恐的声音问:"怎么办?"

申珍挥动双手:"妈呀!"

"我该怎么办?"姬松月厉声问。这会儿醉醺醺的快感早就被吓得灰飞烟灭了。

"快接吧,躲得了初一躲不过十五,别让他追到这里来,我现在不是很想见他。"

姬松月一咬牙,按下了接通键。她颤抖着问:"朱苑青?"

"姐姐?小月姐,你还好吗?"这声音很温柔,听起来有点耳熟。"小月姐,我是朱雀。"他略带犹豫地说,"你刚才说过一定会回来,天这么晚了,我担心你遇到坏人。你还好吧?我只是有点担心而已,所以才用哥哥的备用手机联系你。只要确定你没事就好了。"

对了!现在她可算想起来了!"我马上回去!"她摇摇晃晃地站起身来,伸了伸麻木的舌头,"我马上就回去!"

"没关系的,我真的就是想确认下你没事而已。"

"我没事,我马上回去!"她挂断电话,就要往外走。"是朱雀。我说刚才有件事呢。"

"什么事?"申珍问。

尽管眼珠已经不听使唤,姬松月还是尽她所能地翻了个犀利的白眼。"你说过,十一点之前我们一定要回家的!现在都十二点一刻了！那孩子为了等我，现在都还没睡，一直在担心呢！都是我不好，朱苑青才刚走，我答应他会照顾好他弟弟的！"说着，她又哇地一声哭起来。

两个人相互搀扶，迈着颤抖的步伐，蹒跚走出了小酒吧。姬松月努力沿空心砖拼成的步行道迈步，申珍走得东倒西歪。姬松月感觉自己像保龄球一样被她撞来撞去。好容易保持住平衡，又袭来一轮新的冲击。

申珍的呻吟回荡在深夜的街道，听起来有点瘆人。"知道你现在走路像什么吗？跳华尔兹的唐老鸭！"

"打不到车，跟我回去吧。"姬松月说。

就在这时，申珍停下脚步，从口袋里摸出手机，翻看起来。姬松月使劲拽她，她却耍上了滑步。过了很久，至少有一颗星星熄灭的时间那么久，她还在翻手机。

"你到底在干什么？现在是玩游戏的时候吗？还有孩子在家里等着我呢！"姬松月口齿不清的怒吼在凌晨空旷的街道上激起了回音。一想到在这么一天结束时，还有一个人在家里等她，她百感交集。

她自言自语："竟然把这事给忘了，我是不是太坏了？"

"对。"申珍说。

姬松月扭过头，发现申珍正对着手机说话呢。

"对，我是申珍，你是谁啊？哦，对，许耀山，你有什么事吗？对了，是我给你打的电话。对，我喝酒了，不过没醉。我最近挺好的，你呢？我在水莲苑这边呢。不是，不是来找你的,是来找我闺蜜小月。我现在在井心花园旁边的水莲苑小区附近,具体多近我也不知道,哎,别挂电话啊——"

没一会儿,申珍的前男友许耀山开车来了。他把姬松月送上回家的电梯,带着哭哭啼啼的申珍走了。

姬松月拧了半天,愣是没打开门锁。最后还是听到动静的朱雀来开了门:"怎么不按门铃?"

"我以为你已经睡了。你还在等我吗?"

他没说话。

"抱歉。"她说。

他摇摇头。

"几点了?"她问。

"一点十分。"

"天啊,"她醉醺醺地说,"已经这么晚了?刚才还只有十二点呢。快去睡觉!明天还得上学呢。对了,要不要我帮你请个假?"她在皮包里摸手机。

朱雀脸上的表情有点复杂,令她莫名为他担心。"现在老师肯定都睡了,而且今天是周五。"他说。

"哦,对了。"她说,"快去休息吧,小心熬夜不长个子。"

他努努嘴,嘴角翘成一个有点俏皮的弧度。她猜测他是想给她一个微笑的,但这个微笑不太成功,用她被酒精熏过的眼睛也能看得出。

他说:"我不想再长高了。"

她能看出他不想去睡觉,也能看出忧郁像七月潮湿的空气一般浸透了他。可是她爱莫能助。她可以为他盖好薄毯,为他关上夜灯,为他道声晚安,为他在额头印上轻轻一个晚安吻,为他做一顿营养早餐……

但她无法为他斩除心魔,即使她想那么做。

心魔长在人的心底。想要战胜心魔,除了他本人,谁也没有办法帮他。即使以他的年龄,面对这些确实太早,但既然命运将他带到这里,除了面对,别无选择。其实她跟他一样无助,也很害怕,不想去漆黑安静的房间里睡觉。

"那你也得去睡了。"她那命令的语气有点不近人情。

他呆立在原地,像是有话要说。她等了一会儿,但他什么都没说。

他正忍受着巨大的痛苦。她深知自己的无助,于是也懂得他的无助。也许她最终能熬过去,可他的年纪这么小——

她对自己作出妥协:"是不是心里难过睡不着?你需要薰衣草精油吗?要不我给你冲杯花草茶?对了,你想听个睡前童话吗?"

"我快十六岁了。"他小声说。

"有什么关系?有的人六十岁还玩蹦极呢。如果能让你觉得好受一点,睡前童话也没什么大不了的。还是说,你想听恐怖故事?"

对于一个孩子来说,姬松月想不出还有什么比童话更具诱惑性。成长于单亲家庭的她由妈妈带大。童年时代妈妈一直很忙,那些年,妈妈合上童话书、替她掖好被角、亲吻她的额头、道一声晚安,然后关上小熊台灯离去的轻缓脚步声,对她来说无比珍贵。就算拿世界上所有的水果糖、巧克力豆和香草冰淇淋跟妈妈讲的童话交换,她也不会换。

她从来没有把这个秘密告诉任何人:直到现在,她还会梦到妈妈为她讲睡前童话。

朱雀倚在枕头上,胸前搭着浅紫色的薄毯。他略显不安地看着姬松月从朱苑青的书房拿来的那本童话书。"其实你不用为我做那么多。"

"嘘——"她将食指搭在嘴唇上,"我们讲肯尼斯·格雷厄姆的《柳林风声》好吗?一会儿你就会忘记一切烦恼,跟鼹鼠一样呼呼地睡着。"

《柳林风声》是她的童年挚爱,眼前的男孩不会知道,曾经有多少个夜晚,她祈祷妈妈回家为她讲完这个故事。现在,一晃二十多年过去了,那个在夜里暗自流泪、期盼童话的小女孩已经长大,变成了一个为某个孩子念童话的女人。

"答应我,当我讲完第一章的时候,你就闭上眼睛,什么都不想,然后好好睡一觉,好吗?"

他点点头。

她清了清嗓子:"整个上午,鼹鼠都在勤奋地干活,为他小小的房间作春季大扫除……"

没过多久,她就沉浸在仿佛还留有童年糖果味道的甜蜜故事中了。时不时瞥他一眼,发现他安静地低着头,盯着毯子上的小星星愣神。

每当她觉得他会厌倦时,他就会露出一个贴心的微笑,或者抬头跟她交换一个眼神,时而专注,时而困惑。

也许只是一瞬间的错觉,她意识到她正变得强大。之前她从未有过这种感觉:她也可以像一个母亲一样,给一个需要安慰的孩子带来一些温暖。

读到鼹鼠和河鼠划船来到环抱湖水的青草岸边野餐时,朱雀的脸上露出了若有若无的笑意。鼹鼠因为任性而落水时,他的手指轻点着毯子上的小星星。而当河鼠在客厅里为湿淋淋的鼹鼠点上炉火,两只动物饱餐一顿,进入心满意足的睡眠时,他深吸一口气,闭上了眼睛。

"他把耳朵贴近芦苇秆时,有时会偷听到风在芦苇丛里的窃窃私语。"读完第一章的最后一句,八音盒闹钟的时针已经指向凌晨两点四十分。她合上书,轻轻走到门口,关了灯。客厅的蜂蜜色灯光在黑暗的卧室地板上切出一道楔形。

蹑手蹑脚地关门离开时,背后飘来朱雀的声音:"晚安。"

"晚安,"她说,"好好休息,什么都不用担心。我会尊重你的意愿。在你决定好跟哪个亲戚一起生活之前,我都可以照顾你。"

窗外的无花果树在窗帘上投下海藻一般茂盛的树影。

树影在夜风撩动下摇曳，有如深海中漫舞的海藻，缓慢而忧伤，

轻叩她的心扉。

七

这真是漫长的一天。

姬松月躺在朱苑青的床上，聚精会神地盯着天花板。路灯映照下，窗外的无花果树在窗帘上投下海藻一般茂盛的树影。树影在夜风撩动下摇曳，有如深海中漫舞的海藻，缓慢而忧伤，轻叩她的心扉。

漆黑的天花板上，放映着雪花点闪烁的旧电影，一帧一帧——是她和朱苑青的回忆。第一次见面、第一次约会、第一次谈心……越努力想，画面就越模糊。

如果从现在开始一点一点遗忘，用不了多久，朱苑青就会遗落在她记忆迷宫中的某处，迷途难返。曾经如此亲密的伴侣竟像一把灰烬一般挥散，很快就会在她的人生中抹去最后的痕迹。

有什么办法能留住他的痕迹？她想不出。

一种难以言喻的恐惧扼住她的脖子，几乎令她窒息。

思念像一张曝光过度的旧照片，印在脑海中，模糊而炽热，灼烧着她的眼睛。她躲在毯子下，压抑着汹涌的情绪，直到她的意志被断断续续的啜泣击碎。她焦躁地发现，自己又哭了。

她再一次将脸埋进蓬松的白色鹅毛枕头里，让枕头里的羽毛吸干她的泪水。不管是使劲揪头发、握紧拳头，还是屏住呼吸，泪水就是不听话。她从来不知道一个人可以流这么多眼泪。如果一直这么哭下去，她会不会因为体内水分耗尽而死去？

不知道哭了多久，窗帘上的树影消失了。微光闪现，从墙面蔓延至地板。天亮了。一夜的哭泣后，她疲惫的脑袋终于归于空白，在黎明时分坠入了睡眠的黑洞。

上午醒来，恍惚中掺杂着延绵的头痛，有点像宿醉，但更强烈，也更尖锐。她试着回想前一天发生的事。

舌头、手指和四肢都很麻木，脑袋也有些迟钝。她使劲按着太阳穴，眯着眼睛看向墙上的挂钟——

没有挂钟。

没有挂钟！一道急促的警铃在脑中响起。姬松月猛然反应过来，这里不是她的卧室。是朱苑青的卧室！她之所以会在这里，跟她之所以会感到头痛有同一个原因：朱苑青因车祸去世了。

当她意识到这一点，平静的世界再度开始旋转。昨天的一幕幕又泛上心头，一遍一遍冲刷着布满伤痕的心灵海岸线。断绝母女关系、离家出走、辞职未遂、朱苑青的死讯、接受调查、和申珍买醉、给朱雀读了童话……

对了,朱雀!不过读童话?这是一个诡异的梦境吧?

她看看床头柜上的闹钟,八点五十。她已经超过一天没有吃饭了。轻轻走出卧室,路过朱雀的房间,发现房门还关着。昨天他也睡得很晚,现在应该还在休息。

贴着琳琅满目冰箱贴的冰箱里,栖息着朱苑青还没来得及吃完的食物。她充分利用冰箱里的食材,煎了鸡蛋吐司,做了火腿蛋三明治,拌了甜玉米沙拉。妈妈总说,如果睡眠不足,就更要好好吃饭。虽然离家出走,她还是不知不觉践行着家里的习惯。

榨苹果汁的间隙,她站在冰箱前打量立体冰箱贴。

栩栩如生的甜甜圈、装满樱桃的水果篮、娇艳欲滴的西瓜片、粉色系的冰淇淋球、胖乎乎的马卡龙、晶莹的三色鸡尾酒、令人心情爽朗的草莓蛋糕、色彩缤纷的糖果……姬松月越看越诧异,因为她所认识的朱苑青绝对不是会在冰箱上粘满这些可爱小东西的人。

"是不是很好奇?"朱雀的声音从身后传来。

"睡得怎么样?"她问。

他看起来比昨晚好多了,虽然情绪谈不上活跃,但也没有特别沉重。他的皮肤仍然闪着吹弹可破的光泽。她不禁在心里感叹,这都是呼之欲出的胶原蛋白在起作用。这就是青春,熬了夜仍旧皮肤鲜亮。

"还行。"他说。

如果她的直觉没错,他当然是在说谎了。而且如果她的直觉没错,他是那种经常隐瞒真实感受的男孩,会用"还行"回答每一个"怎么样?"

姬松月有点为他遗憾,如果一个孩子学会隐藏他的每一个小情绪,那他至今为止的生活该是如何度过的?难道没有人在乎过他的感受吗?至少朱苑青不会无视朱雀的情感需求吧?

"你呢?"他问。

"我也是。"她说,"准备一下,可以吃早餐了。"

但是他没有动:"你刚才在看冰箱贴?"

"对,"她说,"我在想,你哥哥不像是有这种闲情逸致的人。"

"是我贴的。"他说。

她预料到了:"原来如此。"

她倒好果汁,摘下绿白相间的小方格围裙。朱雀仍然站在原地若有所思,似乎有什么话要说。但她没有头绪,什么事会让他如此犹豫不决。

"怎么了?"她问。

"嗯——"他又不说话了。她知道他在考虑,但不确定他是在考虑是否开口,还是考虑如何开口。"昨天的话是真的吗?"

"什么?"这回该换她考虑了。

"昨晚你说的话,是真的吗?"

要回答这个问题,姬松月首先想问他,昨天她说了什么?起床时梳理前一天的经历时,她可不记得她落下了什么。

看到姬松月在迟疑,一种难以言传的失落感浮上朱雀的脸庞。惊讶、失望、感伤——虽然只有一点点,但也是昨晚以来,他最不加掩饰的一次真情表露了,鉴于他是一个习惯于隐藏负面情绪的孩子。

但他很快就调节好了情绪:"没关系,忘了吧。可能是我记错了。"

姬松月叫住了他。她不想忘了,或者当作什么事都没发生过。"过来,告诉我怎么回事。"朱雀看着她,似乎在盘算她说的话是出自真心,还是换一种方式敷衍他。

"首先我向你道歉,昨天我和你一样,度过了非常艰难的一天。我喝了一点酒,虽然没喝醉,可能有几段记忆断片了。如果你不觉得麻烦的话,能不能帮我接上?"姬松月说。

朱雀被她说服了,换一种说法,他给了姬松月一个伤害他的机会。当他选择相信一个他不了解的人,就等于冒着被欺骗的风险。

她走到他身边。

朱雀垂下眼帘,又长又密的睫毛像黑百灵闭合的翅膀,将不明所以的目光紧紧地锁在其中,只在眼尾留下一道浓密的阴影。这时姬松月发现,他眼尾的睫毛很长。

"昨天晚上，你说会尊重我的想法，照顾我一直到我决定跟谁一起生活。"朱雀的声音很小，语速慢悠悠的。

时光碎片在重组，姬松月好像有点记起来了，她的确是说过类似的话。这话并非违心之言。即使现在，她也不觉得后悔。但如果处于完全清醒的状态下，她大概不会说这话。在一天的时间里照顾某人，是爱心，但在不可预见的未来照顾某人，那就是责任了。责任是一副沉重的枷锁，没有人愿意自投罗网，她当然也不例外。

不久前与朱苑青的那次长谈，她答应婚后一定会将朱雀视如己出，尽管朱苑青没有那么要求她。朱苑青说只要给朱雀一个家就可以了，但她坚持说会给朱雀一个温暖的家，让他健康快乐地长大。

朱苑青出事前，打算带朱雀来跟她见面，把即将举办婚礼的消息告诉他。没想到，几天之后姬松月竟然是以这种方式同朱雀见面。没有了朱苑青，这一切都失去了意义。尽管如此，她决定信守承诺。

为什么不呢？不就是几天嘛。这样一来，朱雀舒心了，朱苑青的亡灵舒心了，姬松月自己也因为摆脱负罪感舒心了，有什么不好呢。

她郑重地点头："是真的。"

沮丧被驱散，神采重新占领了朱雀的脸庞。现在的他看起来正是一个十五岁男孩该有的样子。似乎意识到自己的雀跃，他又变得低落了一些。

姬松月很想告诉他，没关系，他应该快乐一点，又生怕不合时宜，毕竟死去的人也是他哥哥，她不想让他感觉受到了冒犯。

"所以，你现在有几个候选人？"她故作轻松地问。

很显然，他没弄明白："什么候选人？"

"叔叔、姑妈、舅舅、姨妈……他们中谁最有可能跟你一起生活？"

他吓了一跳，即使没那么夸张，至少也受到了某种程度的震动。眼睛滋生出令人不解的慌张，吞吞吐吐地说："现在还不确定，律师正在联系他们，有了结果会通知我。我有一个没见过几次面的姑妈，估计情况不乐观。妈妈那边，还有舅舅和姨妈。其实我——我马上就要十六岁了，可以一个人生活了。"

"那可不行，你还没成年呢。"

"我一直照顾自己，自理能力很强的。我可以转学去寄宿学校，高中毕业我就成年了，上了大学，就可以独居了。"

"可你现在需要一个监护人啊。"

朱雀抬起眼睛看着姬松月，羞涩中还带有隐隐的期待。除了毛茸茸的小动物，姬松月从来没见过谁有这么乖巧、可爱、温柔的眼神。花了好几秒钟她才明白。

不行。姬松月明白了，但是不行。即使是像他这么乖的男孩，即使是一只刚出生的松狮犬宝宝，即使是一只笨笨的短尾矮袋鼠也不行。她做不了任何人的监护人。这就是她迟迟不想结婚生子的原因。

姬松月可以在短期内照顾某人，但她可不想将珍贵的自由绑上石头，沉进大海。至少现在不想。她装作没有听懂，飞快地移开了目光，祈祷他没有看出破绽。"快吃早餐吧，要凉了。"

姬松月没敢看他，所以也不知道他的眼中是否有失望掠过。他们小心翼翼地在餐桌边坐下。刚吃了两口，他咀嚼的动作就明显慢下来。

"怎么了？"姬松月不安地问。

"没事。"朱雀说。

姬松月拿起鸡蛋吐司吃了一口，吐司的口感微妙，味道竟然有点像九零年前产的红酒的软木塞。"来，吃火腿蛋三明治吧。"她率先尝了一口，"还行。"老实说，鸡蛋煎煳了。煎蛋的边缘煳得几近萎缩，口感融合了玻璃纸的韧性以及木材的坚硬。除此之外，一切还好。

"甜玉米挺好吃的。"朱雀说。

"这是我的拿手菜。"姬松月说。

早餐之后，朱雀想帮姬松月洗盘子，她断然拒绝了。他靠在冰箱上看她洗盘子，说她做的早餐很好吃，是今年他吃过的最好吃的一顿早餐。

姬松月很开心，又说不上原因。大概是被人需要的感觉令她陶醉。

"你需要我做什么保证吗？"他问。

"什么保证?"她问。

"约法三章之类的。比如不能晚于十点回家、不能碰你的东西、不能说脏话之类的,我都可以做到的。"

一阵温暖的洋流渗进她的心田。近来烦心事太多了,姬松月眨个眼都能擦出火星来。对成年人横眉冷对的叛逆青少年随处可见,但他却是一个那么贴心的孩子。

姬松月根本没有想过什么"约法三章"。她几乎没有跟青春期的孩子打过交道,也远远没想到要跟朱雀建立那么复杂的关系。既然他说了,这个问题还是需要考虑的。毕竟既然照顾了,就要照顾好,而且她不想让他觉得被敷衍。

"应该约法三章,"她装模作样地说,"具体内容我得再考虑一下。"

"小月姐,你是不是打算住下来?"朱雀谨慎地问。

以一个成年人的经验,姬松月的第一反应是他在了解关于房屋继承权的事。但一看朱雀那九月天空一般澄澈的眼睛,她就知道自己想多了。

"目前看来,是这样的。"她跟他一样,基本上是"无家可归"了。

朱雀没头没尾地问:"是不是昨晚的事你都忘光了?"

"没到那么夸张的程度,"姬松月说,"只是忘了几个片段,比如怎么回家的。对了,我还隐约记得念童话给你听,还是说,这是一个怪异的梦?"如果是梦的话,也太过逼真了一点吧?一提这事,朱雀的脸上闪过一丝狡黠。

"怎么了？我也觉得这事有点玄乎，而且我都断片了，哪来的闲情逸致读童话？"

"这是真的。"

姬松月瞪大眼睛："告诉我，我是怎么做到的？"

"你知道捧着一盒爆米花被绊倒的时候，爆米花散落一地的样子吗？这就是你读童话的感觉。后来我都怀疑你是在说梦话，时断时续，有时候大段大段地略过，认不出的词你就直接跳过，其实大部分时间你只是在重复那几段。"说起昨晚的童话，朱雀滔滔不绝地控诉着，"我想你应该很喜欢鼹鼠跟河鼠野餐的那段，那段你至少读了两遍。"

"抱歉，"姬松月说，"我完全不知道。"

朱雀赶紧摇头："如果没有你的童话，我真不知道昨晚该怎么过。其实我也不敢相信，长到这么大了，竟然还需要有人讲睡前童话哄我入睡。要是学校的朋友知道了，很可能会嘲笑我到毕业为止。"

姬松月神秘兮兮地说："放心，我会帮你保密的。"眨眼间她又改变了主意，决定吓吓他："所以你要听话，否则我会把这个秘密做成宣传海报，印一百份，张贴在你的学校门口。"

朱雀故作无奈地抿抿嘴。

据朱雀说，他爸爸早就跟远方的爷爷那边断绝了来往。爷爷还有一个女儿。自从爸爸的精神出了问题，近年来，他只在爷爷的葬礼上见过姑妈一面。姑妈对他和朱苑青的冷淡程度不亚于十二月寒风中的冰雨。

"大概她对爸爸的事还是不能释怀。"

朱雀的父亲早年在月桂谷大学读书，毕业之后为了跟第一任妻子结婚，不顾父母反对执意留在月桂谷。这一点姬松月早有耳闻。祖父以断绝关系相威胁，但他父亲依然没有回心转意。大儿子朱苑青出生后很久，祖父才原谅了父亲。

但是姑妈并没有原谅她的弟弟。其实那些年，祖父一直身体不好，挂念着远方固执的儿子。好容易修复关系之后，儿子的精神却出了问题。祖父是抱着遗憾去世的，他的整个晚年都在重重心事中度过，死前却没能见到儿子一面。直到现在，对于弃亲生父亲于不顾、将家庭搅得一团糟的弟弟，姑妈除了厌恶没有更多的感情。

朱雀母亲那边的情况也不容乐观。他有一个舅舅和一个姨妈，舅舅是个酗酒的无业游民，或者说常年待业的酒鬼。两年前因为打断朋友的下颌骨和两颗牙齿，曾来找朱苑青借过钱。他也只有借钱时，才会记起朱雀这个亲戚。

相比舅舅，姨妈是个正派的女人。她有一个正在读高中的儿子，姨夫好像是西班牙语翻译，一家人定居海外。遗憾的是，朱雀对她的了解有限。

朱雀的母亲去世至今也有十几年了，此后他跟他们极少往来，舅舅和姨妈说不定连他的名字都叫不出来了。

姬松月看出形势凶多吉少，朱雀是在给她打预防针——事情不会那么顺利。她的情绪有点小低落，可朱雀却爽朗地总结道:"据说在我成年之前,姨妈很有可能做我的监护人。"语气中透着毫无根据的乐观,颇有点安慰人的意思。

"希望如此,这样你就能尽快安顿下来。"姬松月说。

朱雀绷紧嘴唇,水平的唇线隐隐若现。如此一来,就扯出了一个不算生动却令人安心的笑容。"不用担心啦。"

姬松月不想表现得好像急于甩掉包袱的样子,于是没再废话。

朱雀补充说:"我想,做两年我的监护人也不会太难吧,只是在白纸上签下一个名字的工夫。我很省心的。我们提前会交涉好,我会念寄宿学校,照顾好自己的生活,钱上也不用姨妈费心,任何事我都会自己处理,绝对不给她添麻烦。"

姬松月赶忙说:"没关系的,不用着急。"

"应该还需要几周吧。"朱雀说,"中间需要作些协调,而且姨妈现在在西班牙,一时半会儿回不来。"

"不用担心,你想在这里住多久就住多久。"

朱雀眨眨眼睛,早春盛开的风信子花瓣一般卷曲的睫毛忽闪着:"谢谢。"

其实有什么可谢的呢?这是朱苑青家的房子,财产里也有属于他的一部分,他住在这里不是理所当然的吗?

姬松月发现他真的是一个很坚强的男孩。她早就看出他很坚强,从昨晚,甚至两年前第一次见面时就看出来了。但她以为的坚强也不过就是坚强而已,但他的"坚强"远远超出了她的理解范围。

在那些可怕的经历之后，怎么还可能拥有那么温柔的眼神？他是怎么做到没有愤世嫉俗，没有愤愤不平，没有一丝怨言，心平气和地接受那一切的呢？至少在他姨妈接走他之前，她会好好照顾他。即使无法补偿他曾经受到的伤害，起码问心无愧吧。

"做得好，小月！"小天使说。

小恶魔发出坏笑："接下来你可是会很辛苦哦。"

那天午饭后，姬松月正式起草"约法三章"。为此她跟申珍通了电话。申珍受姐姐之托，照看刚上高中的外甥女已近一年，在这方面经验丰富。

近一个小时的通话中，申珍花了四十分钟抱怨青春期的外甥女喜怒无常、任性难相处，又花了十几分钟解释昨晚打电话给前男友的原因，尽管她拒绝谈论被送回家之后，两人又发生了什么。用她的原话说："不是想他，也不是习惯，只是拨错了号而已。"

姬松月叹了口气："别再闭眼往自己的脸上贴金了好吗？人生苦短，大家都很累，遇到合适的人，就别再瞎折腾了，快点复合吧。"

申珍似乎受到了触动，罕见地陷入沉默，没有再"死鸭子嘴硬"强词夺理。直到这时，姬松月才得到机会，道出她打电话的初衷。

但姬松月只得到一个令人失望至极的答案，据申珍说：

"任何约法三章都只是摆设而已,他不会听的。你可以立下法典,刻在墙上,整日吟诵,但最终你会发现,这只是你一个人的独角戏。只要你不嫌累,你可以演到本世纪末。"

"但是朱雀不会那样的。"

"好啊,那你就随便规定点什么试试吧,禁止晚归,禁止沉迷于手机游戏,禁止早恋,禁止翘课之类的,你看他会不会听。"

晚饭之后,姬松月公开了她的"约法三章"。

禁止挑食、禁止熬夜、禁止上课走神、多吃蔬菜水果、多休息、多喝水、多学习、适当运动、保持良好的情绪。

朱雀惊讶地瞪大眼睛:"就这样?"

姬松月郑重点头:"我暂时就想到这么多。"

朱雀开玩笑说:"你好像我妈妈哦。"

"妈妈"这个词触动了她。这个词蕴含着如此深不可测的意境,令姬松月联想到映在冬日结霜窗口上的淡黄色温暖灯光、静谧的百合田里降下的第一颗微亮的星星、打开烤箱一瞬间溢出的草莓蛋糕的香甜气息。

姬松月极少在心中勾画做妈妈的场景,即使是在最天马行空的幻想中。因为她想象不出来。

其实姬松月并不像同龄人一样,那么急切地期待成为一个母亲。她喜欢逗小孩,并不代表她想做母亲。以她的年龄来说,这有点奇怪。

"小月姐,你有没有什么特殊的生活习惯,比如讨厌噪声、不吃西兰花和豌豆之类的?"

姬松月迟疑地说:"没有吧。"她从来没有被这么问过,一时半会儿给不出确切答案。"你是准备为我做饭吗?"她调侃道。

"嗯哼。"

她被他懒洋洋的样子逗笑了。

姬松月将脸扭向窗外,
此时的天空已经变成了矢车菊的那种蓝紫色。

八

姬松月坐在办公桌前,凝视着窗沿上正在枯萎的金盏花,周五早上那雀跃的心情俨然成了一个远逝的梦。

窗外布谷鸟的啁啾演奏出轻盈的小步圆舞曲。沮丧的念头像气泡一样膨胀着,姬松月将视线投向窗外。一只胖乎乎的灰色布谷鸟正仰望着头顶缀满淡紫色蓝雪花的枝叶,一展歌喉。

回过神来,姬松月轻轻叹了口气,又对着电脑屏幕愣起了神。就在这时,一阵熟悉且令人厌恶的笑声如水泥一般灌进耳朵。果不其然,姜蓉又在说笑呢。片刻后,她探进头来。

姬松月把她当作隐形人,连瞧也没瞧一眼。就算这样,"抢镜女王"也能找到存在感。她专注地盯着姬松月:"还以为你今天不会来上班了呢。"

姬松月本想装没听见,又觉得还是尽快打发她为好。她转过头,生硬地问:"为什么?"

"你不是中彩票了吗?周五的时候那么乐滋滋的呢。我真以为你领了奖金,就直接飞去巴厘岛度假了,还怀疑今后能不能再见到你呢。"

"这样啊。"

姜蓉皮笑肉不笑地说:"哟,看来是真的中了大奖啊,恭喜了!"

超高分贝的噪声缠绕在耳边,挥之不去。姬松月轻轻闭上眼睛。愤怒的眼珠像一位娴熟的花样滑冰选手,在她的眼眶里完成了一个超高难度的三周跳。

"乐器学校的招生方案怎么样了?"姜蓉问。

姬松月没抬眼皮:"交上了。"

"哟,今天情绪不大对啊?"

姬松月扯出一个冷漠的微笑,这已经是她能够给出的最体面的答复了。

万万想不到,姜蓉好像吞了一台复读机。她不厌其烦地重复:"今天情绪不太对啊?"

"去你妈的。"小恶魔说。

"稳住!"小天使说。

"妈的。"姬松月以一个心智在平均水平的成年人的耐力,将这句心里话扼杀在了喉咙里。但看了姜蓉的表情,她又不禁怀疑脏话已经脱口而出。因为姜蓉正用针灸式的尖利眼神打量她。

"还有什么问题吗?"姬松月问。

"那我是不是应该换个时间再打扰?"

听了这带刺的挑衅,姬松月气不打一处来。她热爱和平的程度绝不亚于和平鸽热爱橄榄枝。放在平日,她会无视那阴阳怪气的废话。"广告方案按程序走就行了,哪还劳您这个代理主管亲自过问啊?"

自从年初业务部主管辞职之后,姜蓉喜滋滋地当上了代理主管,原本就自视甚高的她,如今在自己眼中,身价起码又暴涨了十倍。只是几个月过去了,"代理"两个字还没摘掉,她看似坚硬的耐心也有了融化的迹象。

大家都心照不宣地叫她"姜主管",虽然不是所有人都相信她能当上主管。今天大概是头一次有人叫她"代理主管"。不试不知道,"代理"这两个字是姜蓉的死穴无疑。她愤然注视姬松月,竭力摆出一副理智的样子。

"要不是你请假,方案早该做好了!毕竟负责接洽客户的是我们,客户的抱怨、脾气和催促也都是冲着我们来的!希望创意部尊重我们的工作!"

姬松月说:"整个创意部的事我可管不了。"

"问题就出在你身上!"

姬松月的声音也因气愤变得尖锐起来:"我还不能请个假了?我是类人机器人吗?我请假也是单位批准的,有什么问题吗?"

"请假也得看时机吧?本来就忙得团团转,你偏要这会儿凑热闹！"姜蓉也寸步不让。

姬松月以前从来不跟杠精费话。对她来说，有一件事比饥饿、失眠和疲劳更难以忍受——就是争吵。她曾经是经典理论"一个巴掌拍不响"的坚定支持者。

上周在超市里，看到两个陌生人因为争抢最后一桶坚果燕麦片争吵起来，姬松月还坚信两人都脑残至极。现在她突然改变主意了。

也许有时候，胶着的战争只是一个有着幽灵沼泽一般魄力的脑残黏住别人，非要把人家拽到跟自己一样脑残的水准。而在"脑残"层面论成败，普通人永远比不过脑残。姬松月记得曾经在哪里听过这个理论，还一度对此嗤之以鼻。

想到她的一部分人生观竟然因为一个讨厌鬼发生了改变，姬松月的耐心骤然崩塌。"我什么时候请假，关你什么事？"

对桌寡言少语的小高这会儿脸都白了。他从几分钟前战火初燃时，就一直坐立不安，三番五次想找理由躲开。可惜前几天频频响起的手机铃，今天一次也没响起。

"算了，"小高小声说，"又不是什么大事。"

姬松月哼了一声。

"你这是什么工作态度？"姜蓉质问。

这场除了炮灰之外制造不出任何意义的争吵已经没有必要进行下去了。姬松月往门口看了一眼："这是创意部，不是客户部！"

毫无预警地,姜蓉的"急性癫痫"发作了。她仰起脑袋,翻着白眼,歇斯底里地叫道:"我管不了你!"

小高用机器人式不加抑扬顿挫的语调说:"都算了吧。"

姬松月朝天花板翻了个白眼。

"你这是什么态度?"姜蓉使劲拍打姬松月的办公桌,"不要目中无人!这是单位,不是你家!你不服气,那我找沈主管来评评理!"

姬松月端起茶杯,以奥斯卡最佳女演员都难以企及的戏精方式,吹开浮在水面上的绿茶,喝了一口。

"好啊,我就不信了!"姜蓉气冲冲地踏出办公室,脚下的地面被她的高跟鞋砸得当当响。

"哎哟!"又一声尖叫传来,"疼死我了,这么赶时间啊。"

没多久,申珍抱着胳膊、鬼鬼祟祟地探进头来。一看到姬松月,她紧皱的眉头舒展开来,换上了一副比哭相稍微好看一点的笑脸。"不多休息几天,这么快就来上班啊?"

还在生闷气的姬松月无视了她的问候。

申珍煞有介事地凑到她耳边悄声说:"哎,刚才姜领导急匆匆地干什么去了?满脸火光,路都不看,差点把我柔弱的胳膊肘给撞折了。"

"去找沈主管告状去了。"

申珍呵呵一笑:"看来这下又要有人遭殃了。姜领导大嘴一咧,阴风朝领导们耳朵一吹,就有一个无知的灵魂即将遭到厄运。哪个没眼力见儿的敢得罪她啊?"

"我。"姬松月说。

"不是吧?"申珍吓得连假睫毛都在微微颤抖,"真的假的?"

"骗你能赚钱吗?"

"我的天啊,姬松月!不是我说你,你这无异于以卵击石——自寻死路啊。你伤心悲痛,我理解你,但日子还要继续,你还要坚强地活下去啊。看到你的求生欲一路走低,我却无能为力,真的很让人难过。"

说着说着,情绪激动的申珍几乎眼冒泪光。一听她的话,小高的好奇心苏醒了——慵懒的眼睛瞬间被注入光彩,他微微侧身,越过电脑屏幕瞥了两人一眼。可正在这时,电话铃响了,挂了电话,他快步走出了办公室。

"行了,"姬松月说,"我没事。"

"到底发生了什么?"

"能有什么? 就是工作的事呗。"

"她老是一个劲儿地催着赶进度,有时候明明不着急。最近好几个人都有意见,可就你非当出头鸟。你不怕她拿加农炮轰你啊?得罪了她,小心以后没你的好果子吃。答应我,别再考验自己的战斗极限了好吗?你非要摔得粉身碎骨才知道疼吗?"

她也太夸张了吧。姬松月说:"要不是她穷追不舍,你觉得我愿意跟人吵架吗? 咱俩认识这么久,你看我追着谁吵过架?"

"可是你一吵,就挑了个吵架领域的业界巨头啊。"

姬松月心里更烦了:"行了,别废话了。我没事,你快去忙吧。"

"一会儿沈主管叫你过去,你可控制着脾气点。我得赶紧去忙了,度个假回来,进度落下了一大截。"

十分钟后,电话响了。姬松月试着发出温和冷静的声音,"你好——"

"你好,"熟悉的声音在耳边响起,"是我,申珍。"

姬松月向天花板投去幽怨的一瞥:"怎么了?"

"沈主管没找你吧?"

"没有,可能忙着呢。"

"可能是吧,还没腾出空来。哎,听说姜蓉回去了,逮着一个嗑瓜子聊天的去她办公室训了半个小时了,现在还没出来呢。我觉得沈主管也不一定找你了。"

"怎么了?"

"毕竟你遇到了那样的事。"

好吧,姬松月知道申珍是在试着安慰她,不过她没有因此感觉好受一些。

到了中午,果然相安无事。下午审批文件时,沈主管也没提上午的事。沈主管抬起睿智的目光,越过玳瑁框眼镜,略带顾虑地看了姬松月一眼。

"家里的事处理好了吗?"

姬松月点头:"差不多了。"

沈主管也跟着点头:"那就好。"

姬松月直觉她会再说点什么的,于是在办公桌前踌躇了片刻,但是对方似乎并没有继续说下去的意思。当她转身离开,手指即将触到门把的瞬间,身后传来了诚恳的劝慰声:"世事无常,节哀顺变吧。"

直到从不相关的人口中听到这句话,姬松月才惊讶地发现,痛心归痛心,一切的确是无可挽回了。

下午快下班时,姜蓉又趾高气扬地来到了姬松月的办公室。她春风拂面般温和地对小高说:"今天刘大姐没来啊?"

小高以加倍温和的语气回复道:"她去开会了。"

"怪不得一天没见着人呢。"姜蓉说着,若无其事地朝姬松月这边瞟了一眼,姬松月立刻进入了警戒模式。她等待姜蓉远离她的"安全距离",没想到她却一脚踏了进来。

姬松月将脸扭向窗外,此时的天空已经变成了矢车菊的那种蓝紫色。

姜蓉清清嗓子,以屈尊降贵的姿态说:"呃,那件事你怎么不早说呢?"

姬松月没说话。对于姜蓉即将说的话,她有一种不祥的预感,但她强迫自己不去想那个念头,只有心脏像蹦床上的孩子,跳个不停。

沉默蔓延,空气眼看就凝结成冰霜。姬松月默默祈祷,希望姜蓉别再开口了,这样她们就能装作一切都没有发生过。

就在这时小高问:"什么事啊?"

姜蓉找到了梦寐以求的听众,她的面孔瞬间被激昂点燃了。"你也不知道呢?我还以为我是最后一个知道的呢。"于是当着当事人的面,她以扭捏作态掩饰迫不及待,打开了话匣子,"哎,是姬松月的男朋友——"

姬松月的脑袋"嗡"的一声响了,耳鸣声也激情伴奏,令她心烦意乱。幸好当初没有公开婚约,否则如今姜蓉口中的"男朋友"就会变成"老公"了。

小高虽然寡言,八卦心却不输于任何人。他用小得几乎听不见的声音问:"怎么了?"

"唉——"姜蓉的眉头跟上了发条似的紧紧拧着。她看着姬松月,深深地叹了一口气,"哎,出事故了。"

"哎呀,没事吧?"

姜蓉拉下嘴角,闭上眼睛,缓缓地摇了摇头。

小高的眼睛顿时瞪得有平时的三倍大。他飞快地瞥了一眼面无表情的姬松月,继续用疑惑的目光看着姜蓉,像是在向她求证。姜蓉故作遗憾地点了点头,证实了他最糟糕的猜测。

姬松月屏住呼吸,握紧拳头,指甲深深地嵌入了掌心中。

姜蓉正在努力,尽量让自己看起来不那么开心。她的手指搭在太阳穴上,掌心遮住了嘴角,可是声音却暴露了得意的心情。"你早说嘛！我们又不是不通情达理的人，你好好说明原因，我们怎么会不理解呢？"

"别哭！"严厉的声音在心中响起，"不准哭！别起身！别认输！"姬松月怕稍微对自己温和一点，委屈就会爆发，进而一发不可收拾。

"你看你，这么快就回来上班！本该多休息几天的啊。"姜蓉声音中的得意劲儿越来越浓。

姬松月觉得再多一秒她就忍不下去了。

"别听她的废话，她打不倒你的！坐好了，挺起腰来！别让她得逞！"大脑这么发出指令，姬松月却震惊地发现，她已然站起身来。

姬松月快步走出办公室。一踏出办公室，眼泪就不争气地流了出来，她小跑进走廊，慌不择路地进了正好停在七楼的电梯，按下了一楼。

不记得是谁曾说过，"棍棒、石头或许会伤害我的肌骨，但语言无法伤害我"。姬松月欣赏他的勇气，但她知道他错了。语言会伤害人。她以为她足够坚强了，可她还是被打败了。

姬松月在电梯中泣不成声，为自己的脆弱而羞耻。突然间，她觉得人与人之间的交往是如此困难，如同行走在荆棘上一般锥心刺骨。

姬松月在楼下的院子里转了两圈，压下蠢蠢欲动的委屈，半劝说半命令式地强迫自己调整心态，擦干眼泪，直面困难。再次踏进电梯,她跟自己约定好,以后再也不会像刚才那么脆弱了。

回到办公室,才发现早就过了下班时间。小高和姜蓉都走了,空荡荡的办公室里仿佛还回荡着恶魔的嘲笑,但她心意已决,下一次一定不会退缩。

回家的路上,姬松月不想去超市买食材,于是顺路买了蛋挞、鸡蛋布丁和泡芙。清早出门时,她是打算下班回家好好做晚饭的,可这会儿实在累得够呛,更没有心情。

打开家门,疲惫感扑面袭来。姬松月瘫坐在沙发上,敲打着僵硬的肩膀,品味着只属于她一个人的辛酸,昏昏欲睡。没多久,朱雀回来了。他穿着运动校服,背着黑色书包,浓密的头发被傍晚的风吹得蓬松又凌乱,跟棉花糖似的。

大概那就是青春,姬松月想。青春是不知疲惫,青春是勇往直前,青春是永无止境。青春是即使你一动不动,活力也会从每一个毛孔里冒出来,难以隐藏,亦无法抹杀。

"我回来了。"朱雀说。

朱雀的校服白得鲜亮,飘着一阵浓郁的甜橙清香。定睛一看,校服的胳膊肘和肩膀上沾着几块果汁之类的小污渍,颇有点抽象主义画作风格。他穿校服的方式也是一言难尽,一边领子几乎挂在肩膀上,另一边领子都快垂到胸前了。姬松月忍住了帮他整理一下领子的冲动。

不知何故,穿上校服的他反而比昨天看起来成熟了一点。难道才过了一天,他就成长了?申珍说过,青春期的孩子每天都在成长,但一天一变就有点太夸张了吧?

"你去学校了?"姬松月问。

"本来可以休息到周末,不过我不想落下太多功课。"朱雀解释道。

等换下校服,穿上白色T恤和黑色运动裤,朱雀看起来更瘦了。

小天使突然问:"如果吃一些缺乏营养的甜食,会不会影响他的发育?要是他在这么一个人生重要阶段,因为没有好好吃饭而生病的话,朱苑青的在天之灵会不会怪罪你?"

"你不是答应过要善待我弟弟吗?为什么要喂他吃垃圾甜点?"朱苑青的声音仿佛在耳边质问,"不知道他正在长身体吗?"

小恶魔辩解道:"营养晚餐看重的是营养,而不是丰盛。一会儿再拌盘蔬菜沙拉,弄份什锦水果,调杯蓝莓奶昔,既简洁省时,又营养均衡。"

"渴死我了。"朱雀举起一大瓶水,咕咚咕咚往喉咙里灌。

"怎么一口气喝这么多?"

"下午有节体育课。"

姬松月叹了口气。

小恶魔翻了个白眼:"你都累了一天了,好好休息吧,明天还得继续跟姜蓉那个贱人斗智斗勇呢。管好你自己就行了，不要这么爱心泛滥好不好？跟他有血缘关系的舅舅姑妈到现在还没站出来呢！你又在这里逞什么英雄？虽说答应过朱苑青会照顾他，可他又不是你的亲戚，至于吗？再说了，蔬菜水果沙拉哪里不好了？非要又蒸又炒又煎又炸才能体现你的心意？营养全都在复杂的烹饪过程中流失了！"

小天使不乐意了："这是说的什么话？小月，你是朱苑青的妻子啊，现在这孩子唯一能依靠的就是你了！要是看到你敷衍他，朱苑青该怎么想？非得让他通过脑电波给你整一出灵魂出窍，你才乐意？何况只有几周而已，你就不能给这可怜的孩子一点温暖吗？你觉得两盘凉拌烂菜心，能喂饱一个刚上完体育课的孩子吗？"

姬松月抬头看了朱雀一眼，他身上的运动服似乎比刚才更宽松了。

"行了！"姬松月横下心，"别争了，我再加个玉米粥行了吧？这粥可得下锅煮吧？也算是复杂工艺了吧？"

"啧啧，"小天使说，"看你那不情愿的样儿，怪不得你妈老说你懒呢。做个饭对你来说，是不是比绝食三天还难？"

"闭嘴吧你。小月跟那孩子非亲非故，做到这样就不错了。就算你查看营养表，今天这顿晚餐也是将维生素、矿物质、蛋白质等青少年成长所需的营养元素搭配得天衣无缝！要是不服气那你来做！"小恶魔说。

小天使谆谆教导："姬松月，我就问你，你十五岁时每周三上完体育课，回家之后是不是特别饿？"

"啊?"姬松月对小天使说,"这就有点过分了啊。毕竟我为了不染指这些烦心事,一心想做丁克族——"

小恶魔呵呵地笑:"说得好,小月!也该给它点颜色看看,要不然它总拿特蕾莎嬷嬷的格局要求你。"

姬松月拿定主意,起身走向厨房,从冰箱里拿出冷藏的食材。"快去做作业吧。"她对刚放下水瓶的朱雀说。

"有什么需要我帮忙的?"朱雀问。

她手艺再不济,也不用一个小朋友来帮忙吧?更何况,当着别人的面做不拿手的事,她会更加手忙脚乱。姬松月摇摇头:"快去做作业吧。"

朱雀的脸上浮现出迟疑的神色。

"放心吧,"姬松月立刻联想到之前被她搞砸的那顿早餐,"上次的早餐是发挥失常。"正说着,她看到朱雀胳膊上的一道指节那么长的伤口。伤口边缘泛红,还没有完全愈合,仔细看的话,还能看到周围淡淡的血迹。"等会儿,你胳膊是怎么了?"

朱雀转过身问:"怎么了?"

姬松月指着伤口:"这是怎么弄的?"

"哦,"朱雀羞涩一笑,"就是打篮球的时候不小心划到了,没什么,一点也不疼,我放学的时候才发现这个伤口。"

"去储物柜找找创可贴。"姬松月说。

可过一会儿姬松月路过朱雀的卧室时,发现他胳膊上的伤口仍然暴露在空气中,明明他刚才答应得好好的。"怎么不贴创可贴?"她问。

"没事,"朱雀略显为难地说,"一会儿就好了,一点也不疼。"

"不是疼不疼的问题,现在伤口还没愈合,就这么暴露在空气中可能会感染。而且伤口被热水一泡,愈合得会更慢。"

朱雀低头听着,不像是要反驳的样子,可仍然无动于衷。现在的孩子,怎么这么懒?"我去给你找!"姬松月气呼呼地往外走。

他突然站起来说:"没有。"

"什么?"

"没有创可贴。"

他头顶的发丝被灯光映成了亚麻色，

她猛然记起了一支西班牙摇篮曲的旋律。

九

姬松月突然感到一阵绝望，因为家里没有创可贴。

这表明，命中注定，她无论如何还是省不了跑一趟超市，尽管她烦得只想躺在沙发上吃妈妈做的红烧栗子鸡。是不是不该那么冲动地离家出走？意识到正在考虑如此自甘堕落的问题，姬松月赶紧抓起钱包，冲出家门。

原本是打算只买创可贴的，正赶上樱桃和海鲜疯狂打折。姬松月邪魅一笑，把带来的钱全换成了樱桃和海鲜。

回到家，她神秘兮兮地对朱雀说："今天晚上我们吃海鲜炒饭。"

朱雀似乎也被她的提议感染了："我来帮忙吧。"

"这么信不过我？对了，"姬松月把一盒创可贴扔给朱雀，"快贴上吧。"

朱雀像蜻蜓停驻在草叶上一样，停顿了一下，之后接过创可贴："谢谢你。"

姬松月没料到他会因此变得情绪低落。她不想把气氛搞得复杂，赶紧转移话题说："快洗手帮我把虾仁、扇贝肉和海瓜子倒进碗里吧。"

姬松月煮好米饭，手忙脚乱地将海鲜放进油锅去炒，又将朱雀帮她切好的番茄和青椒下锅，炒啊炒，加作料，再加米饭，继续炒。除了加作料，其他环节还算顺利。只是额头上不断渗出的汗水对"顺利"二字作出了严正反驳。

"我担心作料可能加多了，"姬松月说，"要不就是加少了。"

朱雀摇摇头："应该不会。"

"坏了！"姬松月喊道，"我没放青豆！"

"没关系的，你非常喜欢青豆吗？"朱雀问。

"一般吧。"

"我也是。"朱雀一脸"多大点儿事"的表情，竟然让姬松月宽心不少。

姬松月这辈子都在跟吹毛求疵的"大佬"打交道，其中最大牌的非她妈妈莫属。能跟一个容易相处、得过且过的人做"室友"，还是令她感到些许欣慰的，尤其是在跟姜蓉打了一天交道之后。

最后，姬松月以一招"无影手"捏扁了半个柠檬，将汁液飞快地洒向炒饭。"好了！"她宣布。

两人面对面坐在餐桌前，餐桌上放着一盘姬松月即兴创作的蔬菜沙拉。拌沙拉是她人生中的第一道菜，也曾是她最引以为傲的手艺,却一度受到申珍的毒舌残害——不是嫌蛋黄酱放少了,就是嫌柠檬汁放多了,还非强迫她加上令人憎恨的鳄梨和胡萝卜——给她的小心灵烙上了深深的阴影。

"炒饭好像有点咸了。"为了免遭嘲笑,姬松月主动出击。

不过朱雀吃得很香:"还好,比学校餐厅的好多了。"

"原来这么多年过去了,学生餐厅还没有改进?"

姬松月告诉朱雀,她上学的时候,学校餐厅的食物也是难吃到了令人头晕目眩的境界。为了免受那震撼人心的精神污染,很多学生偷偷拿小卖部的零食当午饭。餐厅屡次宣布改进,但每次新出的菜单,都只是更加扩展了人类的味觉极限而已。

"从小学到大学,有时候我真怀疑,全月桂谷学校餐厅的厨师都是从同一个培训班里走出来的。"

此番言论得到了现役高中生朱雀的积极支持,他一口气列举了十几个例子来支持她的论点。"尤其是那道厨师自创的爆炒鱼干,"他似乎还沉醉于鱼干怪异的口感中,"有一种爆炒砂纸的感觉。"

朱雀说,他跟朋友有时候也会为了逃避学校午餐去小卖部买零食。姬松月脑袋里的红灯闪了一下。

"什么零食?"她温和地问。

朱雀毫无防备地回答:"辣条、鱿鱼丝、薯片、棉花糖,我一般都行。"

一听这话，姬松月知道应该提醒他少吃零食。她做了几秒钟的心理斗争，还是决定先不打破这愉快的气氛。动不动就把大道理挂在嘴上的成年人，对于孩子来说是很讨厌的，中学时那一堂堂冗长得似乎永无尽头的思想教育课，令她铭记这个道理。

"你最喜欢什么科目？"

朱雀连想都没想："体育。你呢？"

姬松月被问蒙了。他问得那么自然，好像她理所应当记得清楚。可是她已经毕业很久了，久到很少再去回忆她的学生时代。"英语吧。"她说。

"英语？我也喜欢英语，可英语好像不喜欢我。"

"可能你再对它多花点心思，它就会喜欢上你了。据我所知，英语不会对一个男孩一见钟情，它会一点一点喜欢上他。任何学科都是这样。"

朱雀将微笑的脸埋在双手中："好吧。"过了一会儿，他又说："可是英语老师废话很多——"

"是那种沉迷于讲大道理不可自拔的老师，对吧？"

朱雀使劲点头。这么看来，不仅是某些厨师的风格，连某些老师的风格也与十几年前毫无二致。

"我上高中的时候，化学老师从来不讲习题，不是夸张，就是字面意义上的。他的口头禅是'自评吧'。但班里还是有好多学生化学成绩很好，后来我也找到了诀窍，很简单也很难，就是自学。所以下次英语老师废话连篇的时候，你可以试着背单词。"

"下次我试试。"

"不过是在他真的说废话的时候——比如因为某人没写作业而上半堂思想教育课的时候,而不是在他分析语法的时候。"

朱雀心不在焉地点着头:"沙拉很好吃。"

"谢谢,你好像是第一个夸我做饭好吃的人。"

"可能是我口味比较重吧。"朱雀开玩笑道。

晚餐后,朱雀主动帮姬松月洗碗。她本来是要拒绝的,不过他很坚持。她坐在餐桌前看着他站在水池边的背影,试图从他身上寻找一丝朱苑青的痕迹,但是失败了。

他头顶的发丝被灯光映成了亚麻色,她猛然记起了一支西班牙摇篮曲的旋律。

两年前的约会之夜,朱苑青、朱雀和姬松月去了一家月桂谷公园附近的餐厅。那晚,餐厅里一直放着一首西班牙摇篮曲。当时她有过跟现在相似的念头:他们多像一个三口之家。他们原本可以组建一个家庭的。可是一切都消失了,就像午夜的南瓜车,无迹可寻。

朱雀突然转过身,对上姬松月凝视他背影的视线:"怎么了?"

姬松月一时不知道是否应该实话实说,但还是决定实话实说。"我在想,如果我有一个你这样的儿子,就好了。"

话说出口,姬松月感到一阵类似于空虚的失落感。想念朱苑青无益于开启崭新的未来,却能削减她当前的空虚。

朱雀没说话,也没回头。有那么一会儿,姬松月担心他生气了,或者被她的话伤害了。一秒过去了,又是一秒,然后时间似乎凝固了。她已经确定他被她欠加考虑的鲁莽言行伤害了。她正在考虑如何道歉,至少说句调节气氛的话,他突然说:"我很擅长洗碗。"

"我讨厌洗碗。"姬松月说。

朱雀发出调皮的笑声,就像她上学时,班里男生发出的那种傻乎乎的笑声。"那你找到好搭档了。"

"好吧。"姬松月说。

朱雀将擦洗干净的盘子放进壁橱里,甩掉手上的水。是时候结束这场谈话了,姬松月问,"今天过得怎么样?"

"还行。"朱雀说,"不错。你呢?"姬松月发现如果她问他一个问题,他很有可能会问,"你呢?"

"还行吧。"姜蓉讨厌的脸在姬松月眼前闪过,但她还没脆弱到向小朋友诉苦的程度。

但朱雀似乎捕捉到了那转瞬即逝的迟疑:"真的?"

天啊,这孩子真的很聪明。姬松月站起身来:"好了,快去做作业吧,记得要对英语好一点。对了,我有个中学同学,因为迷恋吃辣条,得了胃穿孔,后来被送急诊做手术。"

朱雀夸张地瞪大眼睛,跟提线木偶似的保持着耸肩的动作,呆呆地看着姬松月,表示灵魂受到了震动。

姬松月被他的夸张逗笑了,却摆出严厉的姿态说:"零食虽好,但要适量。"

那天晚上,姬松月做了一个梦,梦见她有了一个小宝宝。这是一个奇怪的梦,毕竟她又不是一棵能自花授粉的果树。小宝宝像夏夜的魔法树,一眨眼就长大了,还会撒娇呢。

有了这个小宝宝,姬松月很幸福。为了守护他,她被赋予无限的勇气——上天入地、斗猛虎斩恶龙——仿佛闯进了迷幻电影里,一刻不停地穿梭在五光十色的画面中。

她再也不会被以姜蓉为代表的邪恶巫婆势力所干扰了,因为在"电影"的最后一幕,姬松月将巫婆彻底送回了造物主的怀抱。彻底到就连末世之日,大天使吹响召唤死者爬出坟墓的号角时,她都没法醒来的那种。

清晨,晨曦透过窗帘点亮了房间,抹净了墙壁和地板上的昏暗。姬松月赖在床上,感受着敷在脸上的阳光,看灰尘在一束束阳光中跳舞。猛然间,她想起了前一晚的梦,不禁感叹道:"妈呀,这哪是小宝宝,分明是颗迷幻蘑菇啊。"

尽管如此,这天的上班路上,姬松月的心情还是不错的。一进办公室,对上她的视线,小高赶紧移开了鬼鬼祟祟的目光。本以为这又是不计其数的普通工作日中的一天,可是她错了。错就错在她忘记了她有吸引意外的磁铁体质。

电话铃又一次响了,姬松月不禁诅咒起"电话之父"安东尼奥·梅乌奇。这大概是上午她接到的第一万通电话。沈主管的声音为她昏昏沉沉的工作日竖起了一道休止符:"姬松月,乐器学校招生广告上的创意部联系电话你改了吗?"

姬松月的眼前闪过一道三叉闪电。

她竟然忘记改了!

原来的联系电话是客户部的统一电话。之前的办公会上,在刚上任的客户部代理主管姜蓉的强烈建议下,统一电话下面又加上了设计师的工作电话。

两年来,姬松月和对桌小高一直共用一个办公号,月初隔壁的小孟调职到分公司,她的原用号码被调给了姬松月。电话号码变动时,乐器学校的传单设计已近结束。

小天使埋怨道:"你太粗心了!"

小恶魔不屑地哼了一声:"朱苑青刚去世,小月心里能好受吗?你就看看这几天,她经历了多少折磨吧。她负主责不假,可这设计稿也不是就她一人经手啊。"

"毕竟换号的事,我自己最清楚嘛。"姬松月对小恶魔说。

"这是昨天下午准备付印前,姜蓉随手翻看时发现的。"沈主管说,"当时我在开会,没接电话,她直接打电话请示孟总监,说是客户催得紧,要不这一单的联系电话就先不改了——"

这个姜蓉!申珍的警告回荡在姬松月的耳边:跟姜蓉作对,简直是在践踏求生欲啊!

姬松月恨自己忘记换号的事!一串电话数字在她脑中翻来覆去地碰撞着,碰撞出无数个数字,跟一群追逐狗熊的蜜蜂似的,发出嗡嗡的噪音。在这场激情大合唱之中,又融入了小高频频擤鼻涕的伴奏音,堪称绝美。

姬松月一把将传单拍在办公桌上。

正在擤鼻涕的小高一听,吓得抖了一下。他的眼神中写满了对急性发作的精神病患者的恐惧,还尽量装作无动于衷。姬松月想,大概在他的眼中,现在的她就是一个男朋友死了、工作又出了岔子、精神受到刺激的可悲大龄女青年吧。

当天上午的最后一通电话响了。一听姬松月说出"孟总监"三个字,戏精小高腾地坐直了身子。姬松月急匆匆冲出办公室,将双眼圆睁、嘴巴张大的新晋百老汇舞台剧男演员小高甩在身后。

听见孟总监说"请进"的时候,姬松月觉得腿都软了,非得坐个轮椅才能进去。但下一秒,她推开门,飒爽地走了进去。

孟总监抬起眼睛,眼珠一动不动地看着姬松月。她以为他叫她来是为了早上的事,所以屏气敛息地等待着。谁知道他却开口说:"苑青的事怎么样了?"

虽说姬松月早就知道孟总监不是吹毛求疵的人,他又是朱苑青的舅舅,因此不会太过为难她,可她这次的确是诚心实意来认错的,绝对没有托关系的意思。况且朱苑青的父母早年就离婚了,母亲再婚之后,他跟母亲都不常见面,更何况舅舅了。连他自己都说,跟舅舅还不如跟小区的门卫熟。

"据说事故还存在疑点,警方决定暂时保存他的身体,也许会做进一步检测。"姬松月说不出"尸体",只能用"身体"代替,听起来却更奇怪了。

"苑青出了这种事,你的情绪我都能理解,意志消沉也是人之常情。我作为他的舅舅,看到这个局面也很痛心。但逝者已矣,生者如斯。希望你能尽快坚强起来,将生活和工作都步入正轨,也算是对苑青最好的纪念。"

"我明白了。"姬松月说。

"如果你需要调节,可以请假休息一段时间。"

"好。"

"好了,去吧。"孟总监说。

他的话的确令姬松月有所触动。虽说一时半会儿不可能恢复到先前的状态,可今天发生的种种,都令她意识到,该往那个方向努力了。她该起身告辞了。看孟总监的脸色,他似乎又想起了什么。

孟总监叹了口气:"前天亲戚聚会,我才从表弟大洋那里听说,你跟苑青已经登记结婚了。他应该联系过你了吧?他是律师,也是苑青的遗嘱执行人。"

姬松月没见过这位"大洋表弟"。朱苑青的事故还在调查中,大概他会在调查了结后再联系她吧。关于结婚的事,两人打算婚礼之前都不公布的。不过既然孟总监是从律师那里听说的,就是另一回事了。

"对了,苑青名下有一套房子和一笔从他爷爷那里继承来的遗产吧?"

姬松月的心率呈加速度攀升。

"苑青还有个同父异母的弟弟,关于遗产的遗留问题,你考虑过吗?"

不是吧?他这是什么意思?想不到平时严肃得一整年只在年终会上露出一次笑脸的孟总监,竟然也会如此八卦?

孟总监清了清嗓子,跟往常一样眉头微蹙,以略带"挑刺"的目光审视她。入职一年后姬松月才明白,这只是他面部表情模式的普通挡而已。

"其实这话我不该说,但毕竟你跟苑青结婚了,站在亲戚角度,有些事也该让你知道,以防苑青没有告诉过你。几年前他在经济上遇到一点问题——估计又是因为帮继母那边的亲戚还债——抵押了名下的那套房子,一度遇到风险,是他外公去世前出手相救,资助了一笔钱,房子才保下来。所以说——"孟总监不动声色地说,"至少那套房子跟他继母那边没什么关系,你作为遗孀,如果他们来争遗产,你无须退让。况且苑青的继母——"他不屑地哼了一声。虽然短促,却有点刺耳。

这是怎么了?

"关于她的私生活,我就不多作评价了。"

姬松月万万没想到,孟总监竟会说出如此一番话,完全颠覆了他平日的高冷形象。她也不确定是他说话的方式,还是内容本身更令她震惊。她都有点怀疑,他是被外星人之类的神秘物质控制了。突如其来的场面令她不知如何是好，只有默默点头。

　　朱苑青的继母，也就是朱雀的妈妈——到底是一个什么样的人？孟总监一定是对她有所了解，并且颇为不满，才会说出这种话吧？他到底知道些什么呢？

　　回到办公室，小高看到姬松月，立即露出一脸戒备的神色："你再不回来，我都准备给保安室打电话了！"

那一天在她的人生中留下了美好的回忆，
也在她的心上刻下了一道微小、却永远无法愈合的伤口。

十

一下午，姬松月在办公桌前坐立难安。"你的脸色很不好，请假回去休息一下吧。"小高说。

姬松月闭上眼睛，试着放松紧绷的神经弹簧，哪知道姜蓉的脸竟然在黑暗中乘虚而入，吓得她赶紧睁开了眼睛。好容易熬到下班时间，又接到加班任务，她打电话给朱雀："冰箱里有昨天买的蛋挞和布丁，要是饿的话，先加热一下吃吧。"

"好。"朱雀说。

"对了，你会加热吗？"

朱雀轻哼了一声，让她觉得她的问题很傻。

话虽如此，回家路上还是不断有可怕的画面从脑袋里往外钻。一开始是天然气泄漏，后来演变成火灾，最后甚至升级到了大爆炸。当姬松月急匆匆赶到楼下，发现周围没有消防车的踪迹时，才彻底放心。

一进门，一缕缥缈的香甜气息击中了姬松月的心房。她不可救药地沉醉于肾上腺激素断崖式下跌所带来的疲惫感中，跟梦游似的，追着这缕香气来到了厨房。长餐桌上铺着浅绿色和白色相间的小方格桌布，桌面上摆放着水果蛋糕。

雪白的奶油蛋糕上，镶嵌着娇艳欲滴的樱桃，樱桃之间淋着浓郁的勃艮第酒红色的果酱。几颗圆滚滚的樱桃上还散落着雪白的糖霜，很像一层还没来得及融化的细雪。白色的奶油将鲜红的樱桃映衬得晶莹剔透，非常可爱。

姬松月站在餐桌前，感到一阵苦乐参半的微弱眩晕。一整天的疲惫、委屈、故作坚强刹那间瓦解，被击成碎片，来势之汹涌，令她毫无招架之力。她的鼻子一酸，眼睛发涩，为了不至失态，只好翻了几个强力白眼。

"我叫它'樱桃炸弹'。"朱雀说。

"噢——"姬松月感叹。

朱雀用俏皮的语气模仿她："噢！"

"今天是你的生日？"姬松月问。

"不是。"

"那你买蛋糕干什么？"

"买的？"朱雀捂着左侧胸口，一副心脏受到重创的样子，"小月姐，你再好好看看，你确定这是买的？"

"你的意思是，"姬松月惊讶得差点来个三级跳，"这不会是你自己做的吧？"

朱雀露出了一个轻浮的好莱坞式微笑："把'不会'去

掉。"幸好他只是调皮了一下,否则姬松月会担心他是被斯坦利·科瓦尔斯基①附体了。"我看到冰箱里有很多樱桃,担心坏掉。"

对了,昨天超市打折时她买的樱桃!如果不赶快吃掉的话,真的会变质。朱雀瞪着晶莹的眼睛,雀跃地看着她。就算不是青少年心理研究专家,姬松月也能看出他在等待着她的评价呢。

姬松月倒吸了一口气:"真想不到,世界上竟然有人能做出这么漂亮可爱的蛋糕!"

担心表现得太过浮夸,姬松月悄悄瞥了他一眼,没想到朱雀一点都没发觉,只是乐滋滋地低着头。

"不好意思了?"姬松月问。

朱雀立刻抬起头,一副"老子就是巴格斯·西格尔②转世"的架势,只是没两秒就破功了。于是他自嘲地一笑,娃娃脸又变成了桃心形。

姬松月很想告诉他,他有点像她看过的卡通片《蜂妹与狗狗猫》中的狗狗猫。狗狗猫是一个既像小狗又像小猫的小家伙,长得可爱,脸也胖嘟嘟的,却憧憬着有朝一日让自己的外表变得像内心一样炫酷。

姬松月担心朱雀会像她生命中遇到的其他孩子一样,被

---

① 电影《欲望号街车》男主角,轻佻鲁莽,由马龙·白兰度扮演。
② 原名本杰明·西格尔,美国一代黑手党头目,被称为"拉斯维加斯缔造者"。

她的玩笑吓到，于是什么也没说。在经历了这么一天回到家后，还有一个香甜可爱的樱桃蛋糕在等着她，让她备感温馨。

"谢谢你。"姬松月说。

看到姬松月的认真劲儿，朱雀很困惑。因为他不知道，他和这个蛋糕给她带来了多大的慰藉。在如此疲惫又多舛的一个工作日结束后，如果走进一个冷冰冰、空荡荡的家，说不定她会忍不住在漆黑的房间里哭出来。

姬松月开玩笑："你确定这不是在蛋糕店买的？"

朱雀露出了得意的笑容："你就是不敢相信，我是一个这么好的糕点师对吧？这有什么难相信的？上学期，我们班的课外活动课学的就是做草莓炸弹，我只是按当时学的做法，衍生出了'樱桃炸弹'而已。"

"天啊，要做出这么一个蛋糕，得花多少时间啊？"

朱雀抿抿嘴："其实，八寸的戚风蛋糕、蛋糕切片配料和樱桃果酱是我买来的，但除此之外都是我亲手做的。"

看他急切解释的样子，姬松月更加期待了。

朱雀拿水果刀在蛋糕上切出一个楔形，奶油赫然出现在蛋糕的平面切口上。他小心翼翼地将蛋糕块移到边缘印着绿色藤蔓和红色浆果的茶碟上，又将茶碟递到姬松月面前，打开身后的壁橱，从木架里抽出一把叉子。她接过叉子，迫不及待地挖了一勺，放进嘴里。他一脸期待地看着她。

老实说，第一口不如她想象中的好吃。几秒钟之后姬松月就意识到，主要原因出在樱桃上。樱桃有点酸。幸好跟甜甜的奶油蛋糕充分融合之后，酸涩减去了大半。随着糖分融化，口感变好了。

"怎么样？"朱雀问。

"好吃。"

朱雀在刚才的蛋糕切口上再切下一片，塞进嘴里，微微蹙眉："好像有点酸。"

姬松月说："其实是樱桃有点酸，我买的时候没注意。不过跟蛋糕一中和，味道又酸又甜，很好吃，否则就太甜腻了。"

"真的？"朱雀像是觉得她在骗他。

姬松月信誓旦旦地举起手掌宣誓，"我从来不骗小朋友。"

这下朱雀总算开心了："看来我还是有做糕点师的天赋，对吧？"

"没错，"姬松月说，"你以后想做糕点师？"

"嗯，糕点师、魔术师和狙击手都行。"朱雀说。

姬松月瞪大眼睛吓唬他："别贫嘴！"

两人一边吃樱桃蛋糕，一边喝花草茶，一边聊天，姬松月不禁在心中感叹，上周决定留下来是一个明智的选择。"唉——"她叹了一口气，"经历了这么糟糕的一天，回家能享受到这么好吃的樱桃蛋糕——"

"怎么了？"朱雀问。

姬松月扯出一个笑脸。她不是青春期少女，又怎么可能跟十五岁的孩子倾诉烦恼？论烦恼，他的烦恼也不见得会比她的少吧？她转移话题道："刚才看到蛋糕的时候，我还以为今天是你的生日呢。"

"我的生日还早呢。"姬松月被他罕见的搞怪样子逗笑了。"笑什么？"朱雀问。

"没什么，你的生日是在什么时候？"

"这个周五。"

"什么？"奶油差点从姬松月嘴里飞出来，幸好她捂住嘴的手够快，于是奶油飞到了手掌上。"开玩笑吧？周五还叫早？你是不是生活在金星上，一天顶大半年过？"她问，"生日有什么安排吗？"

朱雀苦笑着摇头："那天正赶上校庆。"

"之后呢？"

"还不知道呢。"

"现在的高中生都怎么庆祝生日？"

朱雀支支吾吾地说："也没什么特别的。"

"要不我们去吃海鲜？"姬松月问。她还有几张海鲜餐厅的自助餐票呢，就快过期了。

朱雀摇摇头："不用为我费心思。"

姬松月的脑中闪过两年前三人一起度过的那个夜晚——月桂谷公园旁的餐厅、彩虹气球、湖边长椅，还有那束白色马蹄莲。他还记得吗？应该还记得吧。她突然很想问问他。

如果朱雀说不记得的话，姬松月也许会非常失望，即使说不上原因。

如今朱苑青消失在忙碌拥挤的街角，消失在苍茫的天际尽头，消失在她的生命中。那一天在她的人生中留下了美好的回忆，也在她的心上刻下了一道微小、却永远无法愈合的伤口。

姬松月很想确认自己不是世界上唯一一个思念朱苑青的人，一个深深挂念着逝去时光以致无法自拔的人。如果朱雀什么都没有忘记，会让她好受一些。但是比起让自己好受一些，她又不忍心看他也被回忆伤害。

"是不是跟同学有约？"姬松月问。

"可能会出去玩吧。"

姬松月看出朱雀不想多谈，于是果断结束了话题。

一阵沉默之后，朱雀压低声音问："周五下午你有时间吗？"

姬松月差点忍不住环顾四周，看看四下有什么异样，令他如此神秘兮兮。"你是要邀请我参加你的生日聚会？"她问。

朱雀语速飞快地说："如果有时间的话，可以来参加我们的校庆典礼。"

姬松月意识到，此事不同寻常。朱雀像是有点心虚，又有点纠结，她拿不准。于是她试着换位思考，如果她是一名高中生，有什么事情会令她这般欲言又止？她恍然大悟。是不是成绩惨烈,被请家长了?

即使她能理解他因家庭变故而无心学习,也不能任由他发展。

可是,该怎么办才好呢?

就在姬松月无力驾驭脱缰的想象力之时,朱雀低下头说:"我参加了周五的校庆演出。所有入选演出的学生,都可以请家人做嘉宾。也不是什么大事,我就是随便问一下,我知道你工作很忙——"

姬松月干脆地打断了他:"我有时间。"

朱雀眨着眼睛问:"你确定?"

"你以为我是马克·扎克伯格,需要提前制定行程计划,临时出行还得让助理查阅记事本,看看能不能挪得开时间?"

朱雀被逗笑了:"如果临时有事去不了,也没关系,我只是随口问问,别感到负担。"

既然答应了朱雀,姬松月绝对不会"临时有事去不了"。

姬松月上初一那年,打进了月桂谷中学生网球预选赛,妈妈答应会在复赛时去现场给她加油。那天她等啊等啊,直到比赛前最后一次环顾观众席,也没有找到妈妈的身影。无望的等待令人难以忍受,即使明白妈妈很忙,也在心里原谅了她,但那焦虑的失落感不会因此而消失。

申珍曾说,将来如果做了母亲,即使跋山涉水,也不会让她的小宝贝因为等不到妈妈而悄悄落泪。姬松月至今还没有做母亲的愿望，不过她相当赞同申珍的观点。即使是朱苑青的弟弟，只要约定了，她也绝对不会食言。

"对了，你刚才说今天是'糟糕的一天'。"

"也没什么，就是工作上的事。"姬松月担心朱雀会多想，误认为跟朱苑青有关。

"现在没事了吧?"

姬松月长叹："都没事了。"

手机铃声响了，仿佛往姬松月刚舒展开的神经上锤进了一枚钉子。想着要改铃声的，今天一忙又忘了。

"你是不是把什么东西落在我们这里了?"李兆年问。

"我们这里"指的一定是公安局，姬松月之前去配合做过调查。不过她不记得落下了什么东西。

"真的没有?"

如果换成没心没肺的申珍，她肯定会回答："想起来了！是我的心。"然后用蹩脚的花腔高唱"我把我的心落在了旧金山"之类的。姬松月可没心情说这种俏皮话。

"你的钥匙链——"

对了，那天姬松月心烦意乱地把迷你熊从钥匙链上扯下来之后，就忘了这事。

"我正好下班，顺路给你送过去。"

"不用了！"姬松月赶紧说。担心对他的好意拒绝得太露骨，她补充道："不用麻烦了，你这么忙。一个坏掉的小毛绒玩具而已，不值得跑一趟，我本来就不想要了。"

"那怎么行？失物必须要归还。"

姬松月轻声说："就算拿回来，我也是要扔掉的。"

李兆年呵呵一笑，表示那不重要。"你还住在朱苑青那里？"他也不问她是否方便见面，坚定地说："我马上就下班，一会儿给你送过去。"

当然不行，朱雀还在家里呢。当然了，朱雀不是见不得光的胶卷，但姬松月现在不想跟李兆年在家里见面。

与此同时姬松月也知道，李兆年在"坚持己见"领域可谓翘楚，有着资深的实践经验，她没有赢过他的胜算，只能作出部分妥协。

"明天我过去拿吧。"姬松月闷闷不乐地说。为了一个坏掉的小玩具，明天又得白跑一趟。

"今天晚上有事吗？"李兆年问。

姬松月支支吾吾："有点事。"

"我就把东西送过去，不会耽误很长时间的。"李兆年说。

姬松月又听见后槽牙相互挤压的声音。她真搞不懂，他为什么要这么固执，不考虑别人的感受？

姬松月很想告诉他：你不是人民币，任何时候都受欢迎。我累了一天，现在就是不想见任何人，别穷追不舍好吗？你也不是我男朋友，为什么总摆出一副事事都要追问到底的样子？但她不想做一个忘恩负义的人，只能放缓语气。"这几天我有点累，想好好休息一下。"

"其实，调查有了一点新进展。"李兆年说。

新进展？如果朱苑青死于普通事故，当然谈不上新进展。除非他是自杀……

那样一来，姬松月可谓是犯了两重"重罪"。作为妻子的失职——明知他的抑郁倾向，却没能发现他自杀的打算。还有那封信！一定也为他不稳定的情绪起到了推波助澜的恶劣作用。她看向朱雀，他也在盯着她看。果真如此的话，她该怎么面对眼前这个男孩，他又会怎么看她呢？

不可能，朱苑青一定不是自杀的！

"什么进展？"姬松月问。

李兆年的声音很严肃："应该排除了自杀。"

姬松月感到绑在心上的沉重石块顿时无影无踪，比午夜时分灰姑娘的水晶鞋消失得还彻底。

第二天站在公安局大院里，手里握着迷你毛绒熊，考虑是否应该扔进垃圾箱的瞬间，姬松月感到一阵莫名的感伤。就这样，站在六月寂静潮湿的暮色中，她试着回想前年初秋在枫叶谷景区买下它的情景，却什么都没想起来。

"姬松月？"

回头看到提着盒饭、神色严肃的女警察，苦涩的记忆立即被激活了。姬松月在慌乱中戴上一副礼貌的微笑，将迷你毛绒熊塞进皮包。

"来找李兆年？"钱警官说，"他出警了。"

"我知道。"姬松月说。

"正巧我还有一点关于事故的问题,想跟你确认一下。"

姬松月猜不到钱警官想问什么。

"事发当晚八点到十点之间,你在哪里?"

姬松月不说话。这个问题她已经被问过了。

"我可以给你一点提示,上次录笔录的时候,你的答案是,在朋友家过夜。"

车祸当晚八点到十点之间,毫无疑问,即事故发生前后。如果姬松月没有被当作嫌疑人,朱苑青又没有遇害迹象的话,反复问她这个问题有什么意义呢?

钱警官问:"哪个朋友家?"

"我的闺蜜申珍家,那天她去枫香市旅行了。"这个问题姬松月也回答过了。

警察当然不会做没有意义的审问,钱警官严肃的声音打断了姬松月的思绪:"有谁能为你证明?"

"我朋友去旅行了,当晚只有我一个人在她家。"这种说法钱警官应该也不陌生,姬松月全都告诉过她。

所以说,现在自己被当成嫌疑人了?

"请再仔细想一想。"

不管想多少遍,没有就是没有。

"有没有这么一种可能性?当时车上不仅只有朱苑青一个人?"

这声音在向晚的暮色中,听起来认真得近乎可怕。姬松月一时没弄懂钱警官在说什么,她心神不宁地问:"这是什么意思?"

"试着想一下,当时副驾驶还有一个人,我们暂时叫这个人A好了。事故发生时,A也在车上——"

姬松月被她的话吓出一身冷汗,呼吸都凝滞了。从刚才的问话来看,她自己并没有摆脱嫌疑!

"你不觉得奇怪吗?"钱警官问。

"怎么了?"

"这个假设——"钱警官说,"为什么驾驶座上的人死了,而坐在副驾驶座的人却没事?一般来说,总是副驾驶座上的人受伤更重,这是小学生都懂的常识。开车的人出于求生欲,会猛打方向盘,让自己避开危险。所以说,这是否跟他没有注意到停车告示牌是同一个原因?"

姬松月被问蒙了:"你说的话,我一句也没听懂。"

原来,事故现场有一块被撞倒的停车告示牌!

通往水莲苑E区二号楼的花园小径一直是小区里一片相对"偏僻"的地域。小径中心,刚完工的花坛宛如一只巨大的竹花篮从天而降,花篮里盛开着桔梗、三色堇和天竺葵。事发当天上午,小区物业请来施工队,为新花坛修建护栏。

当天晚上下起了小雨,施工还未完成,施工人员在小径外安置了水泥隔离墩。担心路灯昏暗不易辨认,物业人员还在隔离墩前摆放了一块塑料夜光材质的告示牌。

也就是说,朱苑青撞飞了告示牌,然后才撞向水泥隔离墩。奇怪的是,经过检测可以确定他没有喝酒。那他为什么没有注意到告示牌,并且还撞倒了它呢?

姬松月不明白。

钱警官继续说:"那让我们继续刚才的猜想。假设A跟驾驶座上的朱苑青在争吵,导致他没有注意到前方昏暗小径口的一块夜光告示牌,把它撞飞了。而告示牌上写的是:前方施工,禁止通行。于是他们撞上了水泥隔离墩。A赶忙查看朱苑青的情况,他受了重伤,呼吸微弱,也许没救了。"

"然后呢?"姬松月问。

"A离开了。"

原来如此。姬松月发觉膝盖正像刚出炉的牛奶布丁一般微微颤抖。钱警官盘问了这么多,大概在怀疑她就是A。

"你为什么会这么想?"姬松月问。

"这就解释了一个难以解释的疑点——朱苑青为何没有看到本该看到的停车告示牌。"钱警官说。

姬松月的声音比她想象中冷静:"大概是那天晚上下雨,视野不清晰吧。"

"对,事发时能见度的确不高,以至于很多同事也认为这是导致车祸的原因。我想那个人正是利用了这一点,才摆脱了嫌疑。"

"为什么?"姬松月说,"有一点我没搞明白,即使发生了事故,那人为什么要离开?不是应该救他才对吗?"

"这就该问A了,也许是害怕了,也许这就是那人想要的结果。"

想要的结果？这是在暗示，这并非单纯的事故？"小区没有监控吗？那个人离开时，难道没有被拍到吗？"姬松月问。

"那里是监控盲区。"钱警官说，"他们总不可能在所有角落都安上监控器。"

姬松月锲而不舍："那总该有一个监控器会拍到吧？如果这个人不是幽灵的话！"也许根本就没有那么一个人！

"如果想躲避监控，还是有办法的。对小区有所了解的人都知道，这是开放式小区，他们并没有在通往小树林的那条路上安监控。"

姬松月赌气不说话。

钱警官说："这只是一个设想，具体还在调查中。目前没有证据表明A一定存在，更没有证据表明A就是你。我只是想说，如果A存在的话，我一定会把他（她）找出来！"

> 后来过了很多年她才明白，
> 在这颗孤独的星球上，除了她灵魂寄居的身体之外，
> 没有什么是属于她的。

十一

下了公交车，姬松月无精打采地走在飘着昏黄灯光的回家路上，想起绵绵不绝的烦心事，忍不住翻了一个白眼。

就在这时，姬松月突然感到上眼睑一阵凉意。她又翻了一个白眼，又是一阵沁人心脾的凉意袭来。这次不光是眼睑，整张脸都感受到了。她扬起脸，意识到下雨了。

天空中飘下冰凉细密的雨丝。雨丝敲击路边的蔷薇花丛，弹奏出清爽的滴答声，恍若空谷足音。这时手机铃声响了。"你刚才来我们这儿了？"李兆年急切地说，"我刚回来。"

"手机链我拿走了。"

"对了，听说你遇到小钱了？"

"钱警官？她好像怀疑我是凶手。"

李兆年笑了："这是我们的调查程序，有疑点就得攻破，不放过一个线索，对事不对人哈！还希望你能理解。"

"那条花园小径上一个监控摄像头都没安?"姬松月问。

姬松月还在想这问题是否有点突兀,李兆年开口道:"你应该也知道,花园小径是不久前刚建好的,之前只是一条相对'偏僻'的小道而已。之所以'偏僻',是因为小区里将这条路作为必经之路的居民少之又少。况且每座楼附近都有监控,他们就忽视了这个盲区。事故发生后,物业马上在花园小径内外安置了监控。"

"她怀疑我当时在车上。"

李兆年问:"什么?"

"她可能觉得我当时在车上,跟朱苑青发生了争吵,导致他没有看到'禁止通行'的告示牌,然后撞翻告示牌,直接撞上了隔离墩。事故发生后,我没有受伤,抛下受伤严重的他,一个人溜了。"

李兆年笑了:"她是这么说的?"

"没有,但我没有被排除嫌疑。"

李兆年耐心解释:"现在正在排查车辆行人。花园小径入口没有监控器,只有一一排查小区入口和其他相关区域的监控,只是需要的时间多一些。"

也就是说,这是不是单纯的事故,他们还没有下定论?

李兆年突然提起有人送了他两张美术馆门票:"我知道你现在没这个心情,不过适当散散心,对恢复情绪有好处。"

"不是吧?你都这身份了,他还没放弃呢?"小恶魔问。

"什么身份?"小天使问。

小恶魔悄声说:"年近三十的遗孀。"

姬松月翻了个白眼。

"你想多了吧?说不定人家就是作为朋友,不忍心看小月沉沦下去而已。"小天使对小恶魔说。

"最近我挺忙的。"姬松月说。

"呵。"小天使和小恶魔一起说。

"那等你有空再说吧,我等你。"李兆年坚定地说。

为了李兆年的幸福着想,姬松月很想告诉他,别等了,她不值得他等。可他一说完就挂断了电话。她决定用实际行动告诉他。

进了水莲苑,曼舞的轻盈雨丝突然变成了狂舞的饱满雨滴,一颗颗砸在皮肤、地面和目所能及的一切之上。

路灯光圈飘浮在潮湿的地面上,好像被雨水冲掉的一层鹅黄色彩釉。蔷薇丛旁的泥土上贴着一颗颗雪白的心形小花瓣,雨滴落向路面的小水坑里,漾起一圈圈涟漪。姬松月小跑起来,一路溅起点点水花。

姬松月模仿着优美的芭蕾舞演员,在空旷无人的路上一边奔跑,一边跳跃,躲避着路面上的小水坑。就在为自己娴熟灵动的舞姿赞叹时,她感到脚踝一凉,浸透了水花的白色棉布连衣裙下摆随即紧紧贴在了双腿上。就在那个瞬间,所有的奔跑跳跃都付之东流了。

回过神来,她已经跳进了水坑里。

那是怎样一种透心凉的感觉,姬松月无法形容,她猜测那阵激烈的凉意有着唤醒心底沉睡愤怒的神秘力量。

气呼呼地来到花园小径外,一个想法隐约闪现:那天朱苑青的车上不会真的载着另一个女人吧?

眨眼之间,姬松月开始为有这样的想法而感到羞耻。

一个笼罩着一层朦胧雾气的黑影在花园小径的入口闪过,姬松月停下急促的脚步,定睛凝视。一瞬间,又有许多不祥的预感向她袭来——大多是恐怖电影里的画面。幸好在可怕幻象变成现实之前,那个身影朝她转过身来。

姬松月这才看清,原来那个人举了一把透明的雨伞。怪不得这朦胧的视觉效果在远处看来如此瘆人,跟加了鬼片里的雾气特效似的。

"小月姐!"那人冲她使劲挥手。

"朱雀!"姬松月也挥手,快步走向他。朱雀将雨伞凑过来,罩住了她。"你怎么在这里?"她问。

"不是下雨了吗?"朱雀的声音在雨伞下听起来有加倍的樱桃甜酒那么清爽,"我记得早上你没带伞。"

"真的?你是来给我送伞的?"姬松月问。

朱雀跟小猫崽似的晃晃脑袋:"当然了。"

姬松月很感动。上一次有类似的感觉,可能是初中毕业那年去申珍家玩,申珍的松狮犬宝宝小豆豆呆萌地迈开两只笨拙的小胖腿,亲昵地跑来迎接她的时候。为此她曾经相当羡慕申珍。虽然小豆豆对她很友好,可它毕竟不是属于她的。

后来过了很多年她才明白,在这颗孤独的星球上,除了她灵魂寄居的身体之外,没有什么是属于她的。

"谢谢你。"姬松月故作轻松地说,"我看你刚才好像一直在往那边看。"

朱雀愣了一下。

姬松月好像说错话了。她拍了拍刚才被雨水淋湿的脑袋,意识到她指的地方,正是他哥哥发生事故的方向。

朱雀体贴地说:"我在一边散步,一边等你。"

这话将姬松月从尴尬的边缘挽救回来,她点点头,决定在脑袋上的雨水干透之前,少说点话。

凉爽的风携带着朱雀运动服上柑橘柔顺剂的芳香,浸透了湿润的空气。他沉默地举着伞,略带茫然地看着前方,令姬松月想起树林里被车前灯吓到的松鼠。她猜他在想朱苑青的事,其实她也是。

抬头看着朱雀的侧脸,姬松月的心脏被某种无名的伤感麻痹了,那感觉难以言喻,有点像在战场上,与陌生战友迎着厄运,踩着心跳,并肩前行,在彼此的孤独和无助中寻觅一丝共鸣。而对于他们来说,那场战争的名字就是"失去朱苑青"。

"今天怎么样?"朱雀问。

"还行。"姬松月说,"你呢?"

朱雀歪着脑袋,抬起眼睛,盯着雨伞边缘不断聚积、凝结、下坠的雨点,一副苦苦思索的神色。想了一会儿,他说:"还行。"

看他刚才一本正经的样子,说他在思考证明黎曼假设的方法她都相信。结果他想来想去,就想出个"还行"?

"你笑什么?"朱雀问。

"对了,你不是今天有英语测试吗?成绩怎么样?"

朱雀用一副夸张的震惊眼神看姬松月,让她感觉她是世界第十八大奇迹。"姐姐,今天上午刚考完,怎么可能下午就出成绩?不过我预感应该会比上次好点。"

"真的?"她斜过身子,想从他青涩的脸上找到敷衍的痕迹,但他看起来很是坦然。"继续加油。"她摇了下拳头。

他颇为无奈地摇头,她很想问他"怎么了",她说的不对吗?但没有问出口。

"钥匙链拿回来了吗?"朱雀问。

"拿回来了。"

朱雀开始左顾右盼,目光闪烁,现在姬松月知道了,每当他这样,就是有什么难以启齿的话要说。所以他当然不是指钥匙链这种不痛不痒的话题。如果她有头绪,一定帮他结束这手足无措的苦恼,可她没猜出他要问什么。

"所以,我哥哥的事——"

原来如此。"现在好像怀疑是事故。"姬松月费了好大劲,才忍住没把她竟然也被当作嫌疑人的事告诉他。

也许有人会觉得,为了保护朱雀,应该尽量对他隐瞒真相,他年纪还小,真相对他来说未免残酷。但姬松月觉得朱雀也有权利了解他哥哥的死因。如果刻意对他隐瞒,也许他的余生都会因此难以释怀。

"事故?"朱雀问。

姬松月安慰道:"应该就是单纯的事故。"这么一来,听起来却像是在刻意隐瞒什么。像朱雀这种敏感又聪明的男孩,是否察觉到了呢?

"单纯的事故?"朱雀的语气像是在问,还有不单纯的事故这一说?

"你外甥女挺好的吧?"第二天一见到申珍,姬松月就问。

申珍模仿刚上紧发条的弹簧腿杰克,猛地抽搐一下,弹出足有两米远。"干吗啊?你连我外甥女叫什么名字都记不住,怎么突然问起她好不好?她做什么坏事了?你这样我怪害怕的。"

姬松月瞪了她一眼:"你这么一惊一乍的,我才怪害怕呢。"

"不会是上班路上偶遇她了吧?她翘课了?是不是跟男生手牵手在街上瞎逛呢?这丫头,我说这段时间怎么不对劲,整天心神不宁的!问她什么也不说。"申珍说着,急乎乎地摸出手机,要给外甥女打电话。

"不是啦,跟那个没关系。"

大概是为了传达愤怒,申珍一直凝视姬松月,等到姬松月回看她的时候,她才翻了个白眼。"别装神弄鬼的,快说!"

姬松月眼珠一转,觉得但说无妨。"是朱雀,他的生日马上就到了,我也不知道该送他什么礼物。秦安宁也是高中生,你整天跟她相处,最近的年轻人喜欢什么,你应该比我清楚吧?"

"哟,姬松月,真看不出来,你对小朋友还挺有爱心的嘛。整天把自己搞得跟从六九年的伍德斯托克①穿越回来的嬉皮士似的,还口口声声要做丁克族——"

"别废话了。"

申珍笑着说:"这是母爱啊!"

母爱?如果母爱是想让一个小朋友开心的话,那她这勉强算是母爱。不过她不认为母爱是这么简单的事。

申珍得意地说:"你对这事还挺上心的。"

"他是朱苑青的弟弟啊!"姬松月压低声音,以咬牙切齿的姿态对申珍的愚钝表示不满。"除了我,你想想谁还能照顾他?"对桌的小高投来一道似是而非的复杂视线,起身离开了办公室。姬松月瞪了申珍一眼。

"哎,你瞪我干什么啊?"申珍小声说,"再说了,你别太自以为是!除了你,他不是还有姑妈、姨妈和舅舅这些亲戚吗?至少人家是有血缘关系的。对了,他们还没来接他啊?"

"怎么也得等调查结束再说吧。"姬松月没想到,话题竟

---

① 美国纽约州北部城镇,以举办世界上最著名的摇滚音乐节而闻名于世。

然比断线的气球飞得还远。"有个姨妈好像愿意照顾他,不过她现在人在西班牙,得过段时间才能回来。"

"啧啧,借口呗。"

这下姬松月真的生气了:"你懂什么?"

"你还真为了这事跟我生气啊,至于吗?现在他在你眼里,比我都重要了?"申珍以一种令姬松月想打人的方式嘟着嘴扮脑残。

姬松月认真地说:"他真的是一个很好的孩子。"

甜蜜清爽的"樱桃炸弹"、撑伞等在雨中的孤独身影、温柔的劝慰、活泼的问候,还有那句日渐熟悉的"今天过得怎么样"……

朱雀是一个善良懂事的孩子,本应该得到更好的照顾才对。可事与愿违,命运并没有像他温柔地对待别人那样,温柔地对待他。姬松月从未吐露这种想法,但她其实很为他感到惋惜。

"人家不就是担心你年纪轻轻的,就背负上沉重的负担嘛。"申珍说。

"比起负担,我觉得他更像是一份礼物——帮我度过这段难熬的日子。"

申珍做了一个干呕的表情,姬松月给了她一个锋利的白眼。

"好了,我帮你想想。"申珍撇撇嘴,"高中女孩喜欢的礼物,不外乎毛绒玩具、名牌饰品、唇膏香水之类的,不过还得具体到本人。对了,宠物也很受欢迎,上周秦安宁的一个朋友过生日,她送了天竺鼠做礼物,人家开心得不得了呢。"

"我有没有跟你提过,"姬松月一字一顿地问,"朱雀是男孩?"

"那我就爱莫能助了。"

姬松月歪歪脑袋,示意了一下门口的方向,表示她可以走了。

正在这时,刚从橡树湾开会回来的刘大姐风风火火地探进头来,带来一阵躁动的热风。"这么火热,聊什么呢?"

无精打采的两人被她的热情搞得有点蒙。"姬松月问我,送高中男生什么礼物比较好。"申珍说。

话音未落,姜蓉踩着刘大姐印在白色瓷砖上的圆胖身影走了进来:"高中男生?"

申珍的喉咙里发出几声尴尬的短促傻笑,以示回应。

"问我你才问对人了!"刘大姐说。

"您儿子不都大学毕业了吗?"姜蓉说,"她说的是高中。"她在"高中"上下了重音。姬松月脑袋里的警报系统又闪起红灯,这个恶棍不会又盘算着到处造谣她有私生子吧?再怎么说,也没人会相信的吧?

姜蓉好像跟姬松月从来没结下过梁子一样,对她一如既往的"热情",甚至比以前更"热情"了,令她不胜其烦。

"送参考书!"刘大姐说,"我儿子每年过生日我都送参考书，尤其是物理参考书。他物理成绩不好嘛。他高二那年生日，半夜我路过他卧室门口，听见他在说梦话，靠近一听，你猜怎么着？他正做梦跟物理学家薛定谔吵架呢！"

申珍连连点头，露出一个贴心的微笑。

"按我说，那得看关系了。"姜蓉又狠劲甩动长发，翘着兰花指往空气中一戳，"朋友或者熟人家的孩子送电子产品啦、艺术品啦、纪念品啦之类的比较好，亲戚家的孩子选择就更广泛了，年轻人喜欢的潮牌服装啦、运动鞋啦、饰品啦——"

别说，姜蓉还挺有一套的，即使她说"啦"的方式令人来气。姬松月从未像现在这般赞赏姜蓉的发言，如果她没有继续说下去。

"除非——"姜蓉装出一副欲言又止的样子，假笑有点瘆人，姬松月一看就知道她又在酝酿什么坏点子。"除非是你的小情人，那就另当别论了。"

这话要是出自姜蓉之外的任何人之口，姬松月都得问上一句，"是不是淤泥已经将你脑子里最后一批脑细胞歼灭了？"毕竟这话出自于姜蓉这朵一千年开一次的人间奇葩之口，那也就见怪不怪了。

姬松月不屑地看向天花板。

"哎哟，生气了？我就是开个玩笑嘛。"姜蓉笑道，"别那么紧绷绷的。"

申珍试着用笑声打破沉默的尴尬。"是亲戚家的孩子？"

刘大姐问。

"对。"姬松月说。她希望他们不要记起,以前胡侃时她说过的话——家里没有未成年的亲戚。

"电子产品、衣服、运动鞋之类的,都是比较私人化的礼物,如果对他的品味一无所知,送了他不喜欢的东西,等于白送。也没必要乱猜,费力不讨好。"申珍眼皮一翻,发出不怀好意的笑声。"其实,我倒是有一个小小的建议。"

姬松月怒斥:"别卖关子!"

申珍吼回去:"直接给点零花钱!"

想来想去,即使说不上原因,姬松月就是觉得不合适。傍晚回到家,她直奔朱雀卧室,想不动声色地来一番旁敲侧击,套出他最近有没有想要的东西——当然是在她能承受的范围内。如果他喜欢挂在比利时布鲁塞尔美术馆里的那幅《伊卡洛斯的坠落》,她是无论如何也没法摘下来送给他的。

朱雀不在家。傍晚他回来时,眼神中透着调皮的忐忑,手里提着一个精美的白色铸铁鸟笼,笼子把手上还系着一条粉红色的缎带蝴蝶结。姬松月惊讶地咧开嘴,愣在原地一动不动,活像一只凝结在琥珀中的七星瓢虫。

笼子里竟然趴着一只天竺鼠!

妈呀,圆滚滚、毛茸茸的天竺鼠正在笼子里转圈圈。朱雀提着笼子,呆呆看着被惊讶绑架的姬松月。随着挂钟里的秒针在表盘上划过的曲线越来越长,苦恼的波纹也一点一点在他困惑的脸颊上蔓延开来。

"这是怎么回事?"姬松月小声问。

朱雀抬起眼睛,局促地说:"天竺鼠。"

"我知道。"看到他突然变成这副无精打采的样子,姬松月有些于心不忍。

天竺鼠将两只小爪子埋在黑白相间的圆胖身体之下,瞪着一双黑曜石般亮晶晶的眼睛,怯生生地打量着姬松月,眼神中带着纯真和懵懂。看着它那胖嘟嘟的脸,她长叹了一声。

"这是你的?"

"其实是朋友的,"朱雀说,"她在生日那天收到了这只小天竺鼠作礼物,可是一回家就被妈妈骂了一顿。"

看样子这只小可爱在几天内经历了"鼠生"巨变。可这剧情怎么听着这么耳熟呢?姬松月眯上眼睛。对了!早上申珍说过,她外甥女秦安宁送给朋友一只天竺鼠作生日礼物。难不成是同一只天竺鼠?

"所以你就带回来了?"

"因为朋友妈妈说,如果找不到可以收留它的人,就把它扔掉。"朱雀小心翼翼地看姬松月的脸色,"那样就太可怜了。你看,它真的很可爱。"

朱雀的表情可怜兮兮的,而且有点太过可怜了,姬松月不敢确认他是否在装可怜,或者这可怜里有撒娇的成分。毕竟他哥哥去世后,他俩第一次在这所房子里见面时,他都不曾如此"可怜"。

姬松月很郁闷，因为天竺鼠太可爱了。

作为一个懒到除了呼吸不想做任何自主运动的大龄女青年，作为一个胆小到宁愿不曾拥有也不愿意失去的、甘愿一事无成的女人，如果从此必须为一只天竺鼠的生死负责，无异于被钉上沉重的十字架。

生活已经足够累了，还要为一只天竺鼠的幸福挂心？姬松月宁愿学梵高割下一只耳朵——长痛不如短痛——也不愿意履行那个可怕的字眼：责任。

朱雀正等待着她的"审判"。那期盼的神情中带着一丝若有若无的伤感，正是这一点，击中了姬松月的恻隐之心。不知何故她总觉得，他如此同情这只即将无家可归的小天竺鼠，是因为跟它产生了情感上的共鸣。而之所以会发生这种事，原因显而易见。

这个男孩的命运跟这只无依无靠的天竺鼠不是很像吗？

"你记不记得，我们的约法三章'修订版'里的第七条是什么？"

朱雀噘了噘嘴："不准养宠物。"

"我知道它很可爱，但是我们不是早就约法三章了吗？如果不遵守，那我们还约法干什么？"姬松月用最温柔的声音说。

"小月姐，求你了。"

是我求你了！姬松月在心中呐喊。不要再来动摇我的心了！就让我安静地做一个冷血之人吧。朱雀再加上天竺鼠，已经超越了她内心所能承受的愧疚极限。她忍不住对自己稀薄的同情心作出谴责。我求你,别再求我了!否则在你们的暴击下,我迟早缴械投降,视原则为无物!

其实她不想做一个坏人,她不想厌恶自己。

"不行!"姬松月听不清是小天使还是小恶魔的声音,"坚持原则!不要被他们发射的天真、无辜和可爱射线所干扰。你能挺下去的!"

"你看,"姬松月拿出谆谆教导的语气,"我上班这么忙,你还要上学,我们根本不可能照顾好它的。天竺鼠是需要关爱、陪伴和精心照顾的动物,如果我们不能好好照顾它,就决定养它,是不是太不负责任了?"

"我能照顾它!"朱雀急切地说,"我能照顾好它!"

姬松月用手指按压着疼痛不已的太阳穴,一阵龙卷风正在她的脑袋里搅动。她知道自己就快认输了。

朱雀双手握在胸前,殷切地追逐着姬松月的视线。她感到无法再躲避下去。意识到这一点,她愈加坚持不下去了。"这样的话——"

朱雀打断了姬松月:"我会喂它吃饭、打扫笼子,为它负责,绝对不会给别人添麻烦。而且我会好好读书、做家务、照顾好自己——"

姬松月点点头。

她知道他是真心的,但真心话不代表会成真。就像热恋时说出"永远爱你"的情侣,大多是以离别告终。但她不会将这个道理告诉他,她能做的,也只有尽她所能,帮他照顾一下这只小可爱罢了。

"谢谢!"他的眼睛像夏夜森林里的萤火虫一般,绽放出光彩。她伤感地想到,也许若干年之后,这光彩会随着命运的磨砺而熄灭。

即使同住一个屋檐下,朱雀也没必要事事经过姬松月的允许,不是吗?他没必要这么体贴的。认可约法三章,是出于对她的尊重,这一点她还是明白的。

姬松月用严厉的声音说:"但是,一旦找到愿意收留它的人,我们就得把它送走。"又担心太严厉会吓到朱雀,她轻轻加了句"好吗?"这下好了,她听起来就像一个精神分裂症患者。

"嗯!"朱雀使劲点头。

看到他这么开心,姬松月也感到欣慰。尽管作出了错误的决定,也鄙视违背原则的自己,能让他开心得像个小傻瓜,也算是一种补偿吧。

"我已经给它取好名字了!"朱雀喜滋滋地说。

原来这孩子早就预料到能说服她?亏她还担心太严厉,会伤害到他脆弱的小心灵呢。这么快就被他说服,是不是有点太弱了?

"叫什么?"姬松月问。

"大雄。"他说。"哦——"她装出一副心知肚明的样子。他问:"你知道为什么吗?"她摇摇头:"那你搞得跟要抢答的样子!"

她展现出前所未有的积极求知欲:"为什么?"

"你知不知道有一部叫《哆啦A梦》的漫画?"他问。

竟然敢小瞧我?"我只是年近三十而已,又不代表我是上个世纪出生的!"她抱怨道。

朱雀用疑惑的眼神看姬松月,嗤嗤地笑了。

等等,她好像的确是上世纪出生的,不仅如此,她跟他还出生于不同的世纪。"好吧,那也不代表我连《哆啦A梦》都没有看过!而且告诉你,《哆啦A梦》动画版就是在我出生的那一年引进国内的。"

他转了转晶莹的眼珠:"那离现在真的很久了。"

姬松月耸了耸肩,朱雀吐吐舌头。

"能拥有它是我得到过的最好的礼物!"朱雀提起笼子,透过铁丝网看着变得懒洋洋的大雄,"我要去给它准备晚餐了。这周我会在我的卧室里为它安一个小窝,今天先勉强让它住在笼子里吧。"

"等等。"姬松月说。

朱雀站住了,他非常缓慢地转过身,学惊悚电影里女主角受到惊吓时的样子,瞪大眼睛看着姬松月,好像在问,你改变主意了?

"你刚才说,这天竺鼠是你朋友的?"

朱雀困惑地点头。

"不会跟秦安宁有什么关系吧?"

这回朱雀的眼睛瞪得更大了,脸上夸张的惊讶也变成了真实的惊讶:"你怎么知道的,小月姐?"

原来朱雀跟她闺蜜申珍的外甥女是朋友。申珍整天说,秦安宁最近进了叛逆期,整天把自己关在房间里,不是写日记,就是愣神,问她什么都不肯说。看来不是夸张,否则姬松月从上周就开始跟申珍频频提起朱雀,她们早该知道两人是同学了。

恍恍惚惚中,她好像看见自己变成了一只红色的气球,慢悠悠地飘了起来。

十二

星期五,朱雀的生日,也是三泉中学的校庆日。

清晨,姬松月一边无奈地看着一出炉就散架的吐司披萨,一边盘算着"作品"中是否加入了太多的个人元素。要是按食谱上的来做就好了,可为了省事,她总忍不住偷工减料。

朱雀的声音从身后传来:"看起来很好吃。"

"现在能告诉我,今天下午你要表演什么节目了吧?"自上次说好在朱雀生日这天去观看他的校庆演出以来,姬松月一直好奇他会表演什么,可他总是神秘兮兮地说什么"去了就知道了"来敷衍她。

朱雀微微一笑:"去了就知道了。"

"真的不是大合唱?"姬松月问。

朱雀爽快地摇头,带着难以掩饰的得意劲儿。"你可以猜猜。"

既然不是大合唱，一定也不是钢琴、提琴、长笛之类的乐器演奏，因为家里除了一把蒙尘的吉他，没有其他乐器。至于独唱，她觉得不太可能，他提到自己"五音不全"时的愤慨，不像是说着玩的。

"不会是诗朗诵吧？"

朱雀的嘴巴紧闭，像一只刚刚搁浅的贝壳。

姬松月摆出长辈的架势："给我一点提示吧。"

姬松月瞥了一眼正懒洋洋趴在笼子里打盹儿的天竺鼠，眨巴了两下眼睛："它会去作表演嘉宾。"这下姬松月反而更没有头绪了。"所以说别猜了，到时候你就知道了。"

请假、堵车、瞌睡、闷热——本该麻木的星期五变得忙乱不堪。下午，三泉中学的校园里彩旗飘扬，面带稚气的学生们在教学楼之间飞快地穿梭，比暮春池塘里的小金鱼还灵活。少女们三五成群，凑在一起讲着悄悄话，时不时发出令人不明所以的清脆笑声。男生们相互打着招呼，嘻嘻哈哈。两个小不点儿像燕子掠过湖面一般从姬松月身旁跑过，一边追逐一边打闹着。

"请问礼堂楼在哪？"

"校园里最北边的那座二层小楼。"一个戴黑框眼镜的男孩说。男孩身边扎着高高马尾辫的女孩指着身后的教学楼："还有条近路，从教学楼里穿过去。"

姬松月从没听过有谁放着近路不走，非要绕远路。她在迷宫似的教学楼里转啊转，竟然转到了毕业班的考场门外。

透过敞开的大门,考场第一排几个抓耳挠腮的学生映入眼帘,她赶忙转身。

"哎哟!"一声男高音从背后传来。

"不好意思。"姬松月说。这个被她撞到的中年男人抱着一大摞试卷,一看就是老师。

"请问你找谁?"他问。

"你好,我是学生家长,来观看校庆演出的。"

"校庆汇演三点开始,在礼堂楼。"他说。姬松月连连点头,或许是她匆忙往外走的样子引起了他的怀疑。她快步走过走廊拐角时,他突然面色凝重地开口问道:"请问你是哪位学生的家长?"

"朱雀,"姬松月说,"高一三班的朱雀。"

他跟急性人格分裂似的转了转眼珠,朝混乱的人群中猛一挥手。"王老师,你们班朱雀的家长来了!"

别啊,姬松月心想,我找朱雀的老师干吗呀,我就是来看演出的。

学生时代,每一次老师和家长的激情碰撞,总会为姬松月带来一顿"难忘今宵"的哀嚎。如今就算代表家长一方,她也不想跟老师多说一句废话。何况她又不是家长,更没什么可说的。

不料,王老师像一阵来自堪萨斯的龙卷风,以出其不意的速度向她袭来,一眨眼的工夫,已经越过重重人群,矗立在了姬松月的面前。

下一秒，她已经沐浴在王老师疑惑的目光之中了。

"你是朱雀的家长？"王老师问。

姬松月叹了口气，真是怕什么来什么。她不得不再次戴上礼貌又不乏亲切的笑容："你好，我是朱雀哥哥的——嗯——"

王老师露出"恍然大悟"的表情。她同情地点了点头，示意姬松月不用说下去了。"你是朱雀的嫂子吧？"

"嗯。"姬松月迟疑地说。

从一开始，朱雀就叫姬松月姐姐，她更喜欢"姐姐"这种无关血缘、责任和社会关系的叫法。你可以管街道上帮你指路的女人叫姐姐，转眼之间就忘了她长什么样，可是"嫂子"这个称呼就不一样了。

王老师微微蹙眉，欲言又止。姬松月担心她会说出什么了不得的事，于是非常没出息地说了一句："其实我是他哥哥的未婚妻。"

老实说，连她自己都被这句话的余韵惊呆了。

"呵呵，"小天使冷笑一声，"为了推脱责任，还真说得出口。"

"这是什么话？姬松月跟朱苑青本来就没有正式结婚嘛。"小恶魔说。

"领了结婚证还不算结婚啊？你干脆直接说，我跟朱苑青一点关系也没有，这孩子的事别找我，这样更体面一点。"

"行了吧，他俩根本就没履行夫妻的权利与义务！"小恶魔急了,"我就看不惯你装清高!小月犯了什么罪?她跟那个男孩原本就是陌生人啊!活在这个世界上谁容易,为什么偏偏让她承受——"

姬松月听不下去了:"王老师,朱雀最近在学校没出什么问题吧?"

王老师答非所问:"关于朱雀的监护人问题,现在有定论了吗?"

姬松月摇了摇头。王老师发出一声惋惜的叹息,姬松月心情沉重,她都开始后悔没事找事非要抄近路了。

"朱雀平时还好,可我一问起这件事,他就保持沉默。现在是不是有亲戚照顾他?"王老师问。

姬松月说:"我暂时跟他住在一起。"

老师点点头,眼神中的疑惑还是没有消失。

"我想用不了多久,他的姨妈会回来照顾他的。毕竟现在他哥哥的事还没有处理完,据说他姨妈在国外有重要的事,一时赶不回来。"

"那就好。"老师说。但看样子,她并没有结束谈话的意思。姬松月焦躁地瞥了一眼手表。"哦,对了!校庆!校庆改到三点半了,因为交响乐团的指挥家在路上堵车了。要不去我的办公室聊聊?"王老师热情提议。

姬松月绝望地看向走廊尽头的窗口。

王老师会错了意,她顺着姬松月的目光看去,体贴地说:"可能你觉得办公室说话不方便,要不我们去窗口吧,那边没什么人,比较安静。"

姬松月知道,自己没有退路了。作为一个成年人,她必须走到走廊尽头,不能退缩。

"还是这边比较好吧?"来到窗口,王老师俯视着窗外的花坛,满意地微笑道。

"对。"姬松月说。

疑神疑鬼的英国学者约翰·弥尔顿说过:"心灵可以把地狱变成天堂,也可以把天堂变成地狱。"如果王老师明白这一点,她就会发现,就算现在她俩正漫步于天堂,姬松月也不可能满意得起来。

阳光照耀下,王老师看起来比刚才年轻了不少,那精神饱满的神态颇有点热血教师的风范。姬松月心中忐忑,希望这只是她的无端猜测。

"唉——"王老师又叹了口气,让姬松月也忍不住跟着叹息,"唉——"

王老师惊喜地察觉到姬松月发出的共鸣,于是加倍热情了。"朱雀这个孩子,真的很让人揪心。"

王老师似乎在等待着姬松月的认同,于是姬松月点了点头。

看到姬松月的积极反应,王老师继续说:"其实我是在朱雀的哥哥去世之后——也就是最近,才知道他真实的家庭状况。之前看他填写的家庭情况调查表,只知道他母亲去世了,但不知道他父亲的状况。现在他哥哥又出了这种事

——"

王老师哽咽了,姬松月手忙脚乱地从皮包里拿出纸巾,递给她。

王老师抹了一把眼泪:"谢谢。"

姬松月鼓起勇气问:"朱雀是个什么样的孩子呢?"

"在他哥哥去世之前,他比现在更活泼一些。他很善良、随和,跟大家相处得很好。如果不了解他的身世,我会以为他是一个在非常幸福的家庭长大的孩子。即使是现在,他也没有变得愤怒、叛逆或者难以相处,只是有点迷茫,还需要一些时间来缓解悲伤。"

这话令姬松月备感欣慰。

"我能看出他在努力调节情绪,虽然有时候会心不在焉。当然了,这是可以理解的,毕竟他经历了这么多——"

"他最近的成绩怎么样?"姬松月问。

"就快期末考试了,可想而知,他的成绩肯定会有一定程度的退步。跟他目前的消极心态一样,都是不可避免的。现在只能寄希望于他可以尽快调整好,趁暑假补上功课。"

"好。"姬松月说。

"在这种情况下,想要调整好心态,必须要有一个稳定的生活环境。你想,一个青春期的孩子,今天住在这个亲戚家,明天又被赶到那个亲戚,他的心态能稳定得下来吗?作为老师,我还是希望看到他能拥有一个温馨的家庭。"

姬松月不知该说什么。

"他是一个很好的男孩,这段时间——在他姨妈来接他之前——你能好好照顾他吗?"王老师的语气很恳切。

姬松月郑重点头:"我会好好照顾他的。"

踏进礼堂楼的三号大厅,仿佛走进了嘈杂的青春电影片场。

姬松月手足无措地站在礼堂门口,看延时影像一般,看着一排排空座被学生们逐渐占满。一个带领入座的学生干部热情地带她穿梭于人群中,来到了学生家长的大本营。

家长们不是跃跃欲试地注视着空无一人的舞台,就是不厌其烦地调试着准备就绪的手机、摄像机镜头,更有甚者孜孜不倦地研究起手中的乐谱,好像一会儿上台表演的不是孩子,而是自己。

姬松月的无所事事在这群人中显得格格不入,她赶紧有样学样,拿出手机调到拍照模式,却发现没什么可拍,于是对准舞台的方向,来了张潦草的自拍。此举引来身后一位家长的白眼——发射自她淡紫色透明眼镜下的犀利眼睛。

那白眼有点刺痛了姬松月。她自我安慰:"你毕竟是第一次当家长嘛,没有经验。"

离三点半越近,时针转得越慢,姬松月也愈加不安。她连朱雀要表演什么都不知道呢,竟然先替他紧张起来了。

手机铃声猛然响起,吓了姬松月一跳,是李兆年。她迅速按下拒接,刚准备设置成静音,肩膀被人轻拍了一下。

不会又是刚才冲她翻白眼的女人吧?姬松月将面部表情

调节至严肃模式,瞪大眼睛,以不亚于脖子落枕的缓慢速率,庄严地扭过了头。对上的,正是朱雀略带关切的目光。

"姐姐,你没事吧?"

"没事,稍微有点落枕。"

朱雀猫着身子,捂住胸口轻声说:"吓死我了。"

"怎么了?"姬松月问。

"我还以为你在扮演僵尸呢。"朱雀忍俊不禁,"你刚才转身的样子——"

姬松月露出表情包式的猖狂一笑:"其实我就是僵尸。"

"我是来告诉你,"朱雀轻声说,"演出可能还得稍微推迟一下,抱歉,交响乐队的指挥家秦老师还在路上呢。"

"又不是你的错!"

朱雀点了点头,可他脸上的表情分明在说"都是我的错"。

这位指挥家到底是何方神圣?连参加校庆活动都要迟到。"这人很大牌吗?"姬松月问。

朱雀又点头:"据说他是三泉中学建校以来最有为的毕业生,曾经在国外一流的交响乐团担任总指挥。"

可那也不是迟到的理由啊。"你的节目,都准备好了吗?"姬松月问。

"没问题,别担心。"朱雀说。

姬松月握紧拳头:"加油!"

她目送他那穿着红白相间的橄榄球队服的身影消失在舞

台右侧通向后台的暗道里。他一路小跑，步履轻盈。那意气风发的姿态让她觉得，他一定没问题。

"这孩子是你的——？"过了几秒钟，姬松月才意识到邻座的女人是在跟她说话。

姬松月支支吾吾："弟弟。"

"他也是交响乐队的？说不定跟我儿子是朋友呢。"

姬松月呵呵一笑，不好意思说她也不确定他是不是交响乐队的。

也许是误将姬松月的沉默当成了求知欲，邻座女人热情地科普起了三泉中学为交响乐队请来的指挥家。"听说校长为了请他回来，费了很大力气。直到上周，他才肯答应，一开始还指定了很难的曲目。之前他来排练过两次，两次都发了脾气，骂哭了三个学生。即使这样，孩子们还是受宠若惊，这几天都在刻苦排练，毕竟人家可是在国际上都闯出了名堂的指挥家啊！"

姬松月心不在焉地看着朱雀刚才消失的地方。一个荒谬的想法浮出脑海，要是他妈妈还活着，看到儿子成长为一个这么讨人喜欢的男孩，会很幸福吧？

"天啊，不是吧？"小恶魔问，"对于像你这么一个对承担责任避之不及的大龄女青年来说，这种危险的想法是否意味着，你正在羡慕朱雀的妈妈？"

"现在后悔还不晚。"小天使说。

姬松月一直把生孩子当作自由人生的坟墓。以前妈妈总说她是个不折不扣的享乐主义者，还说如果她一意孤行下去，总有一天会后悔，只怕那时候已经晚了。她对妈妈的"恐吓"嗤之以鼻。

"等你有一天突然羡慕别人家的小孩子有多可爱的时候，你就明白自己现在多像一只井底之蛙了！"

姬松月说，她永远不会后悔。

妈妈生气地说："总有一天，你会后悔的！"

不后悔，姬松月心想，我只是单纯喜欢朱雀这个孩子而已。即使孤身一人也没有什么可空虚的。我无须靠繁殖来证明我的人生价值，我证明人生价值的方式就是我自己。

小天使立即说："那不好意思能不能问一下，你自己的价值又是什么呢？"

闭嘴！姬松月气急败坏地想，人生苦短，我开心就行！

"哟吼，及时行乐！"小恶魔说。

一声尖锐的歌剧将姬松月吓出一激灵，邻座的女人匆忙接起手机。座位之间的过道传来一阵噪音，她侧身一看，一群学生正从舞台右侧的暗门中走出来，朱雀也在其中。她目不转睛地盯着他手里提的笼子，躺在笼子里的正是天竺鼠大雄。

朱雀在观众席上坐下来。与此同时，嘹亮的掌声响彻礼堂。两个主持人激情盎然地踏上舞台，宣布校庆汇演正式开始。看来朱雀的节目排在后段，否则他现在应该在后台准备，而不是跟其他表演者一同来观众席了。

"好可爱!"女孩们兴奋的惊叹声此起彼伏,"是天竺鼠哎!"姬松月顺着声音看去,只见几个学生用赞叹的眼神打量着朱雀身边的笼子。

合唱、独唱、单人诗朗诵、多人诗朗诵,姬松月的忍耐力终于在钢琴独奏时攀至顶峰,又剧烈下降。于是伴着悠扬舒缓的钢琴伴奏,连日失眠的她安然地合上眼睛,进入了令人沉醉的浅度睡眠。

钢琴弹奏戛然而止,姬松月还沉浸在自己的摇篮里毫无察觉。恍恍惚惚中,她好像看见自己变成了一只红色的气球,慢悠悠地飘了起来。那轻缓的感觉十分美妙,她飘啊飘啊,直到震耳欲聋的掌声将气球拍碎了。

"下面有请毕业于我校的著名指挥家秦皇岛老师,携三泉中学交响乐队,为大家带来的《茉莉花》。"

邻座的女人狂热地鼓起掌来。姬松月倾身往右看,朱雀还在观众席。正在这时,一个女生将不知道从哪里搞来的苹果抛到朱雀面前,朱雀摆摆手。

"不喂饱它的话,一会儿上了台,它就没劲儿表演了。"女生说。

传说中的世界级指挥家秦皇岛老师带着目空一切的神色,在乐队成员的庄严注视下,缓缓踏上舞台最显眼的位置。他瞥了一眼台下的观众席,点头示意,悠长的掌声中,他微微勾起嘴角,露出了笑容。

一场不期而遇的"闹剧",在他的邪魅一笑中诞生了。

> 朱雀手足无措地站在过道，那怅然若失的样子让她很想安慰他一下，可她离他少说也有一个光年那么远。

十三

秦皇岛老师用石膏雕塑一般摄人心魄的视线环视全场，缓缓抬起双臂，指向天花板。一瞬间的停顿之后，随着他右手中的指挥棒轻轻一摇，奇妙的音符从密切注视他动作的乐队中迸发出来。

不远处的观众席——朱雀落座的方向，一个女生轻轻尖叫了一声。姬松月扭头一看，另一个女生正捂着嘴巴，唯有圆睁的眼睛透露出无声的震惊。

周围的学生们慌乱起来，姬松月将焦急的目光投向人群中的朱雀。朱雀皱着眉头，潜入海底似的将身体埋进了座位之间的过道，手忙脚乱地扑腾着。当他再次现身于"水面"之上时，她赶紧朝他挥手。

朱雀没有看到，但是秦皇岛老师看到了。不能不说这是一种感人的缘分，他只是轻轻一瞥——那屡视线比七星瓢虫的足迹还要缥缈——却出其不意地锁定了姬松月的失态。他的目光在一刹那间变得严厉起来,姬松月读懂了他厌恶一瞥中的精髓:好啊,你这个恶俗的女人,胆敢在本艺术家展现崇高艺术之时做些不入流的小动作!

姬松月畏缩了。

秦皇岛老师将鄙夷的视线从姬松月身上移开,眯起眼睛,重新聚焦于乐队之上。姬松月祈祷他能专注于乐队,别再环视全场,发现朱雀那边的异样。

趁指挥家闭上眼睛,陶醉于自己的才华中时,姬松月又朝朱雀挥手,幅度比刚才小了一半。此举引来后排紫眼镜女士抛来的又一个白眼,可朱雀还是没能看到她。姬松月自知理亏,只能乖乖坐好。

幸好那边的混乱逐渐平息,姬松月也松了一口气。

正在这时,舞台上的大提琴手发出一声尖叫,姬松月的心脏立即敲出了求生欲极强的共鸣音。

顺着尖叫的方向定睛一看,姬松月忍不住瞠目结舌,妈呀,是大雄!

大雄正懵懂地从大提琴手的黑色长裙旁探出脑袋。大提琴手被吓得使劲跺脚,受到惊吓的大雄像一道迅猛的雷电一般疾驰向萨克斯手。

秦皇岛老师将常人难以抵挡的犀利眼神射向大雄,姬松月还以为下一秒,他就要把指挥棒一扔,撸起袖子跑进乐队里把大雄抓出来。但是他没有。不得不说,秦皇岛老师的确是非常专业的指挥家。他临危不乱,依旧保持着傲视群雄的姿态，向整个乐队投以震慑的目光，像是在说，谁也不许乱！

果不其然，乐手们在他的凛然注视下，都拿出了全副注意力，专注地凝视着乐谱。

唯有萨克斯乐手失败了。原本和谐的合奏中，激昂的萨克斯一路颤音飙升，然后来了个出其不意的休止符。之后，萨克斯手发出一声惨叫，双手抱住脑袋，目送大雄奔向长笛手的座位。

这一切发生在眨眼之间，姬松月跟大家一样看傻了。片刻的安静之后，礼堂里响起一阵阵窃笑，四下的笑声汇聚，爆发成了哄堂大笑。

可怜的大雄已然迷失于激昂又混乱的交响乐中。这可怎么办啊？姬松月焦急地看向朱雀，他正绝望地看着舞台。

哄堂大笑中，朱雀站起身来，在众人注视之下，快步往舞台上走，唯有紧握的拳头透露了隐隐不安。

姬松月知道，朱雀决定上台结束这场混乱，把大雄抓回来。但她不知道，他是否作出了正确的决定。内心深处她是佩服他的，换作是她，一定没有勇气在众目睽睽之下去舞台上出洋相。如果礼堂里除了朱雀之外的任何一个学生走上去，她都会为他或她的勇气鼓掌。

可朱雀这样做真的好吗？她可不希望他成为大家的笑柄。

幸好从礼堂后排匆匆赶来的王老师拦下了他，不知道从哪里跑来的中年男老师又拦下了王老师，转身往舞台上跑。

"尹主任！"王老师为难地说。

尹主任已经一个箭步迈上舞台，朝着大雄伸开了双臂。秦皇岛老师愤怒地朝他甩了甩指挥棒。姬松月以她惨痛的"微表情识别"经历猜测，他是在示意尹主任一边待着，别瞎掺和。

不过看尹主任斗志昂扬的姿态，他势必要掺和到底。显然他不打算再多放纵大雄一秒钟，继续在舞台上乱窜，将这场艺术盛典变成闹剧。

姬松月屏住呼吸，为大雄祈祷着。

朱雀手足无措地站在过道，那怅然若失的样子让她很想安慰他一下，可她离他少说也有一个光年那么远。

"行了吧，"小天使不屑一顾，"也就是不到十米的距离，别给自己的怯懦找些乱七八糟的理由好吗？"

"会不会好好说话？"小恶魔问小天使，"我考考你，姬松月最怕的是什么？"

小天使对答如流："麻烦。"

"'麻烦'的范围太宽泛。具体点！"小恶魔说。

"具体的多了，她怕干活、怕负责任、怕争端、怕出丑。怕给人添麻烦，也怕被人添麻烦。总体来说还是懒，就是怕麻烦呗。"

小恶魔微微一笑："你说的都对，但不能不说，我对姬松月的了解比你更加细致一些，记得十几年前的一天——"

"既然那么细致的话,那是否介意我问一下,具体是十几年前的哪一天啊?"小天使说。

"不要纠结于那些无关紧要的问题!"小恶魔怒斥。

小天使说:"真细致啊。"

小恶魔不为所动:"那时,还是高中生的姬松月超常发挥,考了年级第五,还当选学生代表,在校会上演讲。还记得当时她是怎么走上演讲台的吗?"

此话一出,小恶魔和小天使百年不遇、千载难逢地从彼此那里找到共鸣,一同爆发出一阵烦人的坏笑。

"该怎么形容合适呢?"小恶魔自问自答,"跟匍匐上去的差不多,膝盖都快抖成果冻了。眼看差几步就要上台了,她还摔了一跤,把气氛烘托得欢快异常。到现在我都不明白,那段路平坦得很,她到底是怎么被自己绊倒的啊?"

小天使清了清嗓子:"好了,别说了,她有演讲恐惧症嘛。而且她讨厌引人注目,这也是社交恐惧症的一种。"

"你也知道!"小恶魔一改片刻前的嘻嘻哈哈,"你也知道她在学生时代留下过心理阴影,害怕在众目睽睽下站出来。那你还逼她!"

"可她已经不是学生了呀,"小天使扬起下巴示意朱雀的方向,"他才是呢。"

"对啊,"小恶魔阴阳怪气地说,"他是个小宝宝,急需保护,所以要让姬松月冒着焦虑去安慰他。要是她腿一软,又在半路摔倒怎么办?"

"你当她是软骨病患者啊?"小天使问。

站在她右肩上的小天使和站在她左肩上的小恶魔舌战了似乎有上帝创世纪那么久。尽管在姬松月的表盘上,那只是秒针的一次颤抖而已。

她腾地站起来,结束了争论。

回过神来,姬松月正冒着周围枪林弹雨一般不解、疑惑、惊讶的目光,朝着朱雀的方向前进。穿过过道,来到朱雀身边,她拉住他,把他领到座位上。

"没事了。"姬松月说。

尹主任正在舞台上表演"猫捉老鼠"的哑剧,秦皇岛老师时不时拿眼珠子瞪向尹主任,激昂的动作愈加狂躁。空气在凝结,孕育着一场血雨腥风。

看朱雀无精打采的样子,姬松月安慰道:"顶多是被老师训一顿,没什么大不了的。"

不过朱雀看起来并没有好受一些。

台下绵绵不绝的笑声伴奏汇入交响乐,台上的尹主任气急败坏。一个女孩为了躲避他的追捕行动,一边拉小提琴,一边将上半身挪到椅子之外,差点失去平衡栽出去。一直憋着火的秦皇岛老师这下终于忍无可忍了,他怒目圆睁,将指挥棒对准尹主任,做出一个击剑运动员进攻似的动作。

整个乐曲的走向在那一刹那发生了诡异的扭转。好在乐队成员都受过训练,很快在激昂和舒缓之间找到了平衡。姬松月站在朱雀身旁,关注着舞台上的"闹剧"。沉迷于"猫捉老鼠"的尹主任并没有发现,名为"秦皇岛老师"的火山要喷发了。

秦皇岛老师竟然从谱架边走出来,咬牙切齿地朝尹主任手舞足蹈、毫无防备的背影走了过去。

乐曲开始了走向不明的自我发挥,不知何故,却显得比刚才稍微好听了一点——至少没那么一惊一乍了。

一阵阵嬉笑声跟僵尸病毒似的在观众席传播开来,遍及整个礼堂。朱雀像躲避迎面照来的刺眼车前灯一般,将手背按在额头上,从眯着的眼睛里看着舞台上惊心动魄的一幕。

也许是感受到了秦皇岛老师那非同一般的魄力气场,大雄竟化身闪电侠,从小提琴手脚边一跃而下,飞奔到舞台下的观众席。尹主任跟着追下舞台,前排的几个男生发出兴奋的吼叫,被王老师喝止了。

突然,位于礼堂中央的一个男生站起来高喊:"我抓到它了!"

大家发出不可置信的赞叹声,纷纷回头看去。尹主任气势汹汹地朝男生走去,朱雀跟上去,姬松月跟在朱雀身后。看尹主任粗暴地抓着大雄的脑袋,她心里很难受。

朱雀说:"尹主任——"

尹主任气喘吁吁地伸出手掌,挡在朱雀面前:"这是你的?"

朱雀点头。

"学生守则规定,不准带宠物来学校!你不知道吗?竟然还把它带来礼堂,让它满场疯跑,扰乱秦皇岛老师的指挥!你知道我们花了多大的心思才把老师请来的吗?全都被这只——"尹主任怒视着大雄。

"是天竺鼠。"姬松月说。

尹主任严厉地看了她一眼:"全被它扰乱了!现在,这只动物先由我保管,你先回到座位,看完演出。演出结束之后再来找我!"

"可是,一会儿的表演我还要和大雄搭档。"朱雀说。

"搭档?"尹主任问,"和它搭档?表演'你追我赶'吗?你还嫌现在不够乱,还想再乱上加乱是吧?"

说完,尹主任看向姬松月:"你是他的家长?"

姬松月心虚地挺了挺背:"对。"

"一会儿演出结束之后,来我的办公室一趟吧,还有班主任王老师一起。"尹主任看向不知何时来到姬松月身后的王老师。

"朱雀,把笼子拿来。"王老师说。

朱雀一转身,差点撞上气愤不已的秦皇岛老师。这时候姬松月才发现,交响乐队的演出已经结束了。尹主任满脸堆笑地看向秦皇岛老师:"我代表学生向您道歉。"

"你先代表你自己吧。"指挥家冷漠地说,"你知不知道,作为一个指挥家,只要站在谱架旁、面对乐团时,我必须全神贯注,将身体和灵魂完全融入艺术的世界中。除非演奏完成,没有什么可以让我离开谱架!这是我对自己的要求。是你蔑视艺术！打破了我的完美演出记录！给我的艺术生涯抹上了污点！"

"您这么说，我可不敢当啊。"尹主任小心翼翼地指出，"我都是为了您的演出，才会去抓这只捣乱的动物啊！"

"哼，你捣的乱比它大！一只小老鼠在台上乱窜，和一个大活人在台上乱窜，给观众的观感能一样吗？"秦皇岛老师训斥道。

指挥家义愤填膺地将头一扭，在王老师、朱雀和姬松月的频频道歉声中，大步走出了礼堂。姬松月感觉到尹主任落在她身上的视线。

"无视他就好。"小恶魔说。

"你现在不是学生啦，你代表的是学生家长，为了承担这个责任，你得赶快勇敢起来呀。"小天使说。

姬松月心虚地抬起头，在尹主任的眼神里发现了一丝类似于嫌弃的神色。

等待朱雀的节目时，姬松月一直替他担心。经历了刚才的事，他的心态是否会受影响？他还能发挥好吗？况且没了大雄这个"搭档"，节目安排会受影响吗？

姬松月顾不得打桩机一般的心跳声，朱雀的身影出现在幕布前。他笑容可掬地朝台下鞠躬，脸颊上的腼腆闪过，即刻被专注取代了。她松了一口气，耳边萦绕的是他温和的声音："没问题，别担心。"

只见朱雀不缓不慢地走向舞台一侧的铁笼子——笼子足

有十个大雄的小屋那么大。他要干什么呢?

姬松月明白了,朱雀是要变魔术!

竟然是变魔术!她怎么从来没有考虑过这种可能性?姬松月差点忍不住握住邻座女人的手说:"看啊,我家孩子在表演魔术呢!"

邻座朝她投来一束微妙的目光,像是在赞赏她教子有方,又像是在衡量她是否真的教子有方。此刻的姬松月已从一场短暂的热病中苏醒,恢复了理智。再怎么说,她也没有为他感到骄傲的立场啊。

"你又不是他妈妈。"小恶魔说。

小天使尴尬圆场:"不过你跟他也算是亲戚啦。"

朱雀将手掌穿过铁栏,伸向空无一物的笼子,飞快地在里面搅动了一圈。她明白了,他是想证明笼子里没有东西。与此同时,他又飞快地将斜搭在笼子顶端的黑色天鹅绒布拉下来,遮住了整个笼子。

朱雀的手像万花筒一般在笼子前转动了一圈,也就是一拍心跳的时间。接着他以一种炫目的方式,一把掀开天鹅绒,笼子又一次赫然出现在观众面前。里面竟然盘腿坐着一个又矮又胖的男孩!

男孩像是被突然出现在眼前的舞台灯光和观众吓了一跳,夸张地眨了眨眼睛。观众被他逗笑了,礼堂里响起一阵响亮的掌声。姬松月使劲拍手,拍到手掌麻木,拍到周围的掌声渐渐消退,她还不想停下来。

朱雀微笑注视着台下，比起得意，那笑容更像出于欣慰或者坦然之类的。姬松月忽然冒出一个毫不相干的奇怪念头，现在朱雀在想什么呢？

小胖子利落地从笼子里跳出来，挑衅般的朝着朱雀摊开了双手，颇有点查理·卓别林的风范。

朱雀从身后的道具台上随手拿起一摞扑克牌，游刃有余地洗牌，手法跟姬松月在电视里看过的魔术师一样灵巧。洗完牌，他将一摞扑克展开，示意小胖子从扑克里抽出一张。小胖子又摊开双手，一脸茫然地看向台下的观众，像是在征求意见。

"抽一张！"台下喊道。

小胖子的胖手指在一排纸牌的顶端弹来弹去，好像在弹钢琴。突然手指在其中一张纸牌上停下来，圆溜溜的眼睛盯着朱雀看，朱雀刚要示意他把牌抽出来，他又调皮地移开手指，选了另一张牌。

这会儿朱雀多等了几秒钟，等他拿定主意。接着他将纸牌抽出来，对着男孩和观众展示了一下纸牌的牌面。大家纷纷点头，他将另一只手覆盖在拿纸牌的手掌上，几乎在眨眼之间，纸牌竟然消失了。

姬松月明白这是魔术，不是魔法。可她忍不住好奇，这一切是怎么发生的呢？明明扑克牌刚才还在他手上的啊。她这辈子都不曾像现在一样，对魔术如此好奇。

"藏在袖子里了。"后排传来一个声音。

虽然这为姬松月不可救药的好奇心提供了一个理智的解答，但她并不感到开心。她宁愿一直不知道答案，也不希望答案被人戳穿。

话音未落，朱雀轻轻碰了一下小胖子的胳膊，大家顺着小胖子惊诧得近乎恐慌的视线看去，扑克牌竟然从朱雀刚才碰过的胳膊上变出来了！

这回姬松月迫不及待地鼓起了掌，朱雀的表演令她满意。根本不像有人猜测的那样，他还是有两下子的。顾不上掌心的疼痛，当她积极的掌声在稀稀拉拉的掌声中听起来格外突兀时，她才意犹未尽地停下来。

现在的朱雀跟平时看来，多少有些不一样，但姬松月又说不上究竟是哪里不一样。正困惑着，耳边响起了刺耳的手机铃声。

姬松月刚想翻白眼，才发现铃声的源头离她有点近。熟悉的欢快音节令她意识到，那正是她自己的手机铃声！

可是刚才拒接了李兆年的电话之后，她明明将手机铃声调成静音了呀。怎么会这样？不对！姬松月想起来了，她是打算调成静音的，结果被什么事打断了，对了，是朱雀来跟她说话来着！

姬松月用一招佛山无影手按下拒接，然后手忙脚乱地设置静音模式。刚点进铃声设置，催命的铃声又响了。周围瞬间安静下来，她气得一阵头晕，正在这时，身后一只手拍上了她的肩膀。

"请问你能不能设置成静音啊?"紫眼镜女士生气地说,"大家都在看演出呢,你这铃声一阵一阵的——"

姬松月赶紧按下拒接键,捧起手机,跑进过道,以极限冲刺的劲头往礼堂外冲。一口气扎到礼堂外的大厅里,跟狂奔了六十码完成触地得分的橄榄球员似的。她上气不接下气地注视着手机屏幕,直到心跳渐渐平息,也没等到再次来电。

不知道有没影响到朱雀的演出?刚才她太紧张了,都忘记确认他的状态了。姬松月气呼呼地拨通了李兆年的手机号:"喂,有什么事吗?"

手机那头不紧不慢地说:"你怎么了?听这语气好像要吃人了。"

"你刚才给我打电话,有什么事吗?"

"没事就不能给你打电话吗?"

姬松月气得差点一口气没上来。她明白李兆年是在开玩笑,可他的玩笑开得不是时候,而且他的玩笑开得总不是时候。

姬松月试着静下心来问:"到底发生了什么事?"

"是关于朱苑青的事故,"李兆年说,"刚才给你打了好几个电话,你都没接听。"

不接听就是不方便接听!

这次李兆年罕见地听懂了姬松月埋藏在沉默中的心声:"应该没打扰到你吧?"

这是什么话？他为什么想当然地认为，她的生活中不会有不能被打扰的时刻？姬松月无意斗嘴，于是问道："事故怎么了？"

"首先，你在事发当晚的行踪被证实了。"

可是她没有提供过"线索"啊。

"你不是说事发当晚你一直在申珍家吗？经过我们工作人员翻看好几十个小时的该小区监控视频，基本可以确定这是事实。你于七点半进了电梯，当晚就没有下来过，当然楼梯监控也没有出现你的身影。但是——"

姬松月皱起眉头："但是什么？"

"出现了一个新疑点，"李兆年说，"你还记不记得小钱跟你提起过，朱苑青撞倒了一块夜光停车告示牌？"

她怎么可能忘记？

"那块告示牌是事发当天傍晚，小区物业在暂停施工的花园小径外摆放的，目的和水泥墩一样，是告诉居民，此路正在施工，禁止通行。之前怀疑是朱苑青撞倒的，现在发现还有另一种可能性：有人在他之前撞倒了告示牌。"

"他没看到告示牌，所以撞上了隔离墩？"姬松月问。

"极有可能，因为事发地比较昏暗，当时又在下雨，如果告示牌被撞翻，后面的隔离墩可能不那么容易被发现。"

"撞翻告示牌的人为什么不通知物业呢？"姬松月问。

"目前还不知道，可能是不想承担责任，撞翻告示牌之后就悄悄溜走了。这种缺乏公德心的行为，给别人的生命安全造成了不可逆转的损失。"

姬松月沉默了一会儿,接受这个信息对她来说,需要点时间来缓冲。"这个人有可能知道那边没有监控,所以才会逃跑。"

"那他很有可能对死者的生活环境非常熟悉。"李兆年严肃地说。这些天以来,他从未用"死者"称呼过朱苑青。这种不留情面的说法令姬松月感到可怕:她的伴侣已经变成别人口中的"死者"了。

当姬松月闷闷不乐地回到礼堂,朱雀的魔术已经表演完了。又一轮激情大合唱之后,校庆演出宣告结束。学生们三五成群、有说有笑地往礼堂外走。姬松月看见朱雀在人群中朝她挥手,不一会儿,他就跟小红雀似的跳到了她的身边。

"你们教导主任的办公室在哪里?"姬松月问。

"我自己去就行。"朱雀说。

"尹主任刚才不是说让我跟你一起去的吗?"

"没关系,"朱雀低下头入神地研究起脚下的红地毯,"我会跟他解释,他会理解的。你不用非得跟我一起去。"

可她是朱苑青的法定妻子啊,跟他去见老师也不为过吧。

十分钟之后,两人站在了尹主任的办公室门外。姬松月硬着头皮敲门,如果没有朱雀在场,她可能还得花三倍的时间磨蹭。

敲了半天也没人答应,姬松月轻轻推开门探头一看,里面根本就没有人。

两人又在走廊上百无聊赖地等了十来分钟,尹主任还是没有回来。后来朱雀的班主任王老师路过时,才惊讶地发现他们还等在教导室门外。

"演出之后,秦皇岛老师去找校长了。"王老师说,"尹主任今晚可能没法见你们了,刚才他急匆匆地去校长室了,说是今晚六点之前都处理不完那边的摊子。"

"抱歉,"姬松月说,"给你们添麻烦了。"

"朱雀,怎么回事?"王老师问。

"因为魔术需要,才把天竺鼠带来的。"朱雀轻轻地说,"之前向学生会报备了,彩排也通过了。刚才担心它饿了会影响表演,就喂它吃点东西,一不注意就跑出来了。老师,对不起。"

朱雀那小心翼翼的态度中带着一丝若有若无的委屈,如果姬松月是老师,恐怕不忍心再骂他了。可能王老师也有些动摇,她为难地说:"等明天尹主任处理好那边的事再说吧。"

盛夏的阳光穿透树叶洒下来。被树叶切割得支离破碎的光点随风摇曳，在松软的草地里轻快起舞。

十四

朱雀提着失而复得的宝物——装有大雄的笼子，漫步在校园的橡树小道上，系在笼子上的粉红色缎带在暖风中打着旋。姬松月说："附近有家餐厅。"

"不用麻烦。"朱雀说。

"不麻烦，离三泉中学只有两个街区——"

一串凌乱的脚步声从身后传来，朱雀背着书包的肩膀被人猛拍了一下。姬松月回过头，看到两个女孩和一个男孩正站在他们身后。男孩又矮又胖，气喘吁吁的，正目不转睛地看着她。她立刻认出他就是刚才朱雀表演魔术时的搭档。

"我们刚才一直在教学楼门口等你呢。"留着娃娃头、戴一副银框眼镜的女孩不紧不慢地说。她看起来比身边的男孩成熟多了，颇有点学生会干部的风范。

另一个女孩没说话，只是一个劲儿凝视着朱雀。她很漂亮，像姬松月路过报刊亭时看到的青春杂志封面上的那种女孩。女孩突然将视线转向姬松月,若有所思地看着她。浓密的长发披在肩膀上,机灵的大眼睛映衬着雪白的皮肤,眼神坚定,虽然没开口说话,却给人一种很开朗的第一印象。

"我刚才是从后门出来的。"朱雀说。

"没事了吧?"男孩问。

朱雀轻描淡写地说:"尹主任不在。"

娃娃头女孩急切地说:"都是我不好。"

"没事,不用放在心上。"朱雀说。

"都是我太添乱了。我听说天竺鼠食量很大,就担心它饿了之后会罢工。没想到,笼子一开,它就跑出来了。我不该喂它的!给你们添了那么多麻烦。"

"是我不好,"长发女孩说,"要是我能说服妈妈留下它,就不会给朱雀添麻烦,也就不会发生今天的事了。"

朱雀摇摇头:"没有,我很喜欢照顾它。"

"是我不好!"娃娃头女孩坚持道,"我在宠物店看到它时脑袋一热,当时只是一心想让你高兴,却没有考虑你能否照顾它。是我欠缺考虑,否则这一切都不会发生了。"

姬松月终于搞明白了这场"罪人头衔争夺战"的始末。而且她意识到,站在她面前的娃娃头女孩,就是秦安宁。

与申珍的描述给姬松月留下的印象不同,秦安宁并不是那么叛逆、孤僻、冷漠,甚至难以接触,她看起来就是一个再普通不过的女高中生而已。

一直站在旁边的胖男孩忍不住笑了。长发女孩沮丧地看了他一眼:"笑什么,罗英杰?"

"你们这是在拍琼瑶奶奶的戏吗?"罗英杰问。

"你是秦安宁吧?"姬松月问娃娃头女孩。

正在扶眼镜框的秦安宁听到姬松月的话,差点弹出去两米远。一看她的"家传绝活"——弹簧腿杰克式的轻功——姬松月就确定了她的身份。

女孩透过银框眼镜瞪大眼睛,惊恐地问:"你是怎么知道的?"

姬松月笑道:"我是你姨妈申珍的朋友。"

秦安宁稍微松了一口气,但还是一脸牙痛的表情。"可你是怎么知道我是姨妈的外甥女的?"

"你姨妈跟我提起过你。"姬松月说。

秦安宁皱起眉头,困惑地看着她。姬松月有种感觉,如果不是当着朋友们的面,也许秦安宁会刨根问底。为了让秦安宁安心,姬松月解释道:"我也是偶然听你姨妈说,你送同学天竺鼠作生日礼物,才联想到的。"

秦安宁的眉头舒展开来:"原来是这样啊。"

罗英杰一直在朝朱雀挤眉弄眼,不过朱雀没有发现。他磨磨蹭蹭地转悠到朱雀身边,夸张地使了个眼色,小声问:"这是谁啊?"

朱雀犹豫了片刻:"是我姐姐。"

"你好像没有姐姐吧?"罗英杰问。

朱雀对他执着的求知欲颇为无奈。"我哥哥的女朋友。"

他修正道。

"哦——"长发女孩一脸同情地将目光转向姬松月。

"我们给你准备了一个惊喜,"秦安宁说,"钱樱樱在荷香街发现了一家特别好吃的餐厅,今晚我们一起去吧?"说完,她竟然看向姬松月,像是在征得她的同意。

姬松月赶紧点头:"去吧。"

朱雀看着她,没说话。

"别太晚就行。"姬松月说。

"耶!"两个女孩开心得几乎要跳起来。

姬松月拿不准是该跟他们一起漫步到学校门口呢,还是该立即消失,给这些孩子们一点空间呢?正思考着,她发现气氛似乎有点尴尬。秦安宁和钱樱樱都目不斜视地看着她,似乎在等她离开。

姬松月将手伸向朱雀手中的笼子:"那我走了,路上小心。"朱雀愣了一下,任她将笼子接过去。

"知道了。"女孩们齐声说。

姬松月加快脚步,来到学校门口时,回望了他们一眼。朱雀正用奇怪的表情看着她,跟他挥手,他也没反应。她突然意识到,也许这就是青春期男孩特有的"沉默"吧。不只是他,她在青春期时不也不乐意当着学校朋友的面跟妈妈太过亲昵嘛。

这么想着,姬松月竟然有了一种看到儿子长大的失落感。她觉得自己很可笑。孩子又不是气球,一眨眼就能长大。明明只照顾了他十来天而已,凭什么像妈妈似的自作多情?

"如果你有了属于自己的孩子,不就有资格为他们感到开心、骄傲和失落了?"小天使问。

姬松月竟觉得这话有点道理。天啊,你这是怎么了?她问自己。

小恶魔埋怨:"朱苑青活着的时候,你非要搞丁克。现在他死了,你又想生出一支篮球队了?"

"如果你想要一个属于自己的小宝宝,现在就可以。"小天使说,"就差一个老公了。"

小恶魔发出讪笑。

"并没有。"姬松月对自己说,"在漫长的一生中,某个女人在某个时刻觉得某个孩子可爱至极——也许是把土豆泥吃到鼻子上的小婴儿,也许是在游乐场里疯跑的双胞胎,也许是爱耍宝的邻居男孩——是很正常的,并不代表她立刻就想生孩子。"

"可这是你必须履行的责任!"尽管相隔老远,妈妈愤怒的声音还是直达耳畔。

姬松月拨通了申珍的手机号:"今晚有时间吗?"

姬松月想说心情不好,又觉得没什么可抱怨的。"出来喝一杯"还没说出口,珍妮特·利一般的尖叫声就涌进了耳朵。对经常跟申珍通话的人来说,耳膜穿孔都是小儿戏。

"我正跟许耀山在一起呢——"

姬松月说:"那我先挂了。"申珍跟前男友许耀山分手又复合,复合又分手,从学生时代到现在,前前后后少说也有百十来次了吧。

"我可能又快恢复单身了,"申珍怒吼道,"晚上联系,给你个准话!"

算了吧,姬松月心想,为这事就别联系了。

申珍问:"对了,找我什么事?"

"没事,"姬松月说,"没什么重要的事。"

盛夏的阳光穿透树叶洒下来。被树叶切割得支离破碎的光点随风摇曳,在松软的草地里轻快起舞。姬松月一个人走在午后寂静的街道上,低头注视着调皮的光斑在草叶上相互追逐。

跟下午去学校不同,回家的路顺得出奇,一路绿灯不说,整个月桂谷的车流仿佛也都被UFO吸走了。车载电台里一个劲儿播着悲伤的音乐,什么《悲惨世界》歌剧之类的。

刚进小区,申珍的电话就追来了。"我是想跟你说一声,"申珍说,"没事了,我们和好了。我可能快结婚了。"

申珍就要结婚了。这是好事,姬松月为她高兴,却也忍不住伤感。不是因为申珍就要拥有属于自己的小天地了而她还单着,而是因为从此两人就要过上不同的生活。申珍将拥有另一种崭新的生活,而她并不在那个核心圈之内。

"恭喜你。"姬松月说。这是真心话。

"其实我和许耀山住在一起了,他是前天搬过来的。"

姬松月说:"两个人一起生活,你要学会谦让、忍耐和妥协,不要那么任性,动不动就发脾气,也不要一意孤行,什么都按自己的意思来。"

"你怎么也跟我妈似的,开始唠唠叨叨了?"申珍说,"好了,一会儿我们要出去来个烛光晚餐,周一见面再聊。"

这就是申珍和她的"可无限循环男朋友"。前一秒还吵得昏天黑地闹绝交,下一秒就要去吃烛光晚餐了。不像朱苑青,总是那么彬彬有礼,却连声招呼都不打,就把她独自留在这里。

姬松月在皮包里翻出了为朱雀准备的生日礼物。

上周末约申珍吃饭,两人去了商业街。姬松月对这枚淡绿色的月光石戒指一见钟情。申珍说"高中生不戴戒指"时,她记起了生日礼物的事。

姬松月独断地说:"就这个吧。"

申珍翻了个白眼:"我说你是耳膜穿孔了是吧?都跟你说了,高中生不戴戒指!学校规定禁止佩戴饰品。"

"学校还禁止熬夜呢,你还不是靠着毕业前半年的挑灯夜战,考上了重点高中?"

"那你非要送人家用不上的东西?"

"我就是单纯觉得这戒指很美,希望他也能看到这么美的东西,行吗?如果他不喜欢,那也没关系,我的心意传达到了。你并不能保证自己送出的每一份礼物都合人心意,对吧?况且它现在还在打折,价位也很合适。另外,你是不是还没逛够?"

一进商店就抱怨高跟鞋不合脚的申珍终于闭上了嘴。

姬松月翻开礼物盒,看着月光石戒指。此刻,它在阳光下就像一枚淡绿色的水滴,可当她凝视进这枚水滴,又发现它无限接近于透明,更像是被一缕缥缈的淡绿色月光照亮了。

坐在沙发上,心里有点空落落的。为了不给自己时间去想朱苑青、妈妈和其他的烦心事,姬松月倒了一杯红酒,重温起老电影。片头结束时,她就走神了七次。这是她第七次看这片子,即使走神也能把情节接起来,所以直到片尾,她都没意识到她惊人的走神频率。

尽管不肯对自己承认也罢,内心深处姬松月的确是有一点小失落的。毕竟到最后,对朱苑青,世界上也只有她一个人难以释怀。朱雀的人生才刚刚打开,总有什么能令他从失去哥哥的痛苦中得到解脱。而她的人生正慢慢关闭,她眼睁睁地看着昨天远去,却无能为力。

"天啊,你怎么会有这么恶毒的想法?"小天使横空出世,把姬松月吓得够呛。"他能释怀难道不是好事吗?你还希望他一辈子活在阴影里啊?"

小恶魔心虚地反驳:"小月也不过是一时自怜罢了,过一会儿就想通了。别那么苛刻好吗?"

姬松月只开了一盏壁灯,把大雄从笼子里抱出来,放在沙发上,给它做了一份水果拼盘。大雄一点也不像下午在学校礼堂里那么疯,吃完了晚餐,乖乖趴在沙发上看电影。剧情进入高潮时，它已经昏昏欲睡了。

一瓶红酒少了一半，低落的心情开始渐渐回温。

姬松月混混沌沌地看完喜剧片，决定再来部恐怖片。冗长的片头刚播完，就听到一阵奇怪的声音，她情不自禁地想起了朱苑青。那次可笑的"显灵"经历至今还令她尴尬不已，这次她不会再疑神疑鬼了。

正这么想着，门一下子被推开了。姬松月腾地从沙发上站起来，专注地看着门外。竟然是朱雀，距她回家才两个半小时。

"你没事吧？"姬松月问。

朱雀一副再平常不过的神态："没事啊。"

"吃完饭了？"

"吃完了。"

再刨根问底就太八婆了，而且她也不想对他的社交生活指手画脚。"我真没想到，你说的节目竟然是魔术！"

他"嗯"了一声，她不确定这是代表腼腆、羞涩还是有点得意。

"扑克牌是怎么回事？"姬松月兴奋地问，"怎么会从那个男孩的胳膊上弹出来？"

朱雀神秘地笑了一下，一个令她联想到两年前第一次见面时的活泼笑容。"Back palm（手背藏牌）。"他说。

"什么？"

"Back palm，"朱雀说着飞快地转动了一下手腕，"是魔术中最基本的技巧之一。"

姬松月没听懂。但没有关系,因为她意识到她并不是真的想弄懂谜底。有时候谜底又复杂又毫无美感可言,把她的美好想象弄得一塌糊涂。她只是喜欢这种有机会向"魔术师"请教谜底的特权罢了。

"对了,你没被我的手机铃声打扰到吧?"姬松月说,"真的抱歉了,我记得设置好静音的。"

"什么铃声?"朱雀问。

"那就好。"

"怎么了?发生了什么事吗?"

姬松月摇摇头:"没什么,只是一通电话而已。不过因为这通电话,错过了你的表演,太遗憾了!"

朱雀慢吞吞地说,"其实学校的网站上有录像视频,不过也不是什么大不了的表演……"

"那太好了!我去看一下。"姬松月说。

"小月姐——"朱雀欲言又止,姬松月有一种不好的预感。"我哥哥的事最近有进展了吗?你下午接到的电话,是不是跟那件事有关?"

姬松月没说话。

"是不是?"朱雀又问。

姬松月点点头,但不太想现在谈这些。毕竟推断还没有完全证实,她不想给朱雀增加不必要的心理负担。她从未想要对他隐瞒整件事,她不是那种迂腐的成年人,但她不想折磨他。等一切有了定论再让他知道也不迟。

朱雀请求道："告诉我吧。"

看样子姬松月别无选择了。

"警察怀疑，也许在你哥哥到达肇事地点之前，有人将摆在那里的停车牌撞翻了，由此导致了车祸。但这只是其中一种推断而已，还没有得到证实，仍在调查取证中。希望你别胡思乱想。"

"别胡思乱想"，听起来多苍白，可的确是她的真心话。

朱雀连眼睛都没眨，面无表情、语气自然地说："我不会的。"听不出是镇定，还是故作镇定。如果在昨天，姬松月会猜测他在努力克制，可今天她拿不准，毕竟他是在刺眼的舞台射灯光束下，都能玩转花式切牌的男孩。

片刻沉默之后，姬松月将放在玻璃桌上的礼物盒递给他："生日快乐。"

朱雀接过礼物盒："谢谢。"她等他打开盒子。一枚浅绿色的月光石戒指在昏暗的客厅里发出微光。"太漂亮了，"他轻轻摇了摇礼物盒，"可以吗？"姬松月一时没弄懂他的意思。"我真的可以收下？"他腼腆地问。

"当然可以了。"姬松月说。

他迟疑地看着她，语气担忧："看起来好像有点贵噢。"

"不是贵重的戒指，"姬松月手心朝下，将手掌放在《圣经》上宣誓一般说道，"我从来不对小朋友撒谎。"

朱雀抿嘴一笑，将戒指从盒子里取出来，试着戴在左手食指上，对着微亮的月光石仔细看。"很漂亮，谢谢你，这蓝色很美。"

什么？蓝色？他在开玩笑吗？这明明是绿色啊。

她看着他的脸，没有一丝玩笑的迹象。如果是开玩笑，这种玩笑也太无聊了，不是他的风格。所以这是怎么回事？

朱雀似乎被姬松月惊讶的表情吓到了，不安地问："怎么了？"

姬松月认真地问："你再说一遍，这是什么颜色？"

朱雀茫然地摇头："什么意思？"

姬松月指着戒指座上的月亮石问："告诉我，这是什么颜色？"

"蓝色啊，小月姐，怎么了？你这样很吓人。"

天啊，他怎么分不清蓝色跟绿色？用不着成为医生、遗传学家或者生物学家她也知道，分不清蓝色和绿色的人就是色盲，具体说，是蓝绿色盲。

朱雀把身体重心从左脚移到右脚，又从右脚移到左脚，双手也开始不由自主地在身体两侧微微摇动起来。"姐姐，到底是怎么回事？"

难道他至今为止都不知道自己是蓝绿色盲？不过这也算不上什么空中花园式的人类奇迹。毕竟今天他才刚满十六岁，而且"绿色"跟"蓝色"的差别又不像"绿色"跟"红色"一样，在色谱上对立得那么显著。

一个小学生认错颜色很可能会被当成单纯的认知错误，

何况他父母又没在照顾他，没有发现这一点也不奇怪。上了中学，偶尔搞错颜色大概也没能引起注意，所以他到现在还不知道真相。

姬松月谨慎地作最后的确认："你不觉得这枚月光石是绿色的吗？"

朱雀盯着戒指看了几秒钟，托马斯·爱迪生凝视人间第一缕灯光时也不会比现在的他更专注。"我觉得是蓝色的。"他说。

"好吧，"姬松月点点头，"那这个呢？"她指着彩绘壁灯中墨绿色的一格问："这是什么颜色？"

"蓝色？"这回朱雀的声音有点迟疑，不像刚才那么坚定了。

"朱雀——"姬松月转过身来，温和地凝视着他，那庄严的语气堪比端坐在告解室里的牧师。"我得告诉你一件事，你可能会感到困惑、低落或者烦躁，我希望你不要太在意。你可能是——"

他怎么可能不在意呢？她在心中发出叹息。要怎么开口告诉他呢？难道他的麻烦还不够多吗？

"我可能是蓝绿色盲？"朱雀问。

他可帮了姬松月一个大忙，她都有点感激他了。她对他微微一笑，心里有点难过，希望他没有太伤心。他回了她一个不怎么像微笑的微笑。

"没事吧？"姬松月觉得自己听起来像傻瓜。

"没事。"朱雀说,"也就是做不了飞行员、宇航员、科学家、拆弹专家、麻醉师等等大概上百种工作。反正我也没打算做那些,所以没关系。"话是这么说,可他的声音越来越低落、越来越无力,让她听了不好受。

"没关系的,你的情况不严重,"姬松月使了个眼色,"估计别人看不出来的。"朱雀抬起疑惑的眼睛看她,她赶忙摆手,"不是,我的意思是没有你想象的那么严重。"

当然了,这种无济于事的说法也是同样苍白。

朱雀反倒像安慰别人似的说:"没事的。"然后拎起书包,握紧礼物盒,朝卧室走。"反正我想做魔术师,不然糕点师也行。"他转过身问:"这样应该没什么关系吧?"

"当然没关系了,"姬松月说,"绝对没问题!"

"对了!"朱雀又猛然转身,"刚才我回来,在小区门口和电梯口都看到了停电通知,好像是今天晚上七点到后天晚上七点。"

"有吗?"姬松月问。

"有啊,"朱雀说,"听人说今天早上就贴出来了。"

"奇怪,我怎么没看见?"难不成是跟申珍讲电话讲得太投入了?

又一阵温暖怡人的酒劲此刻如潮汐一般渐渐蔓延上来,有点令人陶醉。姬松月突然觉得很累,只想躺在床上愣神,细细品味这若隐若现的眩晕感,顺便好好研究一下天花板的构造。

"没事的,应该不会停电。"姬松月说。

"可是那上面写了,我担心电梯会停运。"

"那我们现在去哪?"姬松月问。

"我可以去同学家凑合两夜,你呢?"朱雀问,"去朋友家或者回家住?"

去申珍家?她又跟男朋友住在一起了。回家就更不可能了,妈妈都跟她断绝母女关系了。其他的朋友还没亲密到能去人家家里借住的程度,况且她们大都结婚生子,不再住单身公寓了。

姬松月灵机一动:"现在是八点半,你刚才回来的时候就八点多了,电梯没停吧?所以那个通知失效了。不过你要是不放心的话,可以先去朋友家住一夜。我送你过去。"

朱雀有点犹豫:"其实我也不想住在别人家。"

姬松月颇为洋洋自得地说:"停用电梯这种事概率很小。你看,新建高楼的电梯都是双路电源供电。也就是说,A电路停电后,会由B电路供电,以确保电梯不会停电。AB电路互为备用电路。物业贴出公告多是为保险起见,其实这种意外一般不会发生,所以没关系的。"

这是去年姬松月从小高那里听来的,没想到竟然派上了用场。朱雀虽然略带迟疑,但能看出他也被说服了。

"我在以前的小区也遇到过这种情况,说停电但是电梯其实不会停的。"

"那我就放心了。"朱雀说。

闭上眼睛,夏日的光芒在浓绿的树叶上跳舞,悠长的蝉鸣穿梭其间,布谷鸟在头顶的某处随心所欲地唱歌——

十五

朱雀放心得有点太早了。姬松月也没料到,这套"备用电源"理论,也仅仅只是一个理论而已。

第二天一早,面对拒绝工作的榨汁机,姬松月顿感一阵天旋地转。仅以牛奶果腹的两人来到电梯旁,平时显示红色罗马数字"二十五"的位置空无一物。

姬松月用拳头抵住太阳穴,欲哭无泪。"对不起。"她对朱雀说。

朱雀无精打采地看了她一眼。

"可是为什么啊?不是有备用电源的吗?"这时姬松月还没有放弃最后一丝期待,立即打电话询问小区物业。

"小区的确是双电路供电,但是我们没有确定准确的停电范围。"

"什么意思?停电范围不就是本小区吗?"

电话那头传来呵呵一笑:"我们接到供电公司的停电通

知说,周六停供电一线,周日停供电二线。但是我们目前还不确定一线和二线分别对应的楼号,为了保险起见,也只有周六、周日整个小区都停电,电梯也停运。但是!请放心。接下来,我们会请供电公司帮忙核对线路资料,精确到每一栋楼,并且联系电梯厂商进行电源切换培训。下次停电时,这种情况就不会再发生了。"

上次也是,朱苑青发生意外之后,他们才在花园小径安装监控。为什么每次都搞马后炮?当着朱雀的面,这严厉的质问她说不出口。

姬松月怀着沉重的心情,绝望地回家换了双登山鞋。从二十五楼徒步到一楼,那将是怎样一种炼狱般的历练啊?她想知道登山家丹增·诺盖在攀登珠穆朗玛峰的过程中有没有流过眼泪。这场迷幻之旅还未正式开启,她已经忍不住想哭了。

但作为两人中唯一的成年人,姬松月必须镇定下来。她做了几个腹式深呼吸:"我们十层十层地来,先下十层,中间休息一段时间,再下十层。注意爬的时候要积累体力,别一下子都耗尽。"

"好。"朱雀说。

"对不起。"姬松月又说。

朱雀耸耸肩:"没事。"

既然有些事情无可避免,那就尽量做得漂亮一点吧。姬松月花了五分钟调整状态,还做了几个原地蹲起,将全身肌肉调节到紧张状态。

朱雀站在原地看着她。

"你不做点准备运动啊?"姬松月问。

朱雀懒洋洋地摇头。

姬松月拍拍掌,握紧拳头伸到朱雀面前,朱雀也握紧拳头,轻轻撞了一下姬松月的拳头。她突然感到自己正被熊熊的战斗之火燃烧着,就像背着吉他、正要登上舞台的比利·乔·阿姆斯特朗,又或是还未踏进橄榄球赛场就已进入战斗状态的J.J.瓦特。

"那我们开始吧。"姬松月说。

一场真正的勇士之旅开始了。姬松月深吸一口气,走入陌生的楼梯口,这会儿她才发现台阶陡得可笑。只是刚下到二十三层,额头就渗出一层汗水,浑身热得都快膨胀了。好一场盛夏马拉松!

二十二楼的红色标志在眼前恍惚闪过,她怀疑自己累成老花眼了。

反复确认之后,姬松月靠在墙壁上哀嚎道:"怎么才到二十二楼啊?刚才跑得那么快,至少也该到二十楼了!"

"你累了?"到二十楼时,朱雀轻声问。

"还行。"姬松月说。

其实姬松月很想问,怎么还没开始发力她就累倒了,不是该等运动到一半时才开始累吗?可是她气喘吁吁,话到嘴边,却被急促的呼吸挤没了踪影。肺部和心脏叫嚣着要更多的氧气,最初的熊熊斗志似乎有点遥不可及了。

"加油!"朱雀说。

说得简单。姬松月迈开腿,跟上朱雀轻快的步伐,朝楼下那个仿佛永远没有尽头的螺旋形中央的一个黑点前进。一层,一层,又一层,汗水模糊了双眼,她像一块鸡蛋布丁一般撞在了墙上,瘫软下来。

抬头一看,"十七层"。

姬松月的喉咙冒烟,身体似乎被一层火热的蒸汽笼罩了。朱雀的状态还不错,不过她也没有多余的力气确认。

"没事吧?"朱雀一边倚在墙上,用手背抹去额头上的汗水,一边等她。

姬松月已经无力回答了,只是点头敷衍。朱雀笑了。"笑什么?"她忍着胸口猛烈的悸动问他。

"看你刚才的架势,"朱雀说,"我还以为你是要去参加马拉松大赛呢,结果走了这么几步就没劲了?说好的每十层休息一次呢?开玩笑的吧。"

姬松月点点头。现在她没劲儿跟他理论,只想让他赶快闭嘴。

"带水了吗?"姬松月问。

"没有。"

"你上学也不带点水喝啊?"

"杯子在学校里。"朱雀说,"你要是想喝的话,我回去帮你拿?"她不知道他是否在开玩笑,也没有多余的力气去考虑了。

"你先走吧。"姬松月扭头示意楼下——螺旋中央的黑点。

姬松月早就跟不上朱雀的速度了。她需要好好休息一下,少说也得十分钟。如果接下来的楼层都要跟他绑在一起,这个负担对她来说,也太过可怕了。

"没事的,我等你吧。"朱雀说。他靠在墙角看她,好像她的脸上开出了一朵仙人掌花似的。"小月姐,你不是真的体力不支了吧?要不你再多休息一会儿?"

姬松月无力地翻了半个白眼。问题是你跟个审判官似的杵在这儿,我既要担心你上学迟到,又怕连累你,只得拼命赶时间,根本没法充分休息啊。

姬松月不是那种会说"求求你快走吧"这种话的人,于是她慢吞吞地从皮包里拿出手机,假装查看从某个不存在的人那里发来的信息。她深吸一口气:"坏了,我要打个电话!这个人真的很啰唆,你知道吗?每次打电话给他,我都要准备好润喉糖,所以你还是先走吧,否则上午的课你要赶不上了。"

朱雀耸耸肩:"那我先走了。"

"对了,一会儿把补习班老师的手机号发给我。"姬松月说,"如果今天迟到的话,我会打电话向他解释。快走吧。"

朱雀磨磨蹭蹭地在楼梯间徘徊了几步:"算了,我还是等你吧。"

"怎么了?"姬松月问。

"你的脸色不太好,不会昏倒在楼梯里吧?我们一起走吧,这样我比较放心一点。"

"我没事。"

朱雀问,"你确定吗?你看起来真的不太好。"

姬松月不确定,她觉得她就快晕倒了。

四肢麻木,仿佛已经不是自己的了。双腿都使不上力气,奇怪的是它们还能一刻不停地移动着,也许只是机械运动的惯性罢了。到第十三层的时候,姬松月感觉她的灵魂都随着汗水蒸发了。

"再加把油。"朱雀说。现在姬松月能看出,他也有点累了。他的声音很温柔,像摇篮,令她昏昏欲睡。

姬松月艰难地说:"你走吧,别管我了。我出不去了。"连她都不知道,她的语调听起来有多么感伤,且颇具舞台剧式的夸张感。那矫揉造作的程度丝毫不亚于布兰奇·杜波依斯[①],但她已经累得顾不得这些了。

朱雀一言不发地等着她。明明是姬松月的自作聪明给他添了麻烦,可一直在喋喋不休抱怨的人却是她。作为成年人,如何以身作则?

姬松月忍住一阵阵想躺在十楼楼梯口进入深沉睡眠的冲动,咬着牙齿站起身来。这会儿她再也不想像摇滚歌手或者橄榄球运动员那样热血沸腾了,她只想做一个不用徒步爬二

---

① 电影《欲望号街车》女主角。

十五层楼梯的普通人。

接下来的楼梯,连姬松月都不知道是怎么挨下来的。来到五层的时候,她发觉她已经变成了一个和昨天完全不一样的人。凤凰浴火才能重生,毛毛虫破茧才能成蝶,她姬松月如今也是一个接受过烈焰洗礼的女人了,那少说也能拧出三毫升汗水的连衣裙就是证明!

身体不是她的了,意识也趁机飞出身体,浮在半空,俯视着她。

"我觉得我已经不是我了。"姬松月虚弱地说。

"那你是谁?"朱雀问。

"可能是嗑了药的约翰·列侬吧。"小恶魔笑道。

当一楼的标志出现在恍惚的视野中,姬松月忍住了一阵想哭的冲动。还有最后两层台阶时,朱雀一跃而下,轻盈得像一只小猫。

而姬松月瘫坐在这场漫长又痛苦的旅程的最后一层台阶上,鲶鱼一般大口喘息着。朱雀靠在墙角,双手压在膝盖上说:"我好像感觉不到我的腿了。"

朱雀的刘海上沾着汗水,脸庞也挂着汗珠,额头上似乎还在不断渗出水汽。脸颊好似抹上一层鲜活的树莓色,眼尾格外浓密、跟蝴蝶触须似的睫毛有气无力地垂下来,遮蔽了两只晶莹的眼睛。

现在的姬松月感觉自己像一只在开水中被烫过的粉红色大虾,浑身冒着沸腾的热气。她上气不接下气地说:"我的腿早就报废了，大概在第十五层的时候。我是靠幻肢和信仰走到现在的。"

"小月姐，以后多运动吧。"朱雀笑着说。

你还笑？姬松月是想这么问来着，不过没问出口。毕竟全是靠她的"功劳"，两人才会落得这么个田地。

抬头一看一楼大厅的挂钟，九点一刻了。姬松月敲打了几下双腿，膝盖果然像假肢一样，失去了膝跳反应，吓得她腾地从台阶上站起来。看来从今天开始，她也要加入申珍的"弹簧腿杰克俱乐部"了。

"都这么晚了，我送你去补习班吧。"姬松月说。

"没事，我坐公交车就行。"

姬松月摆摆手："给我一分钟，呼吸一下。"

一分钟完全是一种"修辞手法"，十分钟过去了，姬松月的疲劳并没有得到舒缓，反而越积越多了。如果不是要送朱雀去补习班，她宁愿在楼梯台阶上坐上一整天。

不顾失去知觉的双腿抗议，姬松月大步流星地往外走，步伐凌乱得有点失控，跟申珍每次醉酒后的凌波微步似的。"快点，要不然一堵车，你今天早上的课可就都泡汤了！"

"我巴不得呢。"朱雀小声嘀咕。

"你说什么？"姬松月回头看她。

朱雀发出一声唐老鸭恐慌时的惨叫："小月姐——"

此后这声惨叫在姬松月的耳膜附近颤动着，直到她听到"咚"的一声，伴着一阵钻心的疼痛而来。她花了至少一秒钟才搞清楚,声音是从自己的脑袋上传来的,疼痛也是以脑壳为中心呈放射状蔓延的。

姬松月捂住脑袋,看向肇事者——一扇透明的玻璃门。由于停电,电动玻璃门也停了,而她竟然完全没有发现那扇干净得像空气的玻璃门,还跟个斗志昂扬的傻瓜一样,一头撞了上去。

姬松月扭头的瞬间,朱雀移开视线,装作没有看到那场意外事故,大概是不想让她尴尬。不过动作慢了一步,被她瞥到了他尴尬的神色。

姬松月清了清嗓子:"这下好了,刚从二十五楼爬下来,现在却没法出去!"

"我们好像被困在这里了。"朱雀小声说。

姬松月又给物业打电话,可是这回没人接。她锲而不舍,大概打了一百次之后,电话终于接通了。"我是E区二号楼的居民,我们被困在一楼大厅了。"

"今天停电,我们早就通知了。"

"我们刚从二十五楼爬下来。"姬松月焦急地说。听到电话那头倒吸了一口气,她也明白今天的自己完成了一项了不起的创举。"有没有疏散通道之类的备用出口,能不能让我们先出去?"

"有是有,"那边说,"我们检修时会绕近路走那边。需要经过配电室,穿过监控室内部,然后出去,就是楼道内的一个小侧门。"

"太好了,谢谢!"姬松月动情地说。

这次还是高兴得有点早。那边慢悠悠地说:"不过今天停电,你也知道,所以配电室和监控室的同事还没来上班,不出意外的话,配电室和监控室现在应该是锁着的,你们应该没法通过。"

所以说,刚才的话都是望梅止渴?别说望梅止渴了,简直是饮鸩止渴啊!

"所以说,我们出不去了?"姬松月绝望地问。

"监控室的同事一会儿会来值班,他有这两个房间的钥匙,不过具体的排班表我也不太清楚。要不你们先回家休息一下,如果他来物业办公室,我再打这个手机号联系你?"

回家休息?再爬回二十五楼?天啊,姬松月宁愿现在拿着号码牌去地狱门口排队,也不想再徒步爬回二十五楼了。

姬松月失落地坐在大厅的长椅上,凝视着从未如此遥不可及的玻璃门外的世界。朱雀背靠玻璃门,双手扶着腰,也扭头看向门外的花园。

"抱歉,都是我不好,是我太理所当然、自作聪明了。"姬松月说。朱雀摇摇头。"现在就把补习班老师的电话给我吧。"

朱雀眼睛一亮,突然甜甜地问:"要帮我请假吗?"

姬松月怀疑因为超负荷运动,她出现了突发性的幻听。她抬起头,对上了他坦然的眼睛,没有从他脸上找到一丝狡猾、调皮或者恶作剧的迹象。"我已经记不清,上次有人帮我请假是什么时候了。"朱雀说。

原来如此,姬松月竟然还以为他要翘课。

"你应该为有这种想法而羞愧。"小天使说。

"行了吧,谁还能不犯点错呢。"这话不用猜,就知道是谁说的。

请假之后,姬松月混沌地望着窗外的世界。世界还是昨天的世界,又仿佛不再是昨天的世界了。就在那一刻——数千个普通的夏日上午中再普通不过的一刻,姬松月下定决心,她再也不能如此混沌下去了!

有些事,她突然想通了。

姬松月很想冲向街道,将帽子抛向天空,大声欢呼:"我决定了,从今开始过崭新的生活!"事与愿违,即使从二十五层的地狱烈焰中走出的瘫软身躯允许,纹丝不动的电动门也不允许。于是她只有跟同样无精打采的朱雀面面相觑。

姬松月带着歉意叮嘱说:"到了补习班,借朋友的笔记抄一下,不懂的地方多问问。落下的英语课今晚回来我可以帮你。"

"好。"朱雀说,"你今晚还要回来?"

看朱雀咧着嘴的呆滞样子,姬松月不得其解:"不回来去哪?"

朱雀的嘴好像闭不上了,他指了指楼梯的方向,将她带回了刚才的噩梦。姬松月一拍腿:"哦,对了!"

"你要回家吗?"朱雀问。

现在的姬松月，跟昨晚犯懒的她面临着同样的苦恼，一点也没减少：回家是不可能了，去申珍家也不可能，其他人就更别提了。所以去开房吧。上周听人事部的宋主管得意洋洋地说，荷香街有家高岭宾馆，客房整洁，价位合理，服务冷漠，非常适合一夜情。

正好顺路，今晚就去享受一下一个人的一夜情吧。

"我还是去宾馆吧，"姬松月说，"你去哪？同学家？"

"我最好的哥们儿上个月打篮球骨折了，现在在养病呢。去罗英杰家借住一天倒是没问题，不过——"朱雀欲言又止。

"不过什么？"

"他妈妈最近刚生了二胎，据说家里人都手忙脚乱的，我不想再去添麻烦。其他的同学还没亲密到能开口去人家家里借住的程度。"朱雀抬起眼睛，"所以我能跟你一起去宾馆吗？我们住邻居就好，我绝对不会添麻烦的，我发誓！我可以自己付账。"

不是付账的问题。带未成年人去旅馆，有点不太合适吧？

可他都说了没地方可去，再让他就这么一个人在外边过夜，姬松月是无论如何也于心不忍的。朱苑青刚回归造物主怀抱的第二周，他的弟弟就过上了流落街头的生活，如果他的在天之灵看到这一幕该有多伤心？

有一瞬间，姬松月突然想带朱雀回家。她无不怀着一丝期待幻想,就算妈妈再绝情,对朱苑青和他弟弟有再多偏见,当一个"无家可归"的男孩可怜兮兮地站在她面前时,她不可能真的拒绝伸出援手吧?

她不会拒绝的。

但姬松月改变了主意。她宁愿去宾馆,也不想带朱雀去扮可怜博同情,即使那个人是她妈妈。应该说,尤其是面对她妈妈。回过神来,朱雀还在专注地看着她,等待她的答案。

"好吧。"姬松月说。

"太棒了!"朱雀将拳头轻轻推到她面前,她飞快地握拳撞了一下。两人就这样达成了同盟。

手机铃声在空旷寂静的一楼大厅响起。姬松月惊喜地发现,是物业办公室打来的。配电室的工作人员来了!她朝朱雀使了个眼色。

带着对自由的深深向往,两人顾不上浑身酸痛,朝着光明的终点——配电室——走去。

穿过配电室,推开监控室后门的一刹那,姬松月感受到了久违的气流。尽管温度直逼四十摄氏度,她仍然为这阳光灿烂、微风吹拂的夏日的一天而感动不已。她不禁张开双臂,去拥抱那艳阳和热风。

闭上眼睛,夏日的光芒在浓绿的树叶上跳舞,悠长的蝉鸣穿梭其间,布谷鸟在头顶的某处随心所欲地唱歌——

"姐姐,腿还疼吗?"朱雀的一句话将她拉回现实。现在已经不是腿疼的问题了,姬松月感觉整个身体都逐渐肿胀起来了。

送朱雀去补习班回来的路上，姬松月偶遇了他的班主任王老师，她战战兢兢地提起了去见教导主任的事。

王老师挥手说道："不用了，尹主任昨天在校长室跟秦皇岛老师理论一番，回家之后就发起了高烧。晚上去医院看急诊，说是得了急性盲肠炎。这个月结束前，他应该回不了学校了。"

姬松月无论如何也想不到会发生这种事。一时之间，她都不知道是该震惊、自责，还是为尹主任感到遗憾了。

周六的公司忙碌不减。来到单位正值午饭时间，这天姬松月做过的唯一一件有意义的事，是将前一天朱雀在校庆上表演魔术的视频链接，以电子邮件的形式发给了同事大王的表弟。因为午饭时她听大王说，他表弟在省电视台工作，参与策划了一档魔术比赛节目，目前正在海选中。

此事纯属偶然，姬松月相信这完全是命运的指引。想想吧，为什么偏偏在这一天，大王提起魔术节目的事，还恰巧被她听见？这概率不比撞见双层彩虹的概率更高吧？如果这还不算天意，那罗密欧与朱丽叶的相遇大概也只是个玩笑吧。

姬松月有种预感，这事能成——朱雀至少能进复赛。如果不成的话，命运又何苦指引她来到这里？当然了，也正因为对此事寄予厚望，她并不打算在收到好消息之前透露给他，引起不必要的紧张。

原以为经历过二十五层炼狱之后,再没什么能打败她——至少近期内命运女神玩不出什么花样了。但是姬松月很快就认识到她错了。

正当她神游于山林之中,与蜻蜓、麋鹿和潘神相互追逐嬉闹之际,一阵敲门声渗进美梦中。

十六

浓重的乌云笼罩着月桂谷的高岭宾馆上空,一场血雨腥风正孕育其中。天真的姬松月对此一无所知。她正带着朱雀,匆忙地在宾馆的服务台办理入住手续呢。

老实说,姬松月多少还是有点紧张的。这是她平生第一次以非工作、非旅行、非朋友聚会的理由开房,生怕别人戴上有色眼镜看她。很快她就明白她的想法有多老土可笑了,二十出头的女服务员一副见过大风大浪的架势,面无表情地办理手续,连看都没多看她一眼,直到朱雀开口说话。

朱雀东看西看,跃跃欲试地压低声音:"这是我第一次开房啊!"

话是没错,可说不上哪里,听着有点奇怪。

女服务员抬起那双犀利但睫毛膏有些晕染的眼睛,盯了盯朱雀,又飞快地扫了姬松月一眼。不知是不是心理原因,姬松月觉得这目光扫在身上有点疼,跟小鞭子似的。她看懂了那眼神的内涵。

任谁都能看出朱雀非常年轻吧？任谁也能看出两人五官中没有一点相似之处，根本不可能是血亲吧？

明明她不是坏人，可被别人用看坏人的怀疑眼光注视着的时候，为什么还是会心跳加速呢？不是啊，姬松月在心中嘀咕，你可别乱想啊。

她赶快大声说："两个房间。"

可女服务员眼神中的"鄙夷"并没有因此消退，她微微扬了扬嘴角，不屑的意味更强烈了。或许是姬松月辩解的声音高昂得不自然，又太过积极，反而显得更心虚可疑了。姬松月甚至希望对方能多嘴问上一句，"这是你弟弟吗？"这样她就能解释一番了，可是对方还是一副"见惯了你们这些人"的样子，让她欲言又止。

随她去吧，姬松月劝慰自己。

女服务员以洪亮的声音说："419和420号房。"

什么？419？姬松月听见心跳叩击耳膜的声音。这是什么房号啊。她鼓足勇气问："麻烦能不能换个房？"

女服务员不耐烦地笑了一下："不好意思，单人房就剩下这两个房间了。420是刚退房，要是您再晚来一会儿，说不定就没了，毕竟您也没预订。"

上了电梯朱雀问："419号房怎么了？"

这是一个科普英语俚语的好机会。从学生时代起，姬松月就是"寓教于乐"的坚定支持者。不过她非得头上长出两只红色恶魔角,才能开口向他科普这个。

铺着红毯的四楼走廊仿佛漫无止境,姬松月只顾低着头,一个劲儿往前走。朱雀紧紧地跟着她,她很想回头告诉他,不用跟那么紧也可以。"小月姐?"朱雀的声音打断了她的思绪:"你是不是在练竞走啊?"

"好了,到了!"来到419号房门外,姬松月生硬地将420号房的钥匙交到朱雀手中。

"小月姐,你怎么了?"朱雀问。

姬松月叹了口气。认真地说:"好了,早上爬了二十五层楼梯,你肯定也累了,快去休息吧。英语习题里有不懂的,拿给我看一下,当然我不保证百分之百全对。"

"好。"朱雀说。

七点一刻,姬松月走进419号房,连四处看一下的力气都没有,就仰面躺倒在床上,眼皮立刻像被强力胶黏在一起似的睁不开了。"闭上眼睛休息一下吧。"一个魔幻的声音在耳畔轻轻响起。

好的,姬松月在心里说。

正当她神游于山林之中,与蜻蜓、麋鹿和潘神相互追逐嬉闹之际,一阵敲门声渗进美梦中,她来不及跟潘神说再见,就被从梦幻山林中粗暴地拖拽出来。姬松月睁开蒙眬的双眼,朝挂钟一看,妈呀,已经八点半了。

姬松月瞪大眼睛不可置信地看着表盘,明明就只是一睁眼一闭眼的工夫啊。

朱雀正拿着英语习题集站在门口："是不是打扰你休息了？"

姬松月揉了一把乱蓬蓬的头发："哈哈，除了婴儿和老年人，谁会休息那么早啊？进来吧。对了！去你的房间吧，一会儿可能会需要教科书之类的。"

朱雀点头："对。"

刚关上419号房的门，走廊不远处传来一声醉酒的埋怨声，姬松月忍不住翻了个白眼。白眼翻到一半，她竟然听到另一个熟悉的声音："好了，到了！"

姬松月浑身一激灵，这声音怎么这么耳熟啊？这么一来，就连刚才醉酒男人的声音都变得隐约熟悉起来。她在脑海的资源库中寻找，还没来得及找到匹配的目标，那边又传来一声尖厉的咆哮。

"钥匙找不到了！"女人生气地说。

姬松月吓得差点跟触到静电的猫似的弹起来。这声音！她赶紧推了朱雀一把，示意他快走。

姬松月藏在朱雀的影子里，屏住呼吸，祈祷不要被发现。之后又踮着脚尖越过阴影，探出一截身子，将目光对准走廊里那个男人的后背。

"怎么了？"朱雀问。

姬松月面目狰狞地举起一根食指，放在嘴上。现在不是解释的时候。"怎么那么慢？"她问。

"刚才门被带过来了，幸好我带钥匙了。"朱雀说。

走廊上的两人偏偏还没折腾完。男人跟涂了滑石粉的软骨病患者似的倚着墙往下滑,女人还在一边找钥匙,一边喋喋不休。"哇!"女人的声音再次刺穿走廊上的空气,直抵姬松月的耳边。"不要吐在走廊上!等一下,我去找垃圾桶!"

男人笨拙地转过身,醉眼蒙眬地看着女人快步离开的方向。一看到他的脸,姬松月一口气没上来。果然是孟总监!

一阵急促的高跟鞋声朝他们袭来。"快点啊!"姬松月催促朱雀。

"钥匙不好用。"朱雀说。

"别开了!"姬松月一把抓住朱雀的胳膊,推开了419号房的房门,把他推了进去。就在关门的瞬间,一个熟悉的面孔经过走廊,漫不经心地和她打了个照面。

与此同时,电光石火之间,那个女人脸上焦急的神情突然瓦解,重新组合,变成震惊,没等震惊蔓延开,好奇又占了上风,最终被一种堪称幸灾乐祸的神情取代了。

"姬松月!"姜蓉高喊道。

当姜蓉看到姬松月身后的朱雀时,脸上的表情可谓百味杂陈,如果这事与己无关,姬松月会说那瞬息万变的表情相当精彩。

回过神来,姬松月赶紧去关房门。不巧,体力今天不在线,房门在相反方向力的作用下,被弹了回来。

"是你啊,姬松月!"姜蓉惊喜地说。

姜蓉一个劲儿打量站在姬松月身后的朱雀,还带着一脸了然于心的猥琐神态，让姬松月气不打一处来。这个全银河系最讨厌的生物一定正竭尽所能地用一些下流不堪的想法打量朱雀！

那蟾蜍毒液一般的眼神发射过来，令姬松月忍无可忍。"别看了！"她叫道。

姜蓉阴阳怪气地说："哟，小情人儿还不让人看啊！"

姬松月这辈子没有这么生气过，她的脸都热到可以烤熟鸡翅了。说不定就算现在一头扎进篝火里，也感觉不到什么热度。再一看姜蓉的兴奋劲儿，估计她早忘了是来宾馆干吗的了。

姜蓉抬头看了一眼门牌号："哟，419啊。"

"堵上耳朵！"姬松月对朱雀说。朱雀作势将手伸向耳朵。

姜蓉说："小伙儿还挺帅的，不好意思打扰你们了。"

一听姜蓉不说人话了，姬松月踏出房间，一把关上门，将已经蒙了的朱雀与眼前这个急需注射狂犬病疫苗的女人隔离开来。

"看不出你还挺有两下子呢。果然人不可貌相，平日装得跟修女似的，没想到口味这么重，还是心理变态呢。上次你要送礼物的人就是他吧？当时说你，你还不乐意，其实就是做贼心虚吧？"

尽管没必要跟她解释，姬松月还是用最理智的声音说："你误会了。"

"怎么误会你了?"姜蓉咬牙切齿地问。

姬松月实在忍不住了,问出了一个困扰她已久的问题:"你为什么这么恨我?"如果不是这次意外,她永远不会有机会问出口。

"别扯话题!"姜蓉说,"废话连篇的,我不会被你绕晕的!"

可笑,她以为她是谁?大法官吗?自己有什么义务接受她的审判?她又是来宾馆干吗的?

"我只是告诉你,那个男孩是我的亲戚。"

"亲戚,呵呵,亲戚家的男孩需要跟你来开房吗?"

"没有,我们俩一人一间。"

"呵呵,还不是要花招?我刚才亲眼看见你们走进了同一个房间!姬松月啊姬松月,没想到你对一个男孩都下得去手!简直是人间恶魔啊!"

这下可好,越跟她解释,麻烦越多了!

姬松月还不甘心,气呼呼地说:"我们家停电了,我和他才来宾馆暂住一晚,根本不是你想象的那样!"

"都住一起了?"姜蓉激动地问。

"哪住一起了?你听不懂人话吗?一人一间!"

"你们家停电了,你们俩才来开房,刚才不是你说的啊?原来你们已经同居了啊!太可怕了!抛开道德不说,在你眼里,法律到底是什么啊?"

不管姬松月怎么解释,情况只是变得更坏了。

"你还别不乐意听,你这个道貌岸然的心理变态狂、犯罪分子,你这个人间恶魔!"

站在走廊接受了十分钟的漫骂洗礼和道德审判,姬松月忍无可忍了。"关你什么事?"姬松月问,"我们要做什么,和你有什么关系?"

姜蓉像要抽过去似的翻了个白眼,姬松月以为她又要犯癫痫病。"你太恶劣了!我要去报警了!"

姬松月点点头:"去吧,别忘了,先把走廊里那位藏起来。"

身后传来一声怒吼,将两人吓了一跳,只见孟总监像乘着一阵调皮的风,东倒西歪地走过来,四肢也跟两岁小孩的涂鸦一般,不受控制地随意伸展着。不过能看出,他的意识还算清晰。他喊了一声:"姜蓉,你干吗去了!我等你好几个小时了!"

看姜蓉默不作声,他这才看向姬松月。

"姬——姬——"

看到他布满血丝的双眼奋力圆睁的样子,姬松月觉得很难受,于是补充道:"姬松月。"这下,孟总监在她心中高冷的形象算是彻底进了碎纸机。

"她正跟未成年人偷情呢。"姜蓉说。

"没有!"姬松月义正词严地说,"是我家亲戚!我最近在照顾他。"

姜蓉嗤之以鼻:"照顾他还需要开房照顾吗?可真是照

顾得无微不至啊。"

"家里停电了，电梯也停了。"

这些废话刚才已经说过一遍了，姬松月不知道姜蓉听进去几句，她只是固执地抱着她的偏见不撒手。

没想到醉酒的孟总监判断力比姜蓉还要优秀一些，他竟然听懂了。"你没听见吗？"他问姜蓉，"那是她家亲戚，她家里停电了。"

姜蓉很委屈："可是——"

正在这时，朱雀推开门出来了，他不耐烦地打量着孟总监和姜蓉问："姐，你什么时候进来啊？"

"可是，我想起来了！"姜蓉神情激昂地将手臂伸向天花板，颇有点哈德逊河口自由女神铜像的风姿。"好啊，姬松月，我想起来了！去年你还说过，你家里没有未成年的亲戚！我说是哪里不对呢！"

孟总监打量朱雀："的确不像是成年人。"

"还用看吗？"姜蓉不屑一顾，"他穿的不是学校的运动服嘛！俗话说得好，恶魔就在你身边啊。"

孟总监口齿不清地说："不过那是去年的事了，说不定今年——"

姜蓉咬牙切齿："去年没有侄子，今年就有了，而且一出生就长到这么大了？"

他是朱苑青的弟弟！姬松月差点喊出来。

那一瞬间，姬松月的脑海中掠过上周孟总监提起朱雀的妈妈时，脸上不屑的神情。他分明是对她意见颇深。如果实情相告，醉酒的孟总监因自制力降低而出言不逊，说出什么关于朱雀母亲的坏话，对朱雀来说，无疑是一个巨大的打击。

不管传言是真是假，姬松月都不希望朱雀受到那种伤害。如果他早逝的母亲能永远以光辉的形象留在他心中就好了。

作为一个年近三十岁的女人，姬松月至今仍然对缺席的父亲和严厉的母亲在童年刻下的伤痕难以释怀。而这个十六岁男孩，想必相当珍惜早逝的母亲在他心中留下的温柔形象吧。那形象对于孤独承受着一切，勇敢生活在这个巨大世界上的他来说，一定就像黑暗中的灯塔一样。

所以无论如何，她一定要帮他守住这座光明的灯塔。

朱雀生气了："你们到底是什么人呀？小月姐明明就是我的——"姬松月使劲拧了一把他的胳膊。

姜蓉撇撇嘴："哎哟，小可怜，自己都被卖了，还替这个恶魔数钱呢。"

姬松月使上全身力气，将朱雀推进419号房间。她直视着姜蓉那双就快冒出黄光的恶魔眼："我再说最后一遍，你爱信不信，世界上并不是所有人都像你的思想一样龌龊！这孩子是我的亲戚，请你不要乱讲话！原本我也没有义务向你解释，说这些是为了让你好自为之，不要再拿你那长在阴沟里的心灵随意衡量别人了！时间也不早了，毕竟春宵一刻值千金啊!"

姜蓉和孟总监面面相觑,姬松月当着两人的面甩上了房门。倚在门上,回想着片刻前从自己嘴里源源不断跳出来的字,她发觉那句"春宵一刻值千金"格外刺耳,毕竟孟总监还没完全失去判断力呢。

当时姬松月气得口不择言,事后只能祈祷孟总监醉到记忆断片了吧。

这天晚上的睡眠可谓多姿多彩,上半夜辗转难眠,下半夜噩梦连连。姬松月梦见周一一上班,她像唐老鸭被恶狗皮特爆锤似的,被孟总监痛扁了一顿。"镜头"毫无征兆地一转,对准了姜蓉,她正站在新古典主义的演讲台上,唾沫横飞地宣传着姬松月的罪过:"昨晚她跟未成年人开房了!"

姬松月忍受不了那仿佛永无止境的长镜头,伸手去抓她,她却化作一股乌黑的幽灵,瞬间回归原子结构了。

姜蓉一会儿化身邪恶博士,一会儿又化身黑暗骑士,不知疲倦地在数十个终极邪恶角色之间切换自如。扮演过红骷髅、绿魔、黑亚当和万磁王之后,她终于在姬松月的梦境中坠入万劫不复的深渊,化身为哥潭市黑暗的恐怖制造者和犯罪大师——永远的笑面人——疯狂的小丑。黎明来临之前,两人早已大战了三百回合。

恍惚中,姬松月还听见朱苑青对她的责怪:"看看你是怎么照顾我弟弟的?"

姬松月生气地想:"跟你彼此彼此吧。"

后来窗外狂风大作,雷鸣交加,雨点愤怒地敲击着窗口,一千个人同时击打非洲鼓的节奏都不可能有这么狂热。迷迷糊糊的姬松月捂住耳朵,却不见雷雨声减弱,只得勉强忍受。一直忍到早上起床,大雨停了。

周一早上九点半,接到孟总监办公室打来的电话,姬松月顿感不祥。孟总监叫她过去一趟。听那严肃中带着顾虑的语气,周末发生的事,他一件不落地都记着呢。

姬松月故作镇定地抚平裙摆,为自己打气,来到九楼,拘谨地敲响了孟总监办公室的门。要是孟总监真的像梦中恶狗皮特爆锤唐老鸭那样爆锤她,那她也不得不像唐老鸭反抗恶狗皮特一样反抗他了。

但跟以往不同,孟总监像早就等着她似的,殷切地答道:"请进!"

看到姬松月蹑手蹑脚地走进来,孟总监好像松了口气,神经质地拧了拧柳条衬衫袖口的袖扣,微笑道:"坐吧。"

他摆出一副推心置腹谈话的架势,再难她也得迎难而上。

作为一个成年人,姬松月懂得生活复杂,感情尤其如此。她不是一个爱"审判"别人的人,所以她不会用"道貌岸然"之类的词来形容他。看到孟总监微微跳动的左眼睑,她只觉得即使天天见面,想了解一个人也是难如登天。

姬松月客气地笑了两声。听到自己愚蠢的笑声,她有点沮丧。

孟总监故作轻松地问:"这几天休息得还好吧?"声音中却透出掩饰不住的拘谨。

"还好。"姬松月说。除了失眠、幻听、雷阵雨,以及由你和姜蓉联袂出演的一部部惊悚噩梦等等,还行。

"呵呵,"孟总监说,"我今天叫你来是——"

姬松月交叉的十指在用力,期待他赶紧揭晓谜底,可是他不说话了。他竟然不说话了!难道是等着她补齐呢?

孟总监这人不错,不是那种吹毛求疵、颐指气使的人,况且他又是朱苑青的舅舅,从来没有为难过姬松月。工作之余他选择跟谁共度时光,那是他的事,跟别人没关系。她也不是道德审查官,没资格更没兴趣对他人的私生活指手画脚。别人做什么跟她有什么关系?

她没有理由为难他,也为难自己。于是姬松月试着补充道:"我明白。"

孟总监长吁一口气:"那就好。"

一阵难熬的沉默之后,在她殷殷的期盼中,他终于开了金口:"这个情况你应该早有耳闻,你们的沈主管再有一年多也要退休了,目前公司正在考虑提拔创意部的副主管,毕竟牛副主管将来要接沈主管的班。"

这个路线不错。姬松月就知道孟总监准备了"开胃菜",但没想到"开胃菜"这么亮眼。

虽然姬松月懒散、得过且过,以"游手好闲"为人生目标,不过煮熟的鸭子悬挂在头顶,她还不至于将它像高尔夫球一样一杆挥走。

"尽管有些老古董反对,但公司还是倾向给年轻人更多机会。"孟总监说。

你就是老古董之一,姬松月在心里说。她效仿他深沉的表情,深深地点了点头,以示赞同。

"你在年轻人里,算是工作踏实勤恳的典型。这么多年闷头做事,从不抱怨,也不参与公司里的是非——"

好吧,姬松月的业务能力不算特别突出,工作量也不特别亮眼,但是她有优点啊,她踏实、勤恳、不管闲事。只要够执着,还是能从像她这样的人身上找到个把优点的。她很想提醒孟总监,她还有个优点,她的综合实力比较好。业绩里虽然没有特别突出的地方,不过也没有落后的地方呀。

"这就有点过了吧?"小天使说。

"没事的,"小恶魔说,"现在不说,更待何时?"

事已至此,姬松月已经从这三段式对谈中看到了重塑自我的希望。她信誓旦旦地说:"孟总监您放心,在任何情况下,我绝对不会让您失望!"

孟总监终于点头,一直绷着的嘴唇也松弛了一点。

为了让他放心,姬松月又说:"从今以后,我也会像以前那样,踏实、勤恳、闷头做事、不搬弄是非。"说到"不搬弄是非",她差点朝他眨眨眼,暗示一下。但她不想搞砸,于是更加深沉地说:"我保证,您绝对不会失望的。"

其实他没必要搞得跟交叉询问似的,她原本也不打算泄密的。生活还得过下去,干吗要往自己身上溅一身泥点呢?

"那孟总监,我先去工作了。"姬松月站起身来。

孟总监不慌不忙地说:"关于那件事,你也放心。"什么事啊?姬松月愣住了,这话没头没尾的。看她愣住,孟总监好像会错了意:"好了,从今以后我们都不再提了。"

再提什么啊?她好想问问他。

"去吧。"孟总监说。

"可是——"姬松月好像没有什么需要孟总监帮忙隐瞒的吧。难道他说的是朱雀的事?天啊,真是要了命了!

姬松月赶忙摆摆手:"不是,孟总监——"

孟总监摇摇手指:"那天的事,我们从今以后都不要再提了,好吧?"

好是好,可是——

"那孩子真的是我家亲戚!"姬松月急切地说。

孟总监飞快地点头,只是想要尽快结束这场谈话而已。他妈的,姬松月想,你自己的问题处理完了,就不在乎溅在别人身上的泥点了是吧?

虽然对他来说,真假都无所谓,但她发觉她在生闷气。我跟你又不一样!她想,我又不是去开房的!

很显然某个瞬间,姬松月松懈了面部表情的管理,被孟总监察觉了。

孟总监似乎不想让姬松月带着不满离开,以瑕疵作为谈话的句点。于是说道:"对于你说的话,我是没有异议的。

在私生活中，我们大家都有各自的情况，其他人都应该给予理解。拿我来说吧，其实我跟妻子两年前就分居了，去年办了离婚手续，之后她去了橡树湾。其实我跟姜蓉也是以恋爱结婚为目的相处的，只是作为同事多有不便，才暂时瞒着大家，本想等关系更稳定一些再公开的。"

和姜蓉结婚？姬松月微笑点头。她入职公司第三年，直到这一刻才确信，孟总监的确是有视力障碍。

刚才整理创可贴时的那份温柔，如同落向地平线的流星，稍纵即逝。

她完全有理由怀疑那是她的幻觉。

十七

姬松月在总监办公室外的走廊上遇到了姜蓉。擦肩而过时，她听见姜蓉小声嘀咕："心理变态。"

实话实说，姜蓉这人口齿伶俐，工作能力也挺强，把业务搞得风生水起。这么说来，她绝对不会是智力障碍患者。可要说她不是智障，她怎么就听不懂人话呢？

姬松月扭过头，打算无视她。没想到姜蓉都走出好几步了，又转身冲着她说："听说你要升职了？"声音虽小，却恶意十足。

哟，她已经知道了？难不成这是昨天两人商量的结果？不对，姬松月立即否决了这个猜测。看姜蓉那副愤慨的样子，是坚决不会认可姬松月升职的。

"一边做坏事，一边被提拔，心里一定乐开了花吧？"姜蓉问。

姬松月剜了她一眼，殷切地点点头。

看样子姜蓉要气炸了。这会儿姬松月想通了,姜蓉的智商没问题,问题出在心理上。她本人不会像姜蓉一样不负责任,随便称呼别人为"心理变态"。但即使姜蓉不是心理变态,也是心理扭曲,至少扭曲到光线透过三棱镜的那种程度。

如果她隔着三棱镜去看世界,看见的东西当然是扭曲的了。

"哼!"姜蓉使劲跺了跺脚,大步走开了。

当天晚些时候,姬松月才得知事情并不算完。她以为,姜蓉这个话筒界的巨人虽然舌头长,但当事情牵涉到她自己,想必就算忍出内伤,她也不会到处乱传,给自己添麻烦。但姬松月又一次高估了姜蓉作为人类的品性。

下午两点姬松月被一阵强烈的困意拘捕了,申珍神秘兮兮地现身。看申珍那副欲言又止的样子,她就知道事情不简单。

"许耀山又变成你的前男友了?"姬松月没好气地问。

申珍摇摇头:"别说我了,说说你吧。"

"我有什么好说的?"

申珍面露难色,瞥了姬松月对桌的小高一眼,靠过来小声说:"出来一下。"

有什么事非得出去说?难不成她即将升职的事传出去了?来到走廊,四处确认没人之后,申珍才开口小声说:"听说你昨晚跟人去开房了?而且还是跟特别年轻的男孩?"

啊——啊——啊！姬松月的内心卷起一阵惊涛骇浪。姜蓉这个贱人！宁愿不利己，也一定要损人啊！

怪不得刚才隔壁老李看她的眼神带着无端的揣摩，走廊遇见财务刘小星，也对她露出了意味不明的笑容，原来是谣言作祟啊。

姬松月恶狠狠地问："你都听到什么了？"

申珍有所顾虑地问："是真的吗？"

"你说是真的吗？别人说什么你就信什么啊？你不认识我吗？"姬松月怒目相视，"别人说我即将接替方济各做下一任罗马教皇，你也相信啊？"

"你冲我发什么脾气啊？我只是听到而已。"

"快说，你还听说什么了？"

申珍皱着眉头问："到底发生什么了？"

"又是姜蓉传的，这个大嘴巴！我家前天停电了，对了，我都忘跟你说了！我走了二十五层楼梯啊，腿都废了，别提了！当时我想，要是我因体力不支而丧生，一定要在我的墓碑上刻上：'姬松月，特惨！'我太惨了，这个一会儿再说。"姬松月激动地说，"所以昨天我就跟朱雀到宋主管上次推荐的高岭宾馆开了个房，当然是一人一间的啊！没承想，竟然遇见了姜蓉——"

"等等！"申珍的眼睛啪地亮了，跟圣诞节小彩灯似的，闪得姬松月心里发虚。申珍以她对八卦的惊人嗅觉，狂热地问道："你在宾馆遇见姜蓉了？她去干吗了？跟谁去的？"

坏了！她一激动，竟然把这话吐露出来了，姬松月上午还向孟总监保证过守口如瓶的。"不是！"姬松月慌乱地说，"不是在宾馆里遇见的！"

姬松月发现了一个规律：姜蓉也好、申珍也罢，虽然一个邪恶，一个善良，但凡大嘴巴的人往往有一个共同点，就是他们对于八卦似乎格外贪婪。

之所以向申珍隐瞒，是担心她会笑到窒息。她小时候得过变异性哮喘，考虑到她的身体状况，还是不告诉她为好。另外，她的颌骨关节咬合方面似乎存在问题，俗称：嘴不严实。她跟"守口如瓶"不熟，在她为自己撰写的行为守则中，"保密"是"海市蜃楼"的近义词，其虚幻程度不亚于圣母玛利亚在法蒂玛小镇的显灵神迹。

况且申珍这人喜欢以酒会友——开心了喝两杯，难过了喝两杯，跟朋友喝两杯，跟同事喝两杯。每次喝上几杯变得飘飘然之时，那条尼斯湖水怪般的舌头总会兴风作浪，让人不禁替她捏上一把汗。

没想到，申珍的想象力给姬松月提供了新思路："是在宾馆门外遇见的？"

"对对！"姬松月说。

"啧啧，真是不凑巧啊。"申珍说，"你来我家多好呢？为什么非要住宾馆？"

"不是还有朱雀嘛，再说了，你跟许耀山不是又住在一起了？"

"哎,别提了。"

姬松月问:"怎么了?"

"又分了。"申珍说。

姬松月翻了个白眼,这两人是不是在玩乐高积木呢?分开再重组,重组再分开?"这才刚复合四十八个小时吧?"

"快别说我了,你打算怎么办?"

"什么怎么办?"

"你傻啊?"申珍给了姬松月一掌,"这事我都知道了,你想想还能有谁不知道吧?"姜蓉的传话速度更创新高,十分优秀。

"还能怎么办?"姬松月急出一头汗,"我还能挨个办公室敲门,告诉人家我昨晚没跟人去开房啊?"

"算了,要不我帮你去散布一下信息吧?"

"什么信息?"申珍在散布信息方面的能力当然也是大家有目共睹的,但作为当事人,姬松月还是不免提着一口气。

"那个男孩的真实身份啊。"

让谣言乱飞也不是什么好事,即使不想刻意作解释,还是没有人能敌得过舆论压力,姬松月当然也不例外,只能向现实低头了。

"这倒可以,就是——"

"就是什么,别吞吞吐吐的。"

"别传到孟总监那里。"

申珍的眼睛又亮了:"这事不会和孟总监有关吧?"

天啊，她的八卦触角怎么这么灵敏？她俩是一起长大的，她是从什么时候开始长出这么一对灵敏触角的？姬松月吓得差点跳起来："当然没关系了！他不是朱苑青的舅舅嘛！这事传到他那里不大好。"

"嗨，这又怎么了？朱苑青都去世了，你还能单身一辈子啊。"

事与愿违，申珍传出的话像投进沼泽的石子，瞬间消失了，连个气泡都没浮上来。姬松月自暴自弃地想，申珍的漏风嘴再勇猛，恐怕也难以与狂热型选手姜蓉相抗衡。毕竟在话筒界，姜蓉的地位无人能及。

到了三点半，大家看她的眼神越来越不对劲，连小高都开始偷瞥她了。姬松月气得够呛，打电话给姜蓉，约她在办公楼院子里的小花坛见面，没想到她当即答应了。

上班时间的小花坛格外静谧。一看到姜蓉的身影从冬青丛冒出来，姬松月就严厉地质问道："你是不是已经忘了那天晚上为什么会在宾馆遇见我了？给别人泼泥水，你把自己摘干净了吗？"

姜蓉厚颜无耻地说："我们不是在宾馆门外偶遇的吗？那时候我正急着去电影院呢，哪知遇到了你。"

姬松月感叹道："你可真是没脸没皮啊。"

"那你说，我们是在哪里遇到的？宾馆的走廊上？可我跟你不一样，没有非要去宾馆解决的问题啊。还是说，你看到跟我开房的人是谁了？"姜蓉问。

原来如此。姬松月只是有点升职的动向，她就坐不住，跳出来添乱了。就因为不能把孟总监扯出来，她就倒打一耙，还把自己从故事线里生生扯了出去，也是挺用心的。

这人是不是疯了啊？不惜冒着败坏自己名声的风险，也要破坏姬松月和孟总监达成的共识，就为了阻止她升职。她竟然还妄图跟这种狂人理论，真是傻得可怜。

"认栽吧，"小恶魔说，"好歹换个副主管当当。不过要是什么都没捞着，你可不能就此罢休，替他们背黑锅了。"

"算了吧，吃亏是福。"小天使说。

小恶魔怒斥道："去你的吃亏是福。"

姬松月没有斥责它的粗鲁，因为她觉得它的话不无道理。

当天快下班时，连一向对他人不感兴趣的创意部胡老师都装作无意识地打量了姬松月好几眼，眼神中带着困惑。经过姜蓉的一番辛勤润色，想必谣言一定情节曲折、细节饱满，传得绘声绘色，引人入胜的程度堪比网络漫画的脚本了吧。

她上辈子到底造了什么孽，这辈子要跟姜蓉共事啊？仔细想来，吵架之前她也没得罪过这个女魔头吧，怎么就被她阴魂不散地缠上了呢？

下班时申珍说："抱歉，小月，这次我也无能为力了。好像姜蓉早就打了预防针，说你会胡搅蛮缠。你知道吗？客户部那边都在传，你昨晚被刑拘了，因为那件事。亏了你们两个当事人死活不承认，这事才没闹大。我已经帮你解释了，男孩是你亲戚。那几个人表面上应和，可还是满眼放光，我可不能禁止人家瞎想啊。现在他们几个聊天，都开始躲着我了，你想想吧。"

这个世界到底是怎么了？为什么就是没人相信真话呢？难道就因为真相太简单，不如他们想象中复杂、猎奇、刺激，就拒绝相信真相吗？

谣言受害者姬松月昏昏沉沉，直到第二天才稍有好转。她接到一个好消息。朱雀的魔术报名表没有白填，他过了"星光魔术比赛"的初赛！本想回家再说，可午休时她就忍不住打电话将消息告诉了他。

"你帮我报名了？之前怎么没告诉我？"朱雀雀跃地问。

当天朱雀回家比平时稍微晚一点，他神秘地踏进厨房，脸上带着微妙的笑容。"你们教导主任回来了？"姬松月问。

朱雀只是双手背在身后，笑着摇摇头。这又是唱的哪一出？姬松月这周受到的刺激有点多，经不起另一场悲剧、喜剧或者闹剧了。

她揉了揉肿胀的太阳穴。

朱雀慢吞吞地走到姬松月身旁，避开她询问的视线，将目光投进脚下桦木地板上的一道纹理里。他目光闪烁，背着双手，一副心事重重的样子，像是在思考着什么。

姬松月心生不安："怎么了？"

朱雀突然从背后抽出一把什么东西，举到姬松月面前，把她吓了一跳。有一瞬间,她还以为他握着一把短剑冲锋枪举到她面前了呢,结果是一小束扎着鲜红色缎带的白玫瑰。淡黄色的灯光下,白玫瑰花瓣沾染了一层奶油色的光晕。

"谢谢你。"朱雀说。

姬松月赶紧接过花束,由于受宠若惊略显手足无措。"谢谢。"

这是姬松月人生中第二次收到花束,第一次也是朱雀送的,是一束白色马蹄莲。在那之前,她一直以为她讨厌收到鲜花作礼物。好吧,她人生中接受的第三束花,会不会是他在母亲节那天送的康乃馨?

"谢谢你帮我报名魔术比赛。"朱雀说。

姬松月摇摇头:"都是因为你做得很好。"

朱雀也摇了摇头,好像她没弄懂他的意思。可他看起来也不像要作解释。

姬松月说:"我也是偶然听到同事说有这么个比赛,想要试试看——"

朱雀真的是一个很好的孩子,有一颗温柔的心。如果朱苑青看到他在校庆时表演魔术的帅气样子,一定会很欣慰。

沉默了几秒钟,朱雀点了下头。"那我先去做作业了。"

"开饭的时候叫你!"姬松月在他背后喊。

姬松月打开厨房的壁橱,从为数不多的花瓶中挑了一只颇具地中海风格的白色花瓶,擦洗干净,装进白玫瑰,小心翼翼地摆在客厅茶几的中央,之后又美滋滋地打量了一番。

茶壶状的陶瓷浮雕花瓶里，白玫瑰正舒展着枝叶。她的心情似乎也跟着被点亮了。

玉米粥的香浓味道渐渐笼罩了厨房，姬松月一边与菜板上的青菜艰难搏斗，一边透过餐厅瞭望着那束白玫瑰，觉得花朵角度不大对。无奈青菜就是不肯痛痛快快地跟菜刀配合，还在做着最后的挣扎。

姬松月的心已经飞越餐桌，飞向客厅了。她不是强迫症患者，但那倾斜的怪异角度的确令人不快。刀刃清脆利落地落向菜板，伴着一阵足够穿墙破壁的立体音号叫，她感到她的小宇宙发生了突变。

当姬松月意识到那声惨绝人寰的号叫正是出自于她自己之口时，痛觉已经从左手无名指发射到全身，又从全身汇聚到左手无名指。痛觉感受器全线亮起红灯，她低下头一看，手指已经出血了！

天啊，她疼得差点跳起来。

朱雀快步从卧室走出来，看到姬松月像捧着女王王冠一般捧着手指的样子，惊讶地问："切到手了？"

鲜血浸透了一沓纸巾。看着手指上缺席的那块皮肤，姬松月只感到更疼了。等朱雀再次从卧室里跑出来，她才注意到，他刚才消失了片刻。他从一盒创可贴里抽出一张，揭开贴纸的边缘，在她受伤的无名指上方比画着，示意她伸开手指。

是上次朱雀手臂划伤，姬松月去超市买来的创可贴。

姬松月伸开手指，朱雀将创可贴轻轻贴在了刚停止冒血的伤口上，小心地将伤口包裹起来。胶带黏合的瞬间，他突然抬起眼睛，专注地看着她。

她有一种不祥的预感："怎么了？"

他皱着眉头问："是不是应该先用酒精之类的消一下毒啊？"

"没事。"姬松月说。创可贴刚粘好，又要揭开？无名指又有什么罪，要经受双倍的打击？她决定放过无名指。"如果伤口恶化到了要截肢的地步，那也是我的命。"

朱雀认真地看着创可贴上的绿色星星，摇摇头说："就让这颗小星星守护你吧，不会有事的。"

那一刻姬松月清晰地感受到，朱雀真的还是一个小孩子。

姬松月不禁哑然失笑。"让小星星守护你"，这是从哪部恶俗的八十年代偶像剧里学来的台词啊？当然她知道，他是出于温柔善意的本性，才会想起用这种俏皮天真的话安慰她。

"让这颗蓝色的小星星守护你。"朱雀又说了一遍，比上次更认真了。

蓝色的小星星？明明是绿色的小星星吧。好吧，既然她已经知道他分不清蓝色跟绿色，这也没什么可奇怪的了。

"怎么了？"朱雀察觉到她的迟疑。

事已至此，就别再给他添堵了吧。姬松月飞快地调整面部表情:"没事,就是有点疼。"

"还真有人会切菜切到手指啊?"虽然姬松月疼得够呛,朱雀还在嘲笑她,"我还以为那只是肥皂剧里的桥段呢。"

刚才整理创可贴时的那份温柔,如同落向地平线的流星,稍纵即逝。她完全有理由怀疑那是她的幻觉。

"这是什么话?"姬松月问,"你知道世界上每天有多少人会在切菜时切到手指吗?"

"多少人?"朱雀问。

"我想很多吧。"姬松月说。

朱雀夸张地皱起眉头,一副幻灭的表情:"我还以为你至少会给出一个精确到百位的数字做答案。"

看到朱雀卷起袖子,走向菜板,她赶紧阻止:"你小心点啊!还是我来吧。"

朱雀站在菜板前,跟要搞恶作剧似的看了姬松月一眼,不等她来到跟前,就结束了最后一截青菜梗的菜板旅程。

"你看,没什么难的吧?"朱雀问。

哎哟,开始嘚瑟起来了?"那顺便把青菜也炒了吧。"姬松月只是想用实际行动向他证实,做饭是一件多么艰难的劳动,学会切菜也不代表就掌握了打开名为"骄傲之门"的钥匙。谁知道他真的开始往平底锅里倒油了。

姬松月赶忙从沙发上站起来:"等会儿!"

"别起来了,"朱雀更加得意地挥挥木勺,"等你起来,我都要端锅了。"

即使以一贯挑剔的眼光看,也不得不承认,朱雀的青菜炒得不错,可能他是那种一出生就被厨神亲吻过的孩子吧。

朱雀得意洋洋地问:"味道还不错吧?"

姬松月若无其事地点头,是比她强。

晚饭之后,客厅里突然响起激烈的门铃声。自从搬过来,这还是姬松月第一次听到这门铃声。

朱雀快步走过去,打开了门。"你是?"

"请问姬松月在吗?我是她的朋友。"熟悉的声音闯进客厅,奇怪的是,姬松月花了好几秒钟才确信声音的主人是李兆年,那时候他都踏进客厅了。他困惑地看着朱雀,但不是那种好奇的困惑。

姬松月从软绵绵的沙发上站起身来:"你怎么来了?"

"就是来看看你。"李兆年说。但是这个答案并不令姬松月满意,因为她知道这不是真的。

李兆年瞥了朱雀一眼。李兆年虽然在物理高度上平视朱雀,却一直用成年人居高临下的姿态看他,丝毫不加遮掩。姬松月不喜欢他那种露骨的眼神。

李兆年从朱雀身上移开视线,问姬松月:"他是?"

"朱苑青的弟弟。"姬松月说。

李兆年像有要事要说的样子,却又迟迟不开口,谁都能看出来,他是在等朱雀离开。朱雀见状回了卧室。

"什么事?"姬松月问。

朱雀看向印花沙发上蓬松的枕头:"我可以先坐下吗?"

"请坐。"有什么事不能电话联系呢?电话里不方便说,约她见面也可以。姬松月从来没想过,他会找到这里来。既然来了,就一定有急事吧。

她给他倒了一杯水:"有什么急事吗?"

李兆年注视着姬松月手上的动作,直到她从对面的沙发上坐下,他才开口说:"所以,你现在就住在这里了?"

为了不致让他误以为又得到了给她上思想教育课的机会,姬松月坚定地点头:"对。"李兆年发出一声无奈的长叹。她也不禁发出一声长叹:"到底发生什么了?"

李兆年说:"其实我就是路过,过来看看你。"

那我们就这么装糊涂,耗下去吧,姬松月赌气地想。

结果没过一分钟,李兆年就决定摊牌了。"我看到申珍在朋友圈发了一大堆什么人心叵测、蜚短流长之类的抱怨,就问了问——"

好吧,她控制住快垮下来的面部表情,在心里翻了个白眼。

"到底是怎么回事?他们造谣说,你跟年轻男孩同居、还去了宾馆——"李兆年为难地看着姬松月,估计是想说"开房"来着,但是没说出口。"就是这个男孩吗?你怎么跟他住在一起了?你为什么搬来这里?"

得了,原来是为了这事。如果姬松月跟李兆年的关系就像她跟申珍一样亲密,关于她跟朱雀的事,她会回答到他无话可问。可她跟他只是朋友,虽然是关系不错的朋友,但不是那种能够畅谈她跟谁住在一起的朋友。

但为了避免不必要的麻烦,姬松月严肃地说:"他是朱苑青的弟弟,这段时间由我来照顾他。朱苑青的家庭情况你应该也略知一二。"

"你打算照顾他到什么时候?"李兆年震惊地问,"他没有其他亲戚了吗?有血缘关系的那种,比如姑妈、舅舅之类的?"

"现在没有方便照顾他的亲戚,有一个姨妈,之后会来接他。"

李兆年不耐烦地问:"'之后'是什么时候?"

姬松月觉得有点可笑。照顾朱雀的人是她,她都不着急,他又何必替她着急呢?

看她没说话,李兆年继续问:"你就打算一直这样下去?为了这事连家都不要了?说句不该说的,你不是小学生了,也该为今后考虑一下了。就算你没有结婚生子的打算,也该为阿姨考虑一下吧?"

又来了,不该说的就别说。

"怎么不说话了?"李兆年问。

她没什么可跟他解释的。

"开房又是怎么一回事?"

姬松月赌气不说话,李兆年竟然将她的沉默当作默认,瞪大眼睛,用震惊中带着受伤的目光看她,令她不胜其烦。"要是你家住二十五楼,小区停电,电梯没开备用电源,那你去住宾馆吗?"

"回家住不行吗?"李兆年生气地问。

天啊!他穷追不舍,她也愈加无心遮掩她的烦躁,话题就这么朝着一个暴躁的轨道划去。"我早就因为跟朱苑青结婚离家出走了,你不知道吗?"

"你也知道自己有多幼稚了吧?"李兆年说,"我今天是想来——"

姬松月打断了他:"来给我上思想教育课的,但是我没有预约家教。"和往常一样,话一出口,她又觉得自己太过刻薄了。"我明白你是出于好意,作为朋友,我很感谢你为我着想。但作为一个成年人,我会处理我的生活。"

李兆年瞥了一眼花瓶里的白玫瑰,目光最终落在她手指上的小星星创可贴上。"你就是这么处理的?"

姬松月被问得一愣。

姬松月是想过以礼貌劝服李兆年,但是无济于事。不管怎么努力,这场毫无意义的谈话只是每况愈下。看来他非要在"执迷不悟"这项光荣事业上拿到超级MVP才肯罢休。

现在姬松月算看出来了,除非这场谈话以崩盘告终,否则李兆年是不会善罢甘休的。"要是没别的事,那我们改天再聊吧?我还有点工作没做完。"

李兆年的目光徘徊在玻璃桌中央那束亮眼的白玫瑰周围,答非所问道:"你怎么会想到主动照顾朱苑青的弟弟?看样子你跟这个男孩相处得挺好的?他没有同学吗?停电的时候不能暂住同学家吗?"

大概他把自己当成是上帝在月桂谷的代表了。为了保持那可恶的风度,姬松月的后牙槽又亲密地挤压在了一起。"对,我们挺亲密的。"

李兆年抬起头来看姬松月的脸,好像是要确认她是否在开玩笑。她迎上他的视线,用的是异常严肃的眼神。要是他闲到问她"有多亲密?"她打算回答"亲密无间"。就算他把他俩看成无恶不作的"克莱德和邦妮"也好,现在她只想让他赶快离开。

"看来我也该走了。"李兆年说。姬松月松了口气。虽然嘴上这么说,他却没有站起身来。他犹豫良久,至少在她的时间认知中是如此。"其实我来是为了告诉你一声,阿姨现在不太好。"

一听这话,姬松月的脑子嗡地响了。刚才的赌气瞬间灰飞烟灭,她急切地问:"我妈怎么了?"李兆年欲言又止。刚才滔滔不绝,现在又金口难开了。

"阿姨最近身体不太好。"

"她生病了?"

李兆年叹了口气:"昨天去看她时,她情绪不对头,说了几句话就累了,说是头晕。自从你离开家之后,她就没睡过一个安稳觉,血压噌噌地升,身体能好了吗?哎,阿姨就是倔强,还一个劲儿地叮嘱我不要把这事告诉你呢。你说我能视而不见吗?"

就是在那个瞬间，整个可预见的未来都浮现在她的眼前，浮现在月桂谷六月的暖风中，浮现在窗外目之所及的星空彼岸。

十八

李兆年终于走了，姬松月却没有如愿松一口气。

姬松月了解妈妈。一旦将"断绝母女关系"这种话说出口，就算回去求和，妈妈也一定不会轻易原谅她。

李兆年离开之前说："在情况变得无法挽回之前适可而止吧，你想就这样逃避一辈子吗？还是说，你一定要等到'子欲养而亲不待'的时候，才肯低头认错？"

姬松月盯着白玫瑰愣神，连那鲜亮的花朵此刻都变得沮丧了不少。

"没事吧？"朱雀悄无声息地从卧室走出来，站在姬松月身边轻声问。她完全没注意到他是何时走过来的。

姬松月耸耸肩："没事。"

"其实我——"朱雀将视线从天花板投到地板，又从地板投到天花板，唯独避开姬松月的视线。"其实你们刚才的对话，我都听见了。我不是故意偷听的，"他摆摆手，"我想来告诉你，我能照顾自己的生活。我自理能力很强，会做蛋糕，会炒青菜，用洗衣机也很拿手。我还可以再转回寄宿学校读书，不用为我担心。而且你不用特意留下来照顾我，真的。如果你因为留在这里耽误了重要的事，我会很难过，所以回去吧。"

朱雀说"回去吧"的时候如此坚定，跟刚才还在说"让小星星守护你"的那个幼稚小朋友判若两人。

她很想告诉他，不是他的问题。即使没有他，她也会义无反顾地从家里搬出来。姬松月当然希望跟妈妈和好，好好照顾她，但她不打算搬回去住了。

到目前为止的人生旅途中，姬松月已经习惯于让妈妈失望。妈妈从不放弃重塑她的思想与生活方式，但在她看来，那就是赤裸裸的改造。

大部分人是无法被改造的，即使能被改造，他们也未必愿意。改造一个人是一件极其艰难的事，对于改造者来说是如此，对于被改造者来说更是如此。时间流逝，姬松月一直生活在错误中。后来她明白了，不管怎么做，她永远都无法令妈妈满意。

事到如今，谁对谁错都不重要了，姬松月只想得到幸福。得到幸福的方法就是做自己生活的主人。

"不要再跟妈妈吵架啦，"朱雀抿着嘴，"有妈妈关注你多好，你看我，都没有跟妈妈吵架的机会。"

朱雀那撒娇般的声音恍若悠扬的钟声，敲在姬松月的心头，几乎令她心碎。她站起身来，把手搭在他的肩膀上，想安慰他，却发现无可慰藉。

"什么都不用担心，你会幸福的。"姬松月说。

朱雀皱了皱眉，像被静电电了一下："我希望你也能幸福。"

"好。"姬松月说。

就是在那个瞬间，整个可预见的未来都浮现在她的眼前，浮现在月桂谷六月的暖风中，浮现在窗外目之所及的星空彼岸。有一株温柔的萌芽从心底破土而出——就像被风吹散的蒲公英种子，落在草地上开出柠檬黄色的小花。

也是在那一瞬间，姬松月发誓从今以后做一个好女儿、好姐姐、好女人，如果有可能的话，将来她也会成为好妻子，甚至好母亲。

担心朱雀会把她刚才的话当作成年人的敷衍，姬松月又用更加认真的语调说了一遍："你真的什么都不用担心，我会代替你哥哥照顾你，直到你姨妈回来接你。我知道我说过很多遍了，但是我还是想让你知道，我不会改变主意。"

第二天一早阳光灿烂，请了假的姬松月又一次站在了自家大门前，心情沉重。自上次离家到现在，十几天过去了。离家那天夜里，以泪洗面游荡在街头的记忆恍如隔世。她再也找不到那一天的自己了。有什么东西永远被改变了。

姬松月抬手按响门铃。跟预料的不同，很快有人来开门了，但不是妈妈。

"小月,你回来了!"姨妈看到她,惊讶地叫道。姬松月的惊讶也不亚于姨妈,她探身往客厅里张望。"你妈妈在卧室,快去看看她吧。"姨妈说。

"妈妈怎么了?"姬松月问。

"嗐,就是情绪病呗。听她说的,就好像你加入三角洲部队,再也不回来了似的。"姨妈朝卧室高喊,"快起来吧,小月回来了!"

姬松月的半个身子还没探进门,妈妈就腾地一下从床上坐起来,姬松月还以为她是被噩梦吓醒的呢。

看这激烈的反应,今天姬松月是难以得到原谅了。胸腔里那颗小血泵跳动不已,她却故作轻松地问:"妈,好点了吗?"

妈妈面无表情地哼了一声,姬松月一时没搞清是好点了,还是更差了。但这毕竟是个良好的开端,她还以为妈妈会对她视而不见呢。

"行了吧,快别端着了!"姨妈喊道,"我说你什么时候能改改这爱端架子的毛病啊?小月不回家,你天天唉声叹气,埋怨她不孝顺,搞得跟孤寡老人似的。她回来了你又摆谱,把人赶走你又得唉声叹气。小月,别跟她一般见识,她老了,脑袋不清楚了!"

妈妈自言自语道:"她还知道自己有个家啊?"

妈妈用的不是"你",而是"她"。每当她生姬松月的气时,就会将第二人称换成第三人称。

姬松月局促地笑了笑："身体好点了吗？"

妈妈冷笑道："哼哼，孩子不孝顺，天天让我生气，身体再好也扛不住啊。"

"吃饭了吗？"姬松月问。

姨妈说："早饭吃了三个包子、一根玉米、一盘炒面——"

妈妈打断了姨妈的话："我昨晚没吃饭。"

"对，昨晚就光喝了一碗黑米粥，品尝了一盘果盘，随便垫了点坚果，都是浅尝辄止而已。"姨妈说。

"琴，"妈妈虚弱地看着姨妈，"这几天你照顾我也累了——"

姨妈翻了个白眼："也该闭上嘴歇歇了，对吧？"妈妈看向空气中的一点，没说话。姨妈生气地说："你什么时候能讨人喜欢一点？"

"姨妈，您别生气，我妈就这样，您也知道。"

"我知道啊，孩子，你妈就是个古怪的老太太，所以你别跟她一般见识，好吗？"姨妈说，"别看她现在不可一世的劲头，其实她很想你，担心你吃不好睡不好，担心得晚上睡不着觉，血压都飙到一百五了，可她就是嘴硬，死活不肯承认！小敏，我说过你多少次，这个坏习惯你再不改，早晚会把所有爱你的人都逼走！"

"那就让我在养老院里孤独终老吧。"

姬松月问："一百五？"

"一百五十三。"妈妈补充道。

"好了,我也该回家看看我的波波了。"姨妈说。波波是姨妈心爱的大橘猫,在本年度姨妈家的权力排行榜上位列榜首。

姬松月跟着她走出卧室,来到客厅:"姨妈——"

姨妈抬手示意她什么都不用说:"小月,我知道。毕竟跟你妈相处真的不容易。她的坏脾气跟水泥筑的一样,估计也改不了了,只能委屈你了。你妈也不容易,在那个年代她一个人把你拉扯大,很艰难。闲话白眼就不说了,为了贴补家用,她在学校教书之余还在钢琴培训班工作,忙得连诉苦的时间都没有。对了,你小时候经常生病,还记得吗?那么多次你妈妈半夜带你去看病,急得团团转,第二天照样得连轴转。还因为带你去看病延误了钢琴课,被学生家长投诉。每次我问她有什么需要帮忙的,她总是梗着脖子什么都不说,这就是你妈妈呀!她那些倔强、古怪、惹人讨厌的坏脾气就是在那种艰难的生活中,一点一点积累起来的——"

姬松月点头。

"其实她昨天因为头晕去社区医院做了检查,原本只是想测量血压,后来又查出心律失常,哎——"

"琴!琴!"妈妈急切的声音从卧室传来。

"又怎么了?"姨妈叫道。

只见妈妈慢悠悠地走出来:"我都忘了,上周超市打折给波波买的猫粮,在壁橱里呢。"妈妈用警惕的眼神来回打量两人:"你们不是在说我的坏话吧?"

姨妈无奈地笑了:"行了,我也该走了。"

妈妈埋怨说:"说你两句就生气要走啊?"

姨妈走后,妈妈坐在柳条椅上,唉声叹气地看报纸。说是看报纸,可她胶着的视线已经连续五分钟黏在增刊上的一小块汽车广告上没移开了。

"妈,那个——"

妈妈终于将目光从报纸上移开,抬起头来看姬松月。可姬松月支支吾吾,半天也没说出句像样的话。妈妈指了指身旁的沙发,示意她坐下。妈妈这是怎么了?不仅没有把她赶出去,还要跟她聊天?

妈妈一开口,把姬松月吓得又站起来了:"等我死了——"

这又是怎么了?"妈,一会儿我陪您去医院好好查查,您别担心,心律失常可能是这段时间睡眠不足造成的,跟血压升高是一个道理。"

妈妈的眼睛湿润了:"你也知道我这段时间休息不好啊?"

姬松月觉得妈妈今天有点奇怪,以前有多少苦衷,她也不会吐露半丝。就算整整三宿没睡,她也非得说自己睡得甜蜜蜜。

"即使生病,也可以通过治疗改善,您可别瞎琢磨吓唬自己。"

"生老病死都是人之常情，我并不害怕。我担心的是你啊！"说到这里，妈妈的泪水终于决堤而下，跟十几天前誓要断绝母女关系的她判若两人。到底发生了什么？

整个童年，姬松月亲眼目睹妈妈掉眼泪的次数屈指可数，还几乎都是深夜醒来去餐厅倒水时，偶遇妈妈一个人悄悄抹眼泪。成年之后，她更是一次也没见过妈妈流泪。此刻的姬松月吓得都快魂不守舍了。

"妈，我很好啊。"

"小月，你想像妈妈一样吗？"

"什么意思？"

"我不愿意看到你一个人孤零零地活在这个世界上！我早晚会死！在我死之前，我想看到你遇见一个靠谱的男人，结婚生子，过幸福的生活！"

姬松月想问，结婚生子就一定会幸福吗？如果是这样的话，那之前她为什么要百般阻止她嫁给朱苑青？

妈妈哭得泪流满面："我可怜的孩子啊！"

姬松月哪见过这架势？她跟被剪断提线的木偶一般，眼睁睁地看着一切发生。回过神来，她已经抱着妈妈哭作一团。妈妈竟然像一个小孩子，倚在她的肩膀上痛哭不止，就算这事发生在其他的数千个平行世界中，她依然会觉得难以置信。

姬松月抽出纸巾，一边哭一边在妈妈的脸上擦着泪，可是泪水越擦越多。

姬松月哆哆嗦嗦地胡乱擦着妈妈的脸颊,抱着妈妈的头,告诉她不要哭了。妈妈连连点头,可是眼泪却一个劲儿地往外涌。

"妈妈,我错了!"姬松月哭喊着,"我再也不惹您生气了!告诉我怎么做,只要您说,什么我都去做,别哭了!"

妈妈只是摇头重复着:"你不懂。"

"我是不懂,"姬松月说,"我是不懂!不过您告诉我,我不就懂了吗?"

"我就是不想看你跟我一样,一辈子受苦,无依无靠。等我死了,你出了什么事,连个商量的人都没有,什么都要自己承受。"

"好,好,明天我就去相亲,行了吧?"

妈妈哽咽道:"相亲?把你托付给相亲认识的不知底细的人,妈妈怎么能放心?"

"那我该怎么办啊?"姬松月急切地问。

妈妈抓住她的手:"孩子,听妈妈一句话吧。"姬松月点点头。"前天李兆年来家里看我,我们好好谈了一番。他是个好孩子,善良、可靠,孝顺父母,有责任感,到现在还希望跟你走到一起。他不在乎你以前跟别人领过结婚证,还答应我,一定会好好对待你。你看看你,长相一般,收入一般,能力也一般,就算这样,人家也没嫌弃你——"

这会儿姬松月完全明白了。

姬松月听到了心碎的声音。原来如此,这就是命运啊。

不管她多么不想重蹈覆辙，不管她多么讨厌无法掌控自己的生活，不管她多么不适合李兆年，命运还是不厌其烦地把她带回了这里。

看来她也只能走到这里了。

"孩子，算我求你了——"

"好了，妈，我知道了。"

如果到了必须要结婚的时候还没有遇到喜欢的人，那跟谁结婚又有什么区别呢？李兆年的确是个很好的人，而且他对妈妈很好，比起相亲认识的人，他也没有什么劣势吧？只是，昧着良心跟他谈情说爱，会令姬松月于心不忍。

"那就试着喜欢上他。"小天使轻轻地说。

"你怎么想？"姬松月问小恶魔。

小恶魔耸耸肩："随它去吧。"

妈妈问："你能答应妈妈，好好考虑这件事吗？"

"好。"姬松月说。

"谢谢你。"妈妈说。

妈妈没说让姬松月搬回来住。听说她跟朱苑青的弟弟住在一起，也没有发脾气，只是告诉她，希望她能尽快处理好这件事，别让它影响生活。

"你要明确自己该做的事。"妈妈说。

到底什么才是该做的事？结婚生子，渐渐变老？可姬松月不想就这样过完一生。她不想变成那种整天忙着骂孩子考试没及格，骂得专注到连老公用手机跟别的女人发调情信息都没注意到的女人。

但姬松月不想再看到妈妈像那样痛哭流涕,替她担心。就在昨天她还以为已经掌握了自己的命运,发誓开始新生活。

临走时妈妈说,她不会强迫姬松月作选择,但希望姬松月能在夏天结束之前,将心情整理好,为今后的生活作一些真正有益的打算。

回家的路上,脑袋空荡荡的,心里也是。对了,朱雀!朱雀的事该怎么办呢?要是她不能再照顾他——

姬松月希望在那之前,能为朱雀找到一个好归宿。

刚坐上公交车,电话就追杀过来了。"小月,刚才阿姨联系我了。"李兆年雀跃的声音跟姬松月难以自持的低落心情格格不入。"很高兴你能改变主意,也谢谢你愿意给我一个机会,相信我,我绝对不会让你失望的!我会好好对你,让你永远不会为今天所作出的决定而后悔!"

这不是姬松月的本意,但事已至此,一切都是徒劳。

"对了,我刚才跟负责调查朱苑青事故的同事联系,查了一下他同父异母的弟弟朱雀的亲属关系,他有三个血缘比较近的亲属——姑姑、姨妈和舅舅。"

李兆年不再说下去了,姬松月明白他的意思。而且她还知道,他坚信是在帮她——将一个沉重的负担从她的肩膀上卸除下来。

也许是吧,她想。

李兆年的语气中透出罕见的随和："要不要我帮你联系他们一下？"

"不用，"为了听起来更令人信服，姬松月说，"如果可以的话，把他们的联系方式发给我吧，我想先联系他们看看。"

姬松月真的想联系他们吗？她不知道。至少到今天为止她觉得，与那几位听起来就很难缠的亲戚纠缠，跟照顾朱雀相比也不是特别易如反掌。一个早已跟朱雀父亲断绝关系的姑妈，一个多年酗酒还有暴力记录的舅舅，一个定居国外、至今还没有现身迹象的姨妈……

"好吧，"李兆年勉为其难地说，"如果不顺利的话，你再告诉我。"

"好，谢谢。"

"你跟我说话非要这么客气吗？我知道——"每次李兆年欲言又止，姬松月总有不祥的预感。"我知道你照顾朱苑青的弟弟，完全是出于你的善良。但你是否想过，这对他来说是不是最好的成长方式呢？"

"这样对他不好，那放任自流对他来说就好吗？他才刚过十六岁生日。"

"我知道你照顾他当然是好的，我问的是，那是不是最好的？"

她不明白他的意思。

"想想看，你能照顾他多久？一个月、半年、一年？正如你所说,他现在只有十六岁,刚上高中,处于人生最重要的阶段之一。坦白说,你是一个不太靠谱的'监护人'——收入一般,大龄未婚,上有老,以后还会下有小,生活压力也会随之增加。我这样说不是为了打击你,只是想帮你认清局面。你不可能照顾他一辈子,甚至连一年也照顾不了。如果与他建立了亲密的关系,你有没有想过,对于他融入下一个家庭会带来双倍的困扰?让他敞开心扉,再离开他,重新适应新环境,然后再次敞开心扉,这是不是有点欠缺考虑?这样对他来说,真的好吗?"

姬松月承认,在照顾朱雀这件事,甚至与朱苑青有关的整件事上,尽管说不上原因,她都非常幼稚地把李兆年当作了假想敌。她把他的话都当作指责。而她对待无端指责的态度只有一种:无视。于是每次他一开口,话就直接进了她大脑中的碎纸机。

但是唯有这一次,他的质问刺痛了她的心:这样对朱雀来说真的好吗?

姬松月从未考虑过这个问题,一次也没有。她想当然地认为,照顾他对他来说就是好的。这是不是有点太自以为是了?即使朱雀本人认可与她相处的日子很愉快,就能代表她做得好吗?

如果不是,那她该怎么做?

"尽快找到能为他负责的人,帮助他建立信任关系,顺利融入新家庭,才有助于他的成长、学业,以及身心的健康发展。"李兆年说。

姬松月难掩失落:"是吗?"

"难道不是吗?"李兆年认真地问。

回家时,朱雀还没回来。姬松月听到一个诱惑的声音:"所以小月,打个电话吧?"她听出那是小恶魔的声音。

"我不会替你作决定,"小天使说,"但我希望你能够慎重考虑。这关系到你和家人的生活,以及一个男孩的成长。在没有造成更大的伤害之前,尽快作一个决定吧。"

但受伤也是成长的必经之路，
伤口愈合的时候就是你成长的时候。

十九

姬松月翻出了李兆年发给她的朱雀亲属的联系方式。

她不给自己太多时间考虑，先拨通了朱雀姑妈的手机号。简短地自我介绍之后，那边安静得出奇，姬松月不由得松了口气，刚才还在担心会被恶语相向呢。之前听朱雀说，这位姑妈早就跟他父亲断绝了关系，似乎是个很严厉的女人。

运气不错，姬松月想，再接再厉。

可是越说越不对劲儿，那边也有点太冷静了吧，查看手机屏幕才发现，通话早就结束了。姬松月不甘心。就算对方觉得她死缠烂打也好，她不能就这么知难而退。

姬松月又一次拨通了电话。"朱女士，也许您对朱雀的父亲有所不满，不过孩子是无辜的——"话没说完，通话又结束了。之后电话就打不通了，显然她已经被拖进了黑名单。

看来朱女士对她弟弟一家积怨颇深。就算可以强迫她暂时收留朱雀,却无法强迫她敞开心扉接受他。

如此一来,与讨厌,甚至憎恨自己的人一起生活,想必会给朱雀原本就伤痕累累的心灵留下更多创伤吧?寄人篱下本来就很艰难,寄住在这样的姑妈家里只会雪上加霜,无异于一场可怕的灾难。

姬松月毫不犹豫地将朱女士从候补名单上画掉了。

第二通电话打给朱雀的舅舅宋先生。电话久未接通。打第一通电话前的期待和忐忑,此刻就只剩忐忑了。在姬松月坚持不懈地重拨了十来遍之后,电话终于接通了,那边却没人说话。

姬松月跟坏掉的唱片似的,连问出七八个"你好"之后,那边才响起一个醉醺醺的声音。声音颤抖得很厉害,不仅如此,她甚至能透过听筒感觉到他的颤抖。

咕咚一声,他往喉咙里灌了一口什么。声音中的颤抖减弱,醉意也随之更浓了。显而易见,他还没有克服酒精依赖症。

说明意图之后,宋先生不像朱女士一般激进,他只是反复问道:"你是谁?"

姬松月再次说明意图,他再次询问,不厌其烦。

如果谈话持续下去,姬松月大概得花上整整一天跟他解释她的身份。而就算她第一百次自我介绍,他也会一百零一次问她同一个问题,"你是谁?"

从一个专注酗酒数十载的酒鬼身上,又能期待什么呢?姬松月深深叹息,挂断了电话。

朱雀的姨妈是最后一张牌。至少她是个体面人,姬松月安慰自己,没有酗酒或者滥用暴力的记录,也没有跟家人断绝关系。

查过时差,确定西班牙此刻不是深夜,姬松月才拨通电话。她清了清嗓子,严肃地问道:"你好,是朱雀的姨妈宋女士吗?"

宋女士听起来很平静:"对。"

姬松月背出之前"彩排"过两次的台词,等待宋女士作出点反应,比如秒摔电话、假装断线,或者怒飙脏话之类的。结果宋女士只是安静地听着,没有表态,姬松月有点纳闷儿,难道她放着话筒,去做别的事了?

姬松月心虚地问:"请问你还在听吗?"

"对。"宋女士说。

从宋女士的声音中听不出任何感情。"那你怎么想?"姬松月问,"你真的认真考虑过回来接他吗?还是说,只是有那么一种可能性而已?"

电话那边沉默了一会儿,姬松月预感这事凶多吉少了。她失落地说:"那么——"

"我得过一段时间才能回国,至少办完离婚之后。"宋女士突然说。

这事可就有点复杂了。协议离婚还好,一旦闹上法庭,各种举证、孩子的抚养权、财产分割,还不知道何时能处理好。

"所以,"姬松月小心翼翼地问,"你也不确定大概什么时候能回来?"

"顺利的话,这个夏天结束之前吧。到那时候,也许我会带着孩子回去,朱雀可以跟我们一起生活。"

宋女士的声音虽然听起来落魄,却有种抚慰人心的力量,让人很容易相信她说的是真心话。"好的,谢谢你。"姬松月说。

宋女士那紧绷绷的声音中透出伤感:"其实真的决定离婚之后,才发现没那么容易。我这边的情况有点复杂,所以也不能向你保证什么,只能希望一切顺利。"

"好的。"

不知何故,宋女士对她这个未曾谋面的陌生人说出了这么一番推心置腹的话,姬松月无论如何也不好意思再死缠烂打。

"对了,能否拜托你,"姬松月局促地问,"暂时先别把我跟你联系的事告诉朱雀?其实我不讨厌照顾他,只是最近发生了一些事……毕竟在你回来之前,我想跟他好好相处。我不希望他认为,我是想甩掉包袱之类的,这样一来——"

"我明白了。"宋女士爽快地说。姬松月还想解释点什么,但被她打断了。"毕竟我们都有身不由己的时候。其实我能理解,朱苑青已经去世了,朱雀跟你又没有血缘关系,你还要结婚生子——"

就这样,这场谈话演变成了两个婚恋不顺的女人之间的惺惺相惜。

"总之我是抱着必胜的心情背水一战的。"挂断电话之前宋女士说。

心情低落的姬松月赶在傍晚前,去了一趟超市。一首一度相当火爆,但火爆与恶俗程度成正比的英文歌单曲循环了至少半个小时,连一心一意在货架前查看蔬菜价格的大妈都跟着哼唱起来,还忍不住手持芹菜,在促狭的生鲜区过道来了一段广场舞。

抱着一大袋非必需品走向收银台时,姬松月的脑海中还盘旋着那可怕的旋律。结账时发现积分可以换赠品——在一盒避孕套、一盒创可贴和一个便利布袋之间三选一,她毫不犹豫地选了创可贴。

之后姬松月想到,如果夏天结束之前用不上这盒创可贴,大概以后也没有多少机会用它了。

踏出超市,那充满魔性的糟糕旋律仍然充斥耳畔,跟中了病毒的音乐系统似的。明明很讨厌,想把它驱逐出脑海,它却无视她本人的意志,令她不胜其烦。

天空不再是知更鸟蛋壳的水蓝色,夜幕即将降临月桂谷。金色的阳光从棉花糖似的云团缝隙中挣脱开来,将天空涂成了一片耀眼的绯红,远方天际也被剧烈的光芒映衬出风信子般的淡紫色。地平线在燃烧。

姬松月提着购物袋走走停停，心不在焉地打量着路边的店铺。当她踏出杂志亭，当天最后，也是最绚丽的一道夕阳终于从撕裂的云层缝隙中流淌出来，将巨大的云彩映成了火烈鸟的红色。而再当她从咖啡厅走出来时，霓虹早已吞噬了天光云影。

她径直走进了盛夏的暮色中。

糕点店外的小黑板上，用华丽的花体字写着——今日特价：菠萝包。黑板边框上还用绿色和红色的粉笔画着相互缠绕的浆果和藤蔓。姬松月在小黑板前驻足。一个女孩从糕点店走出来，伴着清脆的风铃声，一阵甜蜜的菠萝包香气流出来，弥漫进夜色里。

就在这时，姬松月发现一个熟悉的身影闪现在街角。朱雀！刚想这么叫，突然看见他身后还跟着一个女孩。姬松月见过她。她叫什么来着？

对了，钱樱樱！

这个像是从青春杂志封面上走出来的少女，姬松月在校庆典礼那天见过她。上次见面时就觉得她看朱雀的眼神微妙。情窦初开的少男少女陷入初恋漩涡的激流中，不是什么稀奇事。当时只是猜想，现在好像得到了某种程度的证实。

一只虎斑猫视而不见地从姬松月身边经过，看起来懒洋洋的，侧身钻进阴凉的冬青丛里不见了。

朱雀步伐轻快，比起校庆那天更成熟了。他穿着黑色T恤，正扭头跟钱樱樱说着什么，笑容爽朗。姬松月不记得见过他露出这样的笑容。不知何故,他看起来陌生了许多。姬松月突然怀疑,她真的了解他吗?

如果朱雀妈妈看到这一幕,会怎么做呢?是否会追上去,拍拍朱雀的肩膀,让他介绍一下朋友?也许吧。

但姬松月既不是他的妈妈,也不是他的阿姨,甚至跟他没有血缘关系。所以即使有点为他担心——担心他会因为稚气的热恋而怠慢学业、受到莫名的伤害、被他自己炽热的爱意灼伤——她也爱莫能助。

归根结底,她没有资格干涉他的生活。姬松月并不想要这份资格,但仅仅是因为缺少这份资格,而没有尽全力去保护他,多少令她过意不去。如今朱苑青已化作尘土,即使谈不上对朱雀关怀备至,她也不该放任自流吧?

话虽如此,那天晚饭时,姬松月终究没能开口提起这件事,就像没有勇气提起下午打电话给朱雀的亲戚们一样。她不想被认为越界,也不想被认为是急于甩掉他。

朱雀刷碗时,姬松月问:"放学后去补习班了?"

"没有,"朱雀转过身来,对上她的视线,"跟朋友去图书馆了。"

姬松月并非那种"老古董",她认为情窦初开跟潮汐一样天经地义。情窦初开是对的,她只是不希望朱雀因此受到伤害。

"怎么能将你的心意以没有负担的方式传达给他呢?"小天使问。

"对了！上次英语测试的成绩出来了，我及格了！考了六十七分。"朱雀兴奋地说。

"祝贺你，"姬松月说，"这样我就放心了。"

他懵懂地看着她，好像又变回了今天傍晚之前的他——那个她更为熟悉的男孩。"发生了什么？"

姬松月摇摇头："试想一下，人的一生会经历很多事，与他人的关系也是其中一部分。认识某人，跟他们做朋友，甚至是亲密的朋友，当然有时候也会失去某人。有时候你跟某人变亲密，有时候你跟某人变疏远，这件事很复杂，你长大之后就会明白。人与人之间的感情总是流动的，无论如何我希望你能明白这一点。一旦你明白了，就不会太过沉迷于亲密与疏远的束缚、感情用事、患得患失，影响到生活学习之类的。"

看朱雀的表情，应该是没怎么听懂。

姬松月拿不准，他那困惑的表情多是出于对她这番话本身感到迷茫，还是对她的意图感到迷茫。

朱雀试着问："是跟我哥哥的事有关吗？"

"所有的事。"姬松月说。

朱雀用食指转了个圈，将地板、天花板和姬松月全部环绕其中："你说的是，这个世界上所有的事？"

"没错。不管是恋爱分手、跟朋友吵架，还是不得不开始一段新生活，都不要过于沉溺于悲伤之中，要学会move on，好吗？"朱雀一副苦思冥想的样子。"你不会是又把

'move on'的意思忘了吧？之前我可是跟你讲过一次了。"姬松月故作生气地说。

"我还记得。"朱雀说。

"那你能答应我吗?"

朱雀点点头。"可是为什么会突然说起这个？哦!"他恍然大悟，"你决定搬走了?"姬松月还没来得及回答，他赶忙摆手，"不用为我担心，真的，你应该也看出来了，我很会照顾自己。"

老实说，朱雀会做几样家务不假，不过姬松月没看出，他有多会照顾自己。

朱雀认真地说:"祝你幸福。"

可姬松月不认为她能得到幸福。确切说，她不认为没有了他的羁绊，她就能得到幸福。这两者之间没有什么必然联系。她无法得到幸福的原因，只是她自己而已。如果现在她没有得到幸福，那离开朱雀之后，也不会有什么不同，因为她缺乏遵从内心的勇气，与他无关。

"我没打算搬出去，"姬松月说，"况且你姨妈回来之前，我不会让你一个人生活。关于这一点我的心意已定，不必再争论下去。"

第二天早饭时一切正常，可从晚饭开始，朱雀突然不说话了。一开始姬松月怀疑他得了急性咽炎，不过看他无精打采的样子，事情似乎没那么简单。

"失恋了?"姬松月故作轻松地问。

高中生的恋情还真是收放自如，昨天两人还甜蜜地漫步于傍晚的街头，今天就决定分手了？这么说来，昨天姬松月那番劝诫来得也是应景。

朱雀没说话，连眼皮都没抬。

"不会是真的失恋了吧？"

不过这样也好。他才十六岁，如果他妈妈在世，一定不希望看到朱雀因为"早恋"荒废学业。

"没关系，"姬松月安慰道，"青春本来就该如此。每个年轻人都会情窦初开，这是一件很美好的事。但受伤也是成长的必经之路，伤口愈合的时候就是你成长的时候。爱和受伤都是对的，只是你要考虑时机是否合适——"

朱雀一直低着头给大雄削苹果，完全没有在听姬松月说话。之前他可没有这样无视过她。

"朱雀？"姬松月来到他面前，"怎么了？"

朱雀抬起头："没事。"可那眼神明明就是有事。那冷淡的声音、刻意躲藏的眼神、生硬的动作，一定有问题。

姬松月注视着朱雀的眼睛："说吧，怎么了？"

指针在转盘上划出水滴的声音，一秒、两秒、三秒……

朱雀突然问："你讨厌我吗，小月姐？"

"我当然不讨厌你！"这是什么傻话？朱雀是一个很好的男孩，姬松月当然喜欢他。就像喜欢帕丁顿熊、彼得兔和世界上所有美好的东西一样。

"我不明白。"朱雀说，"你对我没有抚养义务，别说血缘关系了，我哥哥去世之后，我们连真正意义上的亲戚都算不上。我不想给你添麻烦，我能照顾自己，可是你为什么就是不听我说的话呢？你不必非得照顾我，也没有人强迫你，所以为什么要把我当成负担呢？你为什么要自寻烦恼？我们本来就是陌生人，你只要离开不就好了？"

他这是怎么了？难道是发现了她联系亲戚们的事？可宋女士明明答应过替姬松月保密的，姬松月真的很想相信她的。

"不是的——"

朱雀摇摇头，不想听她的辩解。"真的没什么。你想，世界上有那么多无家可归的人，你不用一一为他们负责吧。或者说，你想让我离开这里？不能再过两年吗？高中一毕业，我就搬出去。"

"不是这个问题。"

"那到底是哪里的问题？如果你想走，走就好了，不用自作主张让亲戚们来接我！我能照顾自己，不想寄人篱下！"

被他厌恶了，姬松月无话可说。她的确是瞒着朱雀，到处联系亲戚们接他走的。这有什么可辩解的？即使事出有因，他也没有兴趣了解吧？最重要的是，即使他了解了，又有什么不同呢？

一切都无济于事，就算得到朱雀的谅解也不会有任何改变，所以解释也是多此一举。长痛不如短痛，何必要把事情复杂化呢？

"所以昨晚你跟我说的那些话,是在打预防针?"

他一定觉得她很假惺惺吧。为了让朱雀尽快释怀,哪怕讨厌她也无所谓,她不会为自己作过多解释。但唯有那番话,姬松月希望他能牢记在心,因为那是让他变得坚强的方法。

"不是,"姬松月说,"我可以保证,跟那个没关系,我就是想让你知道。"

朱雀没有反驳,从他撇着的嘴角和微蹙的眉头中仍透着些许不耐烦。如果他是个任性的男孩,估计会对她嗤之以鼻吧。

姬松月的手机铃响了,是一个自称朱雀舅妈的女人打来的。这时她才知道,原来将事情透露给朱雀的人并非他的姨妈宋女士,而是这位舅妈。

舅妈开门见山,说她已得知朱雀需要监护人。"我们来照顾他,也不是不行——"她的语调在神秘的基调上,又融入了一丝缥缈的色彩,令人顿感不安。"不过——"漫长的停顿,"最近我们家的经济上有点困难……"

经济上的困难恐怕不是从最近才开始的吧?很多年前那位沉迷于酗酒和暴力的舅舅就曾恬不知耻地向朱苑青借过钱吧?

"听说,朱苑青从他爷爷那里继承了一笔遗产?"舅妈问,"朱雀也有继承权吧?"

"当然。"姬松月说。

话筒那边这才传来如释重负的感叹:"那就好,那就好。"

姬松月在心里说,呵呵。

"到时候,我们可以代为保管朱雀继承的遗产,当然只是代为保管而已。"舅妈在"代为保管"四个字上下了重音。"我们会将这笔钱作为他的成长基金,只用作他的学费、生活费和日常花销之类的。"舅妈拘谨地笑了两声。

姬松月震惊了。就算她是为钱而来,也无须这么不加掩饰吧。至少做做样子不行吗?

"按遗嘱规定,等朱雀成年之后才能继承遗产,在此之前由律师代为管理。"当然这种说法是姬松月瞎编的,她只想让贪婪的舅妈打消"代为保管"的念头。

果然,舅妈的热情减弱了:"原来是这样啊。有没有什么方法,可以改变一下这条规定呢?毕竟要以孩子的成长为重嘛。"

"恐怕不行。"姬松月说。

"呵呵。"舅妈说。

姬松月并非不能理解舅妈想尽快拿到报酬的心理,但如果仅仅将照顾朱雀当成一个拿到报酬的途径,尤其是考虑到舅舅一家的状况,对朱雀来说,舅舅和舅妈大概不是能够照顾他的最佳人选。

"你之前联系过朱雀吧?"姬松月问。

舅妈支支吾吾:"那孩子心情不好,没说两句就挂断了。"

姬松月看出,朱雀根本就不喜欢这位舅妈。虽说如此,她也没有权利替他拒绝任何人,不过她会留心这位舅妈。

结束通话,朱雀正弓着背坐在餐桌旁,餐桌上放着刚削好的满满一盘苹果块。抱着苹果块的大雄皱皱鼻子,一本正经地嚅动着嘴巴,嘴角的胡须随之颤动。

朱雀在一个人生闷气?

那背影看起来有种莫名的感伤。姬松月绕到他面前,发现朱雀正沮丧地看着自己的手指。她顺着他的目光看去,他左手的食指正在流血呢。

"你不是说,只有肥皂剧里的角色才会笨到切伤手指吗?"姬松月问。

朱雀慢吞吞地抬起脑袋,像跑了气的气球似的,无精打采地看着她,全然没有了刚才的咄咄逼人。他看她的眼神,与其说厌恶,更像是疲惫、淡漠或者妥协,但姬松月并不感到欣慰。他这副垂头丧气的样子比对她发火更让她难过。

姬松月快步从客厅拿来皮包,拿出前一天超市赠送的创可贴。朱雀先是惊讶地看着她手上的创可贴,接着噘嘴把头一撇,像是在说"不需要"。

"别耍小孩子脾气,"姬松月说,"你想得破伤风吗?"

"要是命运非得这样安排,我也没有反驳的余地。"朱雀说。

看着朱雀阴阳怪气地学她说话,姬松月被气笑了。她用创可贴瞄准他的伤口,他却一挥手躲开了。"快点!"她命令道。

"我不贴粉红色的。"朱雀说。

姬松月低头一看,粉红色的创可贴上印着马卡龙色系的冰淇淋球。"多可爱。"她说。

朱雀不说话,只是瘪着嘴,作无声的抗争。姬松月又急乎乎地回到客厅,在壁橱里翻找一番,翻到前些天用过的小星星创可贴。

她举着创可贴问:"现在总行了吧?"

朱雀僵硬地坐着,将视线投向天花板,抱着手臂不看她,跟唐老鸭的女朋友生气时一样。她一把拿起他的手,将创可贴对准伤口。

朱雀抽回手说:"很疼!"

姬松月以牙还牙,模仿他打篮球弄伤手臂那天说过的话,"伤口不是男生的奖章吗?不是一点都不会疼吗?"

当他用无奈的眼神看她时,她意识到她的行为太过幼稚了。本意是调节气氛,不过把气氛弄得更糟糕了。"抱歉。"姬松月说。

过了一会儿,朱雀摇了摇头。

"我很希望你能遇到比我哥哥更好的人,过幸福的生活。"朱雀从椅子上转过身来,凝视进姬松月的眼睛,"可我不明白,你为什么总执着于联系那些我根本不熟悉也不喜欢的亲戚,求他们接济我。"

"我不放心你一个人生活。"姬松月说。

姬松月收起创可贴,朝客厅走。等她走出餐厅的时候,听见朱雀的声音从身后传来:"其实我一直是这么过来的。"

暖融融的阳光弥漫在教室里，夏日光芒在他身后的玻璃窗上开出一朵光圈。

二十

姬松月一边给办公室窗台上起死回生的金盏花浇水，一边接通了李兆年打来的电话。他匆忙的声音渗进她这边沉闷的空气中："小月，不好意思，这几天出差没法陪你，等我一回去，就带你去吃饭、看电影、逛街！"

姬松月并不想吃饭、看电影、逛街，可如果她这么说，李兆年就会把她妈妈端出来，然后说，"你要永远沉沦下去吗？快走出来吧"。

"没关系，"姬松月说，"好好工作，多在那边待一段时间吧。"

李兆年故作生气地问："你不想我吗？"

姬松月没说话。

李兆年发出一阵类似于大马猴吱吱叫的声音说："真淘气。"

刚挂断电话，打开窗户呼吸几口新鲜空气，小高立刻抱怨冷气被窗外的暖风吹走了。"最近新型流感频发，需要多开窗通风哦。"姬松月说。

小高打了个喷嚏，略带不屑地说："哪来的那么多新型流感案例，又是媒体耸人听闻制造噱头罢了。"

"到今天早上为止，月桂谷入院的患者中已经确诊五十七例新型流感病例。"姬松月摊开手中的报纸读道。

"呵呵，连这消息也是媒体——"

小高话没说完，姬松月的手机铃声又响了。耳边传来一个高昂的女声："请问是朱雀的家长吗？"姬松月记起了这略显熟悉的声音，是朱雀的班主任王老师。校庆那天她曾将手机号留给王老师。

"最近新型流感高发，我们学校按教育局规定，每天清晨在学生入校时为他们测量体温，体温不正常的学生我们会联系家长，去医院检查后再来学校，以免将流感病毒传入校园，引起大规模传染。"

"朱雀的体温不正常？"姬松月问。

"对，三十八度五。"

"那我去接他。"话虽如此，又要去请假，姬松月心里多少有点为难，这是近日来她第几次去请假了？

匆忙赶到学校，透过走廊上高一三班的窗口朝里张望，发现朱雀正坐在靠另一侧窗口的座位上，望着窗外愣神。暖融融的阳光弥漫在教室里，夏日光芒在他身后的玻璃窗上开出一朵光圈。

"朱雀!"姬松月喊道。

朱雀转过头,目光透过玻璃窗交汇的瞬间,眼睛跟通上电的彩灯似的瞪圆了。他慌乱地挥动手臂,跟哑剧演员似的。一眨眼,他已经站在走廊上的光影里:"小月姐,你怎么来了?"

"现在好点了吗?"姬松月问。

朱雀摇摇头:"没事啊。"

"不是发烧了吗?"姬松月摸摸他的额头,有点烫。

"我跟老师说过了,上完英语课之后我会回家的,她还是给你打电话了?"朱雀说,"抱歉,给你添麻烦了,我回家睡一觉就好了。"

越发烧就越爱学英语的孩子,姬松月就认识朱雀一个。还是说,是高温把他的脑细胞烧坏了?不能再拖下去了,她一把抓住他:"现在就走吧。"

周四的医院门诊部忙碌异常,缴款的队伍更是跟月桂谷游乐场最抢手的摩天轮前的长龙有得一拼。医生开了血常规和胸片的检查单,之后又是漫无止境的等待。朱雀跟变了一个人似的,撑着双手按在椅子上,心神不宁地呆坐着。

"很难受吗?"姬松月问。

朱雀摇摇头。

"我们都来医院了,哪里不舒服一定要讲出来。"

朱雀轻声说:"就是有点头疼。"

朱雀的样子可不仅仅像"有点头疼"而已,他看起来超级不安。"很紧张吗?"姬松月问。

"有一点点。"朱雀说。

她拍拍他的肩膀,在他身边的空座上坐下来。"怎么了?"姬松月说,"就算染上新型流感,也没什么可怕的,只要治疗及时,病情马上就会被控制住。所以什么都不用担心。况且你很可能只是普通感冒而已。"

"对了,离我远点吧!"朱雀推开她,"如果我染上流感,靠太近会传染到你!"

看到他一惊一乍的样子,姬松月笑了:"你现在看起来真的超级紧张。"

他的声音小得像在说悄悄话:"我对这种地方真的——"

这就是"童年阴影"吧?也不奇怪,毕竟朱雀出生于那样一个与病痛结缘的家庭。关于医院,他一定有过很多不愉快的记忆吧。

有个将精神病院当毕生归宿的老爸就不提了,没记错的话,朱雀妈妈是在他三四岁左右突发疾病去世的。

第一次跟朱雀见面时,姬松月向朱苑青打听过他的身世。问到他母亲的死因时,朱苑青颇有些为难,当时她将他的闪烁其词错当成了习惯性的含蓄。

事后,在姬松月的追问下,朱苑青的回答是"急性血管瘤破裂"。当时只有朱雀一个人在家,他还不到四岁,根本不明白发生了什么。加上事发突然——继母之前完全没有察觉到血管瘤的事——至少据朱苑青所知没有。很可惜,她没有得到及时抢救,他爸爸回家的时候,她已经没救了……

为此姬松月还曾上网搜索过"急性血管瘤破裂"。

这是一种相对"隐蔽"的病症,未经发现的血管瘤像一颗不定时炸弹,积年累月地潜藏在血管里。如果它随着时间而增大,在某个时刻也许会像朱雀妈妈体内的血管瘤一样,发生急性破裂。除非血管瘤长在不易做手术的部位,一般致命的概率不是太大。

朱雀妈妈的死因很大程度上在于抢救不及时,之前也没有发现。可想而知,这给朱雀留下的阴影有多大。他一定很讨厌待在医院里吧。

为了让朱雀少受点折磨,姬松月提议:"验完血估计就到午饭时间了,要不下午再拍胸片?"

一位热心的老大妈用广场舞式的飘逸身姿转过身:"你不知道两个检查单可以同时排号吗?医院根据上交单据的顺序安排做检查。"

姬松月立刻化身闪电侠,眨眼间完成了多个跨栏式百米极限冲刺。在她的气喘伴奏音中,胸片检查单缓缓落在了胸透室外护士站的工作台上,轻得像一片初冬的雪花。

从那之后,时间凝滞了。时针打盹似的死死粘在转盘上,一动不动。世界上最好的强力胶效力也不过如此。

不知何时,时针终于懒洋洋地晃动了几下,电子屏幕上的病患号码又冻住了。自从"37"出现在屏幕上,已经二十分钟过去了。

"三十七号要抽多少血啊?"一个老大爷自言自语,"除非他是吸血鬼,否则这么个抽法,身体扛不住吧?"

朱雀呆坐在白色塑料椅上,当他的名字被念到时,两人几乎都石化成雕塑了。姬松月本想安慰他一下,可他说他不怕抽血。针尖刺入他皮肤的瞬间,他的嘴角微微颤动了一下,她以为他要哭,结果他露出了一个有点俏皮的苦笑。

刚拿棉棒按住针孔,大厅另一侧又一次响起了他的名字,要他提前在胸透室外作准备。"是胸片!"姬松月说,"这么快就排到你了!快去吧,我在这里等血常规结果。"

护士翻了白眼:"不验血型是吧?"

姬松月说:"医生没要求验血型。"

"只是问一下,不验就算了。"护士说。

"那验吧。"姬松月又改变主意了。

护士不悦地瞪了姬松月一眼,轻声却严厉地责备道:"到底验不验啊?"

姬松月憋着火,温和地说:"验。"

"再加九十块钱。"护士不耐烦地说着,又翻了个白眼。

这下姬松月明白了,看来翻白眼是她的交流好伴侣,日常必备品。

"请问血型会跟血常规结果一起出来吗?"姬松月问。护士没说话。她又轻声问了一遍,护士还是没说话。下一个病号已经撸起袖子准备抽血了,她只好离开窗口。

几年前验血只要十八块,怎么现在涨到九十块了?姬松月是想问来着,不过看护士的眼神有如针尖一般犀利,这话也只能对自己说了。

一刻钟之后,时间概念已近崩溃的姬松月站在自助机器前,试着输入病历号。屏幕显示检测报告打印完毕后,她迫不及待地将手伸进取件口,查看检查结果。虽然结果在手,除了血型,其他数据她一个也没看懂。

"AB型。"姬松月默念着。

AB型。这是一件多么顺其自然的事,可是的确又有哪里不对劲。

恐慌的迷雾在心间不缓不慢地弥漫着。恐怖电影里,女主角躲进衣柜瑟瑟发抖,变态杀人狂就是以这种步调逼近她的。

突然,有人拍了拍姬松月的肩膀,吓得她差点跟点燃的蹿天猴一样冲上天花板。那人也被她的反常举动吓了一跳:"麻烦让一下。"

沐浴在开得足足的冷气里,手心还是渗出了不少汗。看着人潮在身边流过,那不可名状的恐惧感慢慢化作有形。

姬松月意识到,她发现了一件惊人的事!

朱苑青曾经在调侃《月桂谷晨报》益智版的各类心理、星座、血型测试时,拿自己作过例子。"你看,这上面说精力旺盛是O型血人最大的特征,你觉得我精力旺盛吗?"

姬松月说:"事情总会有特例,说不定你就是那个特例。"

"巧了，我跟父母都是O型血，"朱苑青说，"你看，现在有三个范本可供参考了吧？可是三人里也没有谁称得上精力旺盛。"

"别那么认真嘛，只是个无聊的趣味测试而已。"

朱苑青叹了口气："无聊的趣味测试，本来就是自相矛盾的说法。如果什么东西是以趣味为目的，为什么要搞得无聊呢？再说了，我花时间读报纸，怎么就不能认真呢？简直是浪费时间！"

"好吧，你赢了。"姬松月说。如今一想起自己那敷衍的语气，她备感悔恨。为何当初非要敷衍他不可呢？

不过现在不是品味苦涩的时候，姬松月胸腔里的心型泵正狂热地收缩着。朱苑青的父亲是O型血，既然如此，儿子怎么可能是AB型血？

"父母一方是O型血，子女不可能是AB型血！"米老师的声音仿佛贝壳里愤怒的海啸，在耳边响起。"姬松月！我说了多少次，你怎么就是记不住？"

"如果朱雀的父亲是O型血，朱雀就绝对不可能是AB型血！"这可是来自于高中时代饱受遗传定律折磨的姬松月心中最深沉、最真挚的呐喊。

高中时，姬松月多次因遗传问题导致生物课不及格，留堂学习半个月，见缝插针地向做生物课代表的同桌讨教，频遭生物课米老师的白眼，还被请过家长……有了这些惨痛的教训，才换来了毕生难忘的"痛的领悟"——孟德尔遗传定律。

姬松月不知所措地握着报告单，心乱如麻。

如果当初没有那么激昂地补习生物课就好了。如果当时稀里糊涂地补习，现在就不会对遗传定律那么刻骨铭心，也就不必"窥探"到他人的家庭丑闻了。更何况，这个"他人"不是别人，是朱苑青啊。

带着这个惊人的秘密，她该如何面对朱雀？为何要让她遭这份罪？智慧女神雅典娜为何要让她如此聪慧、过目不忘，并且精通"孟德尔遗传定律"？

"小月姐！"朱雀的声音从背后传来。

姬松月吓得赶紧将化验报告单往皮包里塞，还没来得及塞进去，她意识到她的行为非常可疑。

朱雀从她因犹豫而停滞了半拍的手上接过报告单，拿出看英语习题的认真劲儿看了看，说了句："看不懂。"

当朱雀的视线来到报告单下端，有那么一个瞬间，姬松月以为他发现了。她等待着，但自始至终，他的表情没有发生变化。

所以朱雀到底是否注意到了？姬松月纳闷儿。不管他是否注意到报告单上的异常，她的失态肯定被他注意到了。

高中一年级，正是学习生物遗传的好时光，每个少年都会接受"孟德尔遗传定律"的光辉洗礼。即使生物课本经过多年修订，他还没学到那里，也只是一个时间问题。可姬松月还是好想问一句，"你现在学'孟德尔遗传定律'了吗？"

血常规和胸片检查结果都出来了,不是病毒性感冒,医生说没有大碍,只开了点中成药。原本应该松一口气,姬松月的心情却愈加沉重,而且每过一秒,就更沉重一点。如果朱苑青没有弄错他父亲的血型,朱雀就绝对不可能是他的弟弟!

"怪不得两人一点也不像。"小恶魔说。

这话不夸张。不仅是长相,两人连性格也大相径庭。作为出生于悲剧家庭的孩子,朱雀确实开朗得有点不同寻常。并非他不会受伤,但是他从伤痛中复原的能力似乎远远超过了这个家庭中的其他人,比如他父亲和朱苑青。

"会不会是朱苑青把血型搞错了?"小天使问。

有可能,姬松月想,但可能性不大。

把朱雀送回家,返回单位的路上,姬松月就忍不住打电话给申珍。还记得两年前第一次跟申珍提起朱苑青的父亲住在安心精神康复疗养院时,申珍的"弹簧腿"就激动得差点弹起来,说她的大表姐就在安心疗养院做护士长。

电话一接通,申珍问:"你怎么又请假了?"

姬松月听而不闻:"听我说,你大表姐是不是还在安心精神康复疗养院做护士长?"

"你怎么知道?"申珍傻乎乎地问。

"你忘了?"姬松月轻声说,"我不是跟你说过?朱苑青的父亲住在那里。"

"对了!"申珍感叹道,"月桂谷的交际圈还真是小得可笑。"

"你不问问我,为什么提起这事?"姬松月说。

"为什么提起这事?"申珍问。

"有件事想拜托你。"姬松月郑重地说,"能不能拜托你大表姐,帮我查看一下朱苑青父亲的病历?"

"为什么?"申珍问。

"喂?"姬松月说,"喂?没信号了。"

下午快下班时,姬松月接到了一个陌生号码打来的电话,是申珍的大表姐。经过大表姐的确认,朱苑青的父亲朱英在疗养院的档案中登记的血型是O型。

姬松月觍着脸问:"有没有可能是搞错了?"

大表姐有些生气:"绝对不可能!档案表上每一栏的登记,都是入院时经过本院严格体检的结果,不可能有误。当然了,比如血压、心率和体温之类的数据,可能会随着身体情况有所改变。但像血型这样的检测结果,不可能有误!"

姬松月叹了口气,这样一来,朱雀无论如何也不可能是朱苑青的弟弟了。

傻念头像一连串气泡浮出脑海,令姬松月应接不暇。关于此事,朱英知情吗?难不成正因如此,他的精神状态才变成这样了?那朱苑青知情吗?

带着这个巨大的,并且越来越巨大的疑虑入眠,作为"解梦大师弗洛伊德"的信奉者,姬松月当晚就实践大师的理论,做了一个可怕的梦。

三岁的朱雀坐在地板上嚎啕大哭，通心粉酱汁糊得满脸都是。他正惊恐地注视着妈妈。镜头以库布里克式的风格粗暴地向地板一转，他的妈妈正痛苦地趴在木桌下，双眼圆睁，大口呼吸着。她呼吸的频率越来越快，越来越浅。

朱雀哭喊着"妈妈"，踏过凌乱一地的玩具，东倒西歪地走向她。

剧烈的疼痛已经吞噬了趴在桌下的女人，她挣扎着向儿子伸开手臂，想告诉他快去打急救电话。而正是这未完成的尝试，耗尽了她最后一丝气力。

不管小男孩再怎样撕心裂肺地呼喊，在沙发上跳蹦床也好，往她的衬衫袖口抹酱汁也好，把散落在地上的玩具弄得更乱也好，都无法引起她的注意了。

她不会再醒来了。

到底发生了什么？或许他没有完全弄懂，或许还要花一段时间——一个月、一年，甚至整整一生——才能完全弄懂。

朱雀哭啊哭啊，哭累了，躺在妈妈身边睡着了。就在他坠入梦乡的一刹那，姬松月睁开了双眼。

一直到早饭前，姬松月还沉浸在悲伤的梦境中。看着朱雀，她思绪纷飞。多好的孩子，却被厄运抓着不放手，不知何时才能重获幸福。

"没事了，我已经退烧了。"感受到姬松月关怀的视线，朱雀说。

唉，这可怜的孩子恐怕这辈子都没有机会知道他的亲生父亲是谁了。姬松月感伤地说："多吃点。"

还蒙在鼓里的朱雀迟疑地说："我吃饱了。"

姬松月叫道："吃这么点怎么行？你现在正是长身体的时候啊！"

在任何一种意义上，爱就是爱，仅此而已。

二十一

一整天，姬松月都在胡思乱想。昨天在医院里，朱雀是否看出异常？更有甚者，他是否对此事早有觉察？果真如此，那事情就复杂到凭她的脑瓜无法想象的程度了。

"今晚下班后能来一趟公安局吗？"时隔一周，姬松月又接到钱警官的电话。

也许是有了不在场证明，姬松月觉得钱警官看她的眼神不像之前那样犀利，语气也不那么咄咄逼人了。钱警官说，他们基本确认了朱苑青的死亡并非单纯的意外，而是由他人过失引起的事故。

"事故发生前，有人撞翻了停车牌，却没做任何补救措施，就这么溜走了，现在还不确定是否有预谋。"

"他是谁？"姬松月问。

"今天我们正是请你来协助调查这一点。"钱警官说。

一定要揪出那个恶魔！转念一想，姬松月对这事根本就一无所知，又能提供出什么像样的线索？

钱警官说："事故发生前，朱苑青有没有向你提过，跟谁交恶、争执或者有什么苦恼？金钱、家庭、工作，哪一方面的都可以。"

姬松月斩钉截铁："没有，至少没跟我提过。"

"别那么想当然，这可不是儿戏，请仔细想想再回答！"钱警官说。

如果钱警官跟姬松月一样了解朱苑青，就不会认为她是在敷衍。朱苑青是一个得过且过的人，总是沉浸于他的理想世界中，根本没有多余的精力去树敌。正是他那与世无争的个性，让怕麻烦的姬松月觉得很合拍。

姬松月一直认为，朱苑青在社交方面颇有见地，不屑于给他讨厌的人哪怕一丝关注，更别提花时间跟他们理论了。

关于交友，朱苑青也有自己的观点："永远不要将你的话筒递给杠精，永远不要将你的聚光灯射向戏精，因为他们一旦掌握了你的注意力，也就被赋予了开启'倒你胃口'按钮的能量。珍爱生命，远离纷争，就让他们活跃于你的视线范围之外吧。"

姬松月不甘示弱，即使据理力争不是她的长项，"据我所知，朱苑青没有敌人。"

"那讨厌他的人呢？"钱警官问，"也许是无意间做了什么事，遭人嫉恨了？"

"如果你问我的话，我会说没有。因为他就是一个极度讨厌纷争的人。如果你坚称太阳是方的,他会说'好吧',如果你说他是个笨蛋,他也只会耸耸肩。在工作上,他没有多大的野心,也不会跟同事交往过密。在感情上,他不喜欢花里胡哨。也许通过调查你已经发现,他的私生活非常简单,甚至简单到乏味的程度。他就是一个对谁都无害的人,活在自己私密的小小世界中,如果有谁非要讨厌他,那也不是他的问题。顺便说一句,如果有人厌恶他,那他们应该是那种无聊至极的人。"

"那他有没有跟你提起过他讨厌的人呢?"钱警官问。

"没有,他不是那种人。"

"哪种人?"钱警官问,"说长道短?"

"对,而且他也不会把属于他的时间浪费在他讨厌的人身上。别说交恶,他甚至都不会跟他们交往。"在寸步不让地为朱苑青辩解的过程中,姬松月才发现他的形象在她心中有多闪亮。

"好,"钱警官似乎有点不甘心,"这个问题先放一放,请先过来配合我们辨认一下监控录像。"

监控录像?既然找到了监控录像,离找到肇事者也只是时间问题了吧?

事发时花园小径入口还没有安置监控,但他们找到了附近的几个监控点。"当天立好停车牌之后,到事故发生之前,即八点到十点之间,所有可能通向花园小径路口的监控录像,现在都在我们这里了。"一位李姓警官说。

"也就是说,凡是有可能路过肇事地点的人,现在都可以看到?"姬松月问。

"可以这么说,"李警官说,"其实是大家经过好几轮排查之后,筛选出的十七组可能有嫌疑的行人和电动车,来请你辨认一下,其中是否有认识的。"

"没有汽车吗?"姬松月问。

钱警官震惊地看了姬松月一眼:"停车牌都摆在那儿了,禁止机动车通行!除了死者的车,肯定没有其他车辆硬往里闯。"

李警官瞥了瞥窗外的黯淡暮色说:"别着急,一个一个来。"

看来一时半会儿还结束不了。姬松月瞥了眼挂钟:快七点了。她在匆忙中拨通了家里的电话:"朱雀,我现在在公安局,今晚会晚些回去。你可以热一下冰箱里的披萨吃,叫外卖的话别吃辣的。"

姬松月以为他会争辩,"为什么不行?"但朱雀完全没有在意这件事,而是心事重重地问:"发生了什么?"

既然"他人过失引发事故"的结论已经确认,再隐瞒下去也没有意义了。姬松月压低声音说:"事故发生前,有人撞翻停车牌逃逸了。现在我正在协助辨认监控视频。"

朱雀说了句"好",挂断了电话。

"请抓紧时间。"钱警官催促道。

姬松月来到李警官的电脑前,盯着黑乎乎的屏幕看。

"看这里，"李警官指着屏幕右下角，"那辆电动车马上就会出现。"

姬松月瞪大眼睛，发誓不放过任何一个细节。谁知道，还没来得及眨眼，目标就以令人目眩的速度冲出了屏幕，总共也就几秒钟吧。

姬松月呆滞地看着李警官："完了？"

李警官微微蹙眉，推了推眼镜："请认真看。"

这语气就好像只要她认真看，就能用肉眼捕捉到紫外线似的。他也太过于高估人类视觉系统的极限了吧？

"就是这里！"李警官的声音从姬松月的头顶降落下来，"请认真看，我要慢放了。"

这次电动车像太空漫步似的缓缓从画面中蠕动出去，可姬松月还是没能看出个所以然。

李警官倒回录像，熟练地敲了下键盘，画面停留在电动车出现于屏幕中央的瞬间。"当时是晚上，路灯昏暗，而且在下雨，"李警官解释，"所以画面不太清晰。你对这辆电动车有印象吗？认识的人里有谁骑这种车吗？"

姬松月看着那幅多重曝光似的画面说："没有。"

这下姬松月彻底明白了，他们是想要她一一辨认这十七组电动车、脚踏车和行人，看看其中有没有她熟悉的，由此找到线索。可这朦胧的画质，连人带车都看得她云里雾里。再放大个几倍，说不定会像几十年前的老照片那样布满深灰色的像素颗粒。

"姬女士,"李警官温和地警告说,"请不要走神。"

接下来举着雨伞的两个行人,似乎是一对较为年轻的情侣。如果姬松月熟悉这两个人,也许能通过姿态认出他们,但事实是她对这两个陌生人一无所知。

不管是车辆也好,行人也好,眼睛都瞪疼了,也看不出一丝线索,完全是在做无用功。姬松月叹了一口气,李警官没有被她的焦躁影响,耐心不减地调试着画面。

一辆电动车驶进画面,驾驶人身披雨衣,能够看出电动车是浅色的。姬松月"啊"了一声,李警官赶紧回过头,钱警官也凑过身来:"认识这辆?"

姬松月摇头:"没有。"

钱警官瞪了姬松月一眼,用眼神说,"没有你'啊'个什么劲?"李警官推了推眼镜,用深不可测的眼神打量她,像是在盘算她的异常行为。他不会是在给她做什么犯罪侧写之类的吧?

姬松月赶紧说:"眼有点花。"

"我再慢放一遍,请仔细看。"

申珍也有一辆这种白色电动车。当然了,姬松月完全是靠外形轮廓判断的。相似的电动车满大街到处是,真正引起她注意的,是系在电动车车把上的东西。

那东西看起来很像"兔耳朵"。

今年初申珍从她妈妈家里搬出来,在单位附近的居民区里租了一套公寓。懒惰的她为了每天能多睡上一个钟头,买了一辆电动车，自此斩断了多年的堵车苦恼。每个工作日清晨，伴着布谷鸟的演奏会，她哼着小曲在拥堵的车流中穿梭自如，好不快活。

月桂谷是布谷鸟的乐园。布谷鸟为申珍的上班路带来了愉快的歌声，也带来了一些不怎么令人愉快的痕迹。因为单位没有车棚，下班时，她经常在车座上发现一些狂荡不羁的布谷鸟留下的白色涂鸦。

于是申珍在车把上系了一块大手帕。手帕系在车把上的样子像两只兔耳朵，被姬松月戏称为"兔耳朵"。每当发现车座又变成布谷鸟的"枪靶"，她就会解下手帕清理一番。据姬松月所知，她是为数不多把手帕系在车把上的人。但不多不代表没有。

钱警官说就算发现了细微的可疑之处，姬松月都要让他们知道，由警方来判断是否对调查有用。但这种情况又是另一回事了吧？

先说申珍出现在水莲苑的可能性——几乎为零。她根本就没有动机。由于姬松月的关系，申珍和朱苑青见过几次面，彼此也称得上相识，但也仅限于此。两个人还没熟到能背着她私下见面的程度。

小恶魔发出一阵猥琐的笑声。

姬松月知道它在想什么，不是的，她相当肯定。

只要去报刊亭随手翻几本杂志，绝对少不了那一套"男朋友跟闺蜜背着女主角瞎搞"的恶俗桥段，以及各种续集版、改良版和升级版。此类闹剧在现实中是否如此频发,姬松月没有专门研究过,但是在她的生活中,绝无可能。

再来说申珍在当晚出现在水莲苑的可能性——无限趋近于零。那天她在枫香市度假,姬松月借住她家,还收到她发来的实时视频:她喝得醉醺醺的,搂着导游的肩膀一个劲儿傻笑。导游那潜藏于微笑中的白眼翻得很隐忍。

申珍是第二天得知朱苑青的死讯后,才赶回月桂谷的。导游、同游的游客,甚至那天火车站的监控视频都能为她作证,她没必要撒谎。姬松月对此心知肚明,不过一旦现在开口提起"兔耳朵",可不是一个简单的口头解释能解决的。

被调查不在场证明自然是不可避免,说不定申珍还会被叫来配合调查。最近那家伙的日子也不好过,整天忙得团团转——她的爷爷住院了。既然确定与她无关,又何必再把她拖进来,给她增加不必要的麻烦?

"无论如何,"小天使深沉地说,"我还是认为,你应该让他们知道。"

李警官问:"你确定?"

姬松月坚定地说:"确定。"

十七组车辆和行人都一一辨认完毕,姬松月跟参加了一场海豹突击队的训练似的,差一点虚脱。

钱警官说,如有需要,还会联系她来配合调查。姬松月猜,既然她提供不出线索,他们大概会对十七组车辆和行人做进一步的科学分析。

回家的路上，她接到李兆年从橡树湾打来的电话，说他很快就会回月桂谷。他又一次颇为自责地说："抱歉，没想到我们刚在一起，我就被出差缠上了，真是太不凑巧了……"

姬松月只觉得没有实感。

前些天为了让哭闹不已的妈妈舒心，情急之下答应考虑跟李兆年交往，不知怎么的，传到他那里，就变成了答应跟他交往，虽说姬松月还没完全考虑好。不仅是答应妈妈的话，就连那之后跟李兆年的交往，包括现在这通电话，都令她没有实感。

并非姬松月对答应妈妈的事情反悔了。一切都那么不真实，令她无从反悔。就像看一场电影，回过神来发现女主角竟变成了自己，而她还能游离于意识之外，眼睁睁地看一切发生在她身上。

除了机械地重复"不用抱歉"之外，姬松月也想不出什么体面话宽慰李兆年。她从他略显拘谨的语调中听出一丝与以往不同的尴尬，即便如此，他还是找了些不痛不痒的话题填补着沉默的空白。

他说啊说啊，她也尽力去附和他了。可那毫无意义的瞎扯几乎难以称得上是一段谈话，这感觉糟糕得要命。

一阵沉默之后，李兆年艰难地说他要走了。

这出生于灰烬间的沉默还要持续多久？今后会一直持续下去吗？总有一天，李兆年会不会也跟姬松月一样无话可说，厌倦透了这虚伪的客套、生硬的附和与难熬的沉默？如果这一天很快到来的话，妈妈会不会恨她？

"再见。"姬松月带着无限歉意说。

就在结束通话前的某个时刻，姬松月差一点忍不住实情相告，关于他们之间的这场"试验"，她快坚持不下去了。如果李兆年质疑她的严肃性，她会搬出朱苑青当盾牌。

"我还爱朱苑青，我必须照顾他弟弟。"只要坚持这种观点，就算是李兆年，也会因为姬松月无可救药的脑残而认输吧。

"可你为什么要自毁'生意'呢？"小恶魔问。

"爱就是爱，不爱就是不爱。"小天使说，"拜托不要将世界上所有的事都拿来跟'生意'挂钩好吗？"

"但任谁都知道，'生意'排第一。"小恶魔说。

"所以你让她为了'生意'，去欺骗真正喜欢她的人？"小天使问。

小恶魔不耐烦地说："她这不是也在努力爱上他吗？"

小天使冷笑了一声："你觉得爱情像特价日的四季豆，只要足够努力，不睡懒觉，一早去排队之类的，就能抢上几盒，是吧？当然了，爱情也不是只有少数人才能享受的私人直升机。在任何一种意义上，爱就是爱，仅此而已。只要被顽皮的丘比特拿箭射中，别说是你，即使是一只大猩猩，也会跟它爱的大猩猩如胶似漆。就算你拼命否认也好，事实就是那么简单——如果你爱一个人，你肯定能感觉到，如果你感觉不到你爱他，那你就不爱他。你们两人认识都有半辈子那么久了，如果你爱他，你会对此一无所知？不如尽快解释清楚，放过自己，也放过他吧。"

"你这个危险的家伙！"小恶魔吼道，"你现在正将她引向一条邪恶的深渊！小月，你应该知道，在这个世界上没人能独善其身，在某个时刻你必须得作出一点牺牲。你知道如果你拒不让步的话，你的妈妈会有多难过吗？李兆年呢，你为他考虑过吗？再说了，你就这么想孤独终老吗？"

就这么听着小天使和小恶魔的争论，姬松月心烦意乱地回了家。客厅里没开灯，叫朱雀的名字也没有回应。都这么晚了，他去哪了？不会趁她不在家就出去玩了吧？不会。她立即否决了这神经质的推论，他不是那样的孩子。

那他不会是遇到入室抢劫犯被绑架了吧？命运女神终于忍不住再次将魔掌伸向这个可怜的孩子了？

姬松月抄起玄关上申珍度假回来送她的礼物——枫香市第二十三届棒球大会纪念品，健步如飞地穿过客厅。

过道也没开灯，姬松月心里犯起了嘀咕，但她犀利的眼神立即捕捉到，过道尽头的房间开着门——因为正有一丝淡黄色的灯光从里面淌出来，在地板上切出了一道细长的光影。那是储藏室。

"朱雀？"姬松月发出一声惨叫，声浪有着足以对墙壁造成损伤的穿透力。惨叫在高音区化为嘶吼，伴着这鼓舞人心的高强度立体声，她冲进过道，海啸一般瞬间席卷了储物室。

毫发无伤的朱雀进入她的视野之中，用惊恐中带着茫然的神情看她，虚弱地问："发生了什么？"

"吓死我了。"姬松月说。

朱雀捂着胸口故作夸张地说："难道不是吓死我了？"

一眨眼的工夫，姬松月就为她的脑残行径找到了理由："客厅没开灯，我还以为你出什么事了。"

"什么事？"朱雀瞪大眼睛问。

片刻前那些不祥的幻想，此刻都被明亮的灯光驱散了，连想想都觉得傻得透顶。

看她尴尬的样子，朱雀开玩笑自嘲道："毕竟我是被死神亲吻过的男孩。"

姬松月干巴巴地笑了几声，赶紧转移话题："你在这里做什么？"

"我在整理储物室，"朱雀的脑袋朝储物架微微一撇，"想整理出一个储物架来放魔术用具。卧室的柜子里堆满了，学校里也有一些，在暑假之前必须拿回来，但是没地方放了。"

原来如此。

"对了，小月姐，刚才整理时，发现一些哥哥的东西。"朱雀指指角落里的一个柳条筐，"我觉得还是由你来决定怎么处理比较合适。"

看他为难的样子，姬松月爽快地答应了。

简单吃过晚饭,姬松月满腹心事地来到储物室。虽然比失去朱苑青的第一天坚强了许多,但独自面对属于他的回忆,未免还是会被刺痛。但她迟早得面对,况且朱雀已经拜托过她了,若非暑假就要来了,他也不会这么着急。

原本雪白的柳条筐染上了岁月的痕迹,略显泛黄。柳条筐前的黑色塔扣上挂着一把黑色小锁。对于里面装着什么,姬松月一无所知。如果筐子就这样摆在角落,她也不会特别好奇,不过挂了锁,好奇心就被激活了。

不管里面是日记、学生时代的情书、定情物,还是描绘成长轨迹的相册,姬松月都不会太惊讶,也不会产生偷窥他人秘密的负罪感。她不认为一向心地坦然的朱苑青会装着什么了不得的秘密,就算有,他应该也只是还没有机会告诉她而已。

"你当然不会介意的,对吗?"姬松月自言自语。

钥匙在哪里,姬松月多少能猜到。之前朱苑青提起过,他曾经经常找不到钥匙,于是朱雀送给他一个印着小猫的马口铁盒。他像用存钱罐一样用它储藏钥匙,效果很好。只是从她搬来为止,还没见过传说中的钥匙盒。

一个小时之后,姬松月在朱苑青卧室的衣橱抽屉暗格里找到了小猫马口铁盒。当柳条筐的小锁被拧开的瞬间,她竟感到一阵负担。

筐子里都是笔记本。姬松月随手翻开最上面的一本,内容不是日记,而是随笔、剪报、科普、趣事、写作素材之类的合集。因为没有分类,略显凌乱。

姬松月数了数,这样的笔记本足有十本,每一本的书脊上还标识了年份。从"二零零六"到"二零一六",笔记停止在了两年前——两人相识的那一年。

大概就如朱苑青所说,写完那首"变成丹顶鹤的空难幸存男孩和独角仙交朋友"的长诗后,他就停笔了,所以作为文学爱好者的素材笔记也就随之停止了。

姬松月曾认为,他作出了正确的选择。毕竟不是每个人每一天,都有心情直面来自月桂谷的弗兰兹·卡夫卡接班人那冗长、晦涩、不知所云的长诗。但现在,她后悔得像吞了断肠草。如果当时鼓励他写下去,他短暂的人生是否会更快乐一点?

突然，她的手指停驻在被撕掉一页的笔记上，像在黑白琴键上敲下一个戛然而止的休止符。

二十二

或许处理逝去恋人的物品是重新开始的好方法，可姬松月还是做不到将笔记本就这样丢掉。朱苑青的身体已经落叶归根，她忍受不了他的思想也跟着烟消云散。

人之所以被称为人，是因其具有独一无二的思想。而他成长的印记不也正是思想的佐证吗？

她擦掉手上的汗水，仪式般翻开了标有"二零零六"的笔记本，跟唱诗班的男孩翻开赞美诗集一样郑重。那是朱苑青的第一本笔记，当时他二十岁，正在读大学。他曾说过，他立志成为推理作家的理想就是从那时萌生的。

"所以，从推理作家到表现主义诗歌，这真的是一段很长的路。"第一次约会，姬松月对朱苑青说。

他羞涩地笑了："就在几天前，我似乎看到了这条路的尽头。"就是从那时起，朱苑青再也没写一个字。

二零零六年的笔记，通篇是诸如以不在场证明、迪克森·卡尔密室讲义、笔迹模仿、指纹鉴定、测谎原理、无足迹杀人、不可能犯罪、暴风雪山庄、毒药介绍为主题的摘抄和文章。

姬松月匆匆翻看笔记，一页一页，除了推理常识和写作素材，别无其他。雪白的纸页在她的指尖翻飞，越来越快。突然，她的手指停驻在被撕掉一页的笔记上，像在黑白琴键上敲下一个戛然而止的休止符。

其实一开始姬松月并没有注意到笔记本中央那条参差不齐的中线。在"毒药介绍"一节，名为"其他"的标题下，有一句注释："在特定情况下或特定人群中，某些食物也可用作毒药。"但下一页却直接跳到了"连环凶杀案"。

直到那时，姬松月才发现笔记本被撕掉了一页。被撕掉的内容是什么？到底是什么食物可以在什么情况下或人群中用作毒药呢？

朱雀的声音从背后传来："小月姐？"

"怎么了？"姬松月问。

朱雀的半个身子从门缝里探进来，用食指轻轻地敲敲手腕："已经十点多了——"

姬松月拍拍手，拍掉想象中的灰尘，指着柳条筐说："我先把这些拿走吧。"

朱雀没问拿去哪，也没问她会怎么处理。只是微微一笑，道了一声"晚安"。

第二天姬松月接到了李兆年打来的电话，说他回了月桂谷,想跟她见一面。她差点把"申珍失恋、急需安慰"的烂借口搬出来作挡箭牌,可最终没能开口。

一见面,李兆年就拿出从橡树湾买来的礼物:"是海边特产,珍珠贝壳项链。"姬松月吃惊于自己的第一反应竟然是月底之前要抽出时间买礼物回赠他。

"这是谈恋爱该有的状态吗?"小天使问。

"一报还一报嘛,这有什么奇怪的?"小恶魔问。

"姬松月只是不想欠他人情而已,你还不明白吗?"小天使叹息道,"真正的喜欢是用欠不欠人情衡量的吗?如果你在考虑人情的事,那就跟恋情无关。"

小恶魔打了个响指:"这就是成年人的世界,看不惯你就闭嘴吧!"

"听说橡树湾的贝壳项链很有名,很多女孩特地去海边买,所以我也托朋友带我去了。"李兆年自然地说。

李兆年工作这么忙,还特地去海边买特产?这下他又加重了砝码,除非姬松月去排队买来限量版的卡通周边送他,否则会在人情的天平上一落到底。

小天使和小恶魔同时责备道:"你又在想这些!"

姬松月按了按紧绷绷的额头,她竟然又在想这些有的没的,也太差劲了!

"这几天在忙什么?"李兆年问。

"工作、休息、和朋友见面之类的,没什么特别的。"不知何故,李兆年的注意力一直跟不肯降落的秃鹫一样,盘旋在姬松月的头顶,每一秒都令她更焦躁。她想赶紧转移话题,虽然并不是真的对他的事感兴趣,也比一直谈她的事要好。

"你呢?"姬松月问。

"一直在开会,忙工作。"李兆年说。当然了。他一开口,她就意识到她的问题有多蠢了,他到橡树湾就是去开会的。

"这几天天气多好,没出去玩?"李兆年问。

出去玩了吗?没出去玩?不出去玩吗?姬松月真的搞不懂,为什么李兆年如此执着地沉迷于诸如此类的问题。自从以她的男朋友自居以来,这个话题以及它的十几种变体就成了姬松月的噩梦,每次电话里他都会问,有时候甚至一天问好几次。

她有时会回答:"在家呢。"

"这样啊。"他会说。有时候略带嫌弃,有时候充满失落,有时候又带着劝慰。"别老在家里啊。"

谁能告诉她,这跟促进他们的关系之间有什么了不得的关系吗?还是说,她从此不再回家——搬到天桥底下和流浪汉一族搭伙过日子,他们两个就可以爱得发狂了?

"在家呢。"姬松月说。

李兆年震惊地问:"周末也没出来玩?"

天啊,现在已经轮到别人来插手她的周末生活了吗?那是不是再过几周,她连饮食习惯都要被他诟病了?朱苑青从来不会那么做，他总是尊重她的选择。姬松月一时脑热答应考虑交往时，竟然把李兆年在"吹毛求疵国度"当国王的事忘了。

姬松月急乎乎地说："跟申珍出去玩了！"

"申珍？"李兆年说，"你不说我都忘了，今天上午他们还在调查和朱苑青事故相关的出入车辆和行人，我过去一看，你猜怎么着？"

发现一辆电动车，跟申珍的电动车很像？

"看到其中一辆电动车跟申珍的很像。"李兆年说。

姬松月故作镇静地点点头。这种同款车在月桂谷不少见，没有人因为一辆同款电动车就会被怀疑。况且那几天申珍不是在枫香市度假吗？视频、照片和实时定位在朋友圈发了一大堆，那不可能是她的电动车。

"对了，申珍的电动车车牌号是不是A9开头？"李兆年问。

姬松月被吓到了，心跳的声音愈加急切地敲打耳膜。虽然同款车不罕见，但既是同款车，又都是A9开头，这概率又变小了吧？而且"兔耳朵"是一个绝对不容小觑的疑点。这会儿的她，没有了前一天在公安局时的自负。

"我记不清了。"姬松月垂头丧气地说。

"这鳄梨汁是不是有点太冰了？"李兆年问。

"所以说那辆电动车是A9开头？"姬松月问，"你怎么连车牌都记得这么清楚？"语调中的气愤连姬松月自己都未察觉。一共有好几辆电动车经过,他偏偏对这一辆如此关注,这是怎么回事?

李兆年感叹:"你也太敏感了吧?就是他们研究车牌号时我刚好经过,多听了几句。我自己的车牌也是A9开头——"

"车牌号还没查到?"姬松月问。

"没有,"李兆年龇牙咧嘴地喝了两口鳄梨汁,"你也知道,监控画质很不清晰,几个人分辨来分辨去,只能确定前两个号。剩下的,还需要技术部门的同事进一步科学分析。"

那个穿雨衣骑电动车的人,绝对不是申珍!这一点可以确定。

姬松月试着去考虑另一种可能性。骑车的人不是申珍,就能百分之百证明那辆电动车也不是她的?既然申珍能在外出旅行时把公寓借给她住,怎么就不能把电动车借给其他人呢?

天啊,这事越来越让人头疼了。

姬松月打算好好问问申珍:"去枫香市旅行的那几天,你有没有把电动车借给别人?"这么问的话,一切烦恼都会消失,她也不用一个人疑神疑鬼了。

伴着一声布谷鸟叫,姬松月脑袋里的小灯泡亮了。不如晚上约申珍出来喝一杯吧。只要几杯酒下肚,问什么她都会全盘托出,而且保证第二天一概不记得,也省去了解释的麻烦。

下午回到家，姬松月看到一个陌生人悠闲地坐在沙发上，差点以为走错了片场。"姐姐，你好。"直到女孩羞涩地站起身，向她微笑，她才在大脑的"人脸识别数据库"中搜索到相关信息。

"你好，安宁。"姬松月说。秦安宁看起来也比校庆典礼时成熟了一些，也可能是换上黑框眼镜的原因。

一个阴森的念头闪过，骑申珍的电动车来这里的人，不会就是她吧？

秦安宁目不转睛地注视着姬松月的脸色，拘谨地解释道："我是来找朱雀的。"

朱雀抱着一只排球走进客厅，将球轻抛给秦安宁。

秦安宁生硬地笑了两声："今天下午我把排球落在公交车上了，走到半路才发现。可是周一体育课就要考排球，现在网购已经来不及了，去体育用品店又太远，我想起朱雀有两个排球，就顺路来借了。"

"你可以打个电话，我周一捎过去。"朱雀说。

秦安宁辩解："我不是想趁周末再练习一下颠球嘛。"

明明上次见面时，她给姬松月留下了冷淡的第一印象。现在她的声音却异常局促，就跟被人撞见做了坏事似的。那局促像迷雾一般扩散，让身处其中的姬松月也不禁跟着局促起来。

姬松月甚至有点想告诉她，自己不是朱雀的妈妈，无权干涉他的交友情况。而且就算姬松月是他妈妈，也不会过度干涉他的交友情况，所以她无需担心。

"其实钱樱樱本来要跟我一起来的，"秦安宁说，"不过学生会临时有点事。"

姬松月还记得之前跟钱樱樱的两面之缘，一次是校庆那天，一次是几天前在糕点店门前。

朱雀问："所以她决定了？"

秦安宁点头："没错。"她转向姬松月解释道："上个月钱樱樱搬家了，新家离学校很远，而且需要倒三次公交车，最近她决定，以后骑电动车上下学。"

电动车？电动车！姬松月听得浑身一个激灵。

"小月姐，你不舒服吗？"朱雀问。

"没事，你刚才说电动车？"姬松月若无其事地问，"学校允许你们骑电动车吗？"

秦安宁这才露出今天见到姬松月以来的第一缕轻松微笑："嗯，已经有很多家远的学生骑电动车了。"

"总觉得不太安全。"朱雀小声说。

秦安宁乐呵呵地说："没问题的。钱樱樱也是找我借电动车，试骑了很多次才作决定的。她很谨慎的。"

姬松月的手心都冒汗了："你家这么近，还骑电动车上学？"

秦安宁摇摇头："不骑。"

如果现在问秦安宁"所以钱樱樱借的是不是申珍的电动车"，会不会太过突兀？天啊！要不是被两人的目光注视着，姬松月就要按捺不住抓耳挠腮了。"嫌疑人"就这么浮出水面了？

秦安宁焦虑地看着姬松月："你怎么了，姐姐？怎么出了这么多汗？"

"没事，"姬松月说，"今天太热了。"

"可是冷气开得挺足的，你是不是中暑了呀？"秦安宁问。

姬松月赶忙摆手："那你最近有没有借申珍的电动车？"

秦安宁皱着眉头不安地问："什么？"她一定有所察觉了，姬松月后悔太心急。

"啊！"朱雀竖起食指，飞快地朝秦安宁使了个眼色，被姬松月锐利的双眼捕捉到了。"是不是被发现了？"他小声嘀咕。

秦安宁吓得瞪大了眼睛，一副恍然大悟的表情。"姐姐，是不是我姨妈跟你提到了什么？"

没想到朱雀在无意间解了围，姬松月决定抓住机会。

姬松月故作神秘地盯着天花板，飞速盘算着申珍能跟她提起什么。正在她因毫无头绪而一筹莫展、即将认输之际，秦安宁突然叹了口气，吹散了她心间的阴影。有戏，姬松月对自己说，再坚持一会儿。

于是姬松月又专注地仰头盯了天花板几秒钟。

"还是被姨妈知道了。"秦安宁说。

姬松月露出一副"看吧"的表情，只祈祷不要被她发现自己在趁火打劫。

"其实,我悄悄把姨妈的电动车借给钱樱樱了。"秦安宁说。

姬松月不记得这是近期她第几次受到灵魂震撼了。她的指尖在颤抖,几乎说不出话。她需要一点时间来捋清头绪,可两人紧盯着她,让她无法思考。

姬松月背过身,将食指放在太阳穴上,念咒语似的在心里默念,集中精力……

想想看吧,一辆A9开头的申珍同款(或类似同款)电动车曾经经过肇事地点。重要的是,还系着"兔耳朵"。已知这个叫钱樱樱的小姑娘借过申珍的电动车,她是朱雀的朋友,肇事地点又在朱雀家所在的水莲苑小区——所有这些碎片整合起来——完全是一个巧合!

可是世界上哪有这么多巧合?

凝滞的空气中爆发出激昂的旋律,如同一支沸腾的箭穿透安静的氛围,冲上天花板,几乎要烫伤空气。超高分贝的《命运交响曲》——秦安宁的手机铃声——打断了姬松月焦虑的思绪,差点在她的耳膜上烧出一个洞。

姬松月自言自语:"妈呀,吓我一跳。"秦安宁不好意思地吐了吐舌头。

"喂!钱樱樱你这家伙,又趁我不注意偷改我的手机铃声!跟你说了多少次,别再搞这种幼稚的恶作剧了!什么?活动又取消了啊。跟你说不要回去吧?那我们出去吃吧,在哪见面？去荷香街那家意大利面餐厅好不好？什么？又去学校门口吃咖喱饭？不去，我不去！一周之内已经吃了三顿咖喱饭了，反正我不去了！"

听到这番激烈的谈话，姬松月灵感附身，一个坏主意随之冒上心头。她一把抓住秦安宁的胳膊："来这里！让她来这里！"

秦安宁吓了一跳，捂着手机悄声问姬松月："怎么了？"

"叫钱樱樱来这里！"姬松月叫道，"我本来就打算今天做意大利面的，冰箱里还有昨天剩下的咖喱饭，不嫌弃的话就留下吃晚餐吧。"

昨天剩下的咖喱饭的确正躺在冰箱里。至于意大利面，就在秦安宁说出刚才那番话之前，姬松月没有过此类打算。她根本不会做意大利面。

"怎么可能嫌弃？"秦安宁为难地说，"只是我们不能给你添麻烦。"

"这有什么麻烦的？我本来就要做意大利面的！还是说，你嫌弃冰箱里的咖喱饭不新鲜？"

秦安宁赶忙摆手："不是不是！"她飞快地瞥了朱雀一眼，这会儿朱雀已经傻了眼，茫然地看着姬松月，还没从她毫无预警的异常举止中缓过神来。老实说，连姬松月也没能为她的怪异行为找出一个合理的借口。

"钱樱樱，要不——嗯，今晚来朱雀家吧。就是，嗯，就是朱雀的姐姐——哦，不是，是小月姐，邀请你来吃晚餐。我当然也在啊……"

秦安宁挂断手机，对姬松月说："那就麻烦了。"

姬松月发出生硬的傻笑："有什么麻烦不麻烦的。对了，不用去接她吧？"

"不用，她认识路。"秦安宁说。哈！姬松月猜也是这样。

"小月姐，你会做意大利面？"朱雀问。尽管他尽力掩饰，姬松月还是从他的脸上看出疑虑的迹象。

"会啊！"姬松月说，"昨天我刚从杂志上学到的，正想找机会实践一下呢。"但朱雀的脸颊上分明写着"怀疑"两个大字。随他去吧，反正也瞒不了多久了。如果顺利的话，他们很快就会明白她的意图。

对！姬松月想要问钱樱樱一个问题："申珍度假的那几天，你有没有借她的电动车来过水莲苑？"这听起来好似天方夜谭，却并非毫无根据地异想天开。那不比在南半球见到北极星概率更大的一连串巧合事件，就是最佳证明。

"你们先聊着，"姬松月说，"我去调一下酱汁哈。"

"我去帮忙吧。"朱雀说。

姬松月一把将朱雀按回沙发上："不用，陪陪朋友吧。"

与其说调酱汁，不如说查一下调酱汁的方法。就算不是米其林三星大厨，既然这么热情地喊人家来吃晚餐，总不能撬开人家的喉咙往里塞垃圾吧。

姬松月急匆匆地在手机搜索栏键入"意大利面做法"，

瞥了一眼挂在山茶花墙纸上的挂钟,妈呀,竟然四点半啦!

时间不多了。姬松月故作镇定地整理食材,面条、西红柿、胡萝卜、洋葱、蒜头、牛肉、青椒……

坏了,家里没有青椒!转念姬松月已经在安慰自己了,意大利面有且只有唯一一个主角,那就是面条。青椒算什么?青椒、红椒和彩椒只是些戏份被删掉也不会有人记得的角色,顶多就是群众演员的水准。

"姐姐,"秦安宁的声音从背后传来,"钱樱樱怎么也得五点钟才能到,到时候再准备也不晚。"

"也不晚?"小恶魔说,"我对她的乐观表示敬佩,但是事实是,现在开始准备,到时候也不一定能吃上。"

手忙脚乱一顿乱切,食材搞定,姬松月看到了晚餐逐渐成型的希望。不管怎么说,先煮面吧。对了,还有咖喱饭!

"冰箱里的米饭拿出来热一下也不是不行,不过让人家跑来吃隔夜的米饭不太好吧?反正也不费多少工夫,煮新的吧。"小天使说。

一边电热锅煮面条,一边电饭煲煮米饭,意识到她不仅可以在厨房里独当一面,甚至还可以双管齐下而不捉襟见肘,姬松月萌生出一丝骄傲。她模仿颁奖典礼上发表获奖感言的女演员说:"感谢这段时间一日三餐对我的历练。"

像她这种对家务只有"速战速决"一种态度的人,不乘胜追击一把,来个"三管齐下"怎么行呢?想到这里,姬松月麻利地往平底锅里倒上橄榄油,加上洋葱、西红柿、胡萝卜碎块煸炒起来。

可为什么都这么忙了，心里还是空落落的？是不是缺点什么？姬松月问自己。缺什么呢？

对了，是牛肉丝！

姬松月又以娴熟的推切技巧，切起了牛肉丝。忙乱的她竟完全没有意识到，等炒完蔬菜之后再炒牛肉丝也不迟。她惊喜地发现她的刀工见长，即使到不了鬼斧神工的境界，切出的牛肉丝也算是有模有样。

就在姬松月心醉神迷地切牛肉丝的时候，突然平底锅里发出"呲呲"的声音，搅得她心烦。声音持续着。她不耐烦地回头一看，平底锅里竟然冒烟了！恋恋不舍地放下刀，一转身的工夫，白烟变得愈发呛人了。

拿木勺拨动了几下锅里的蔬菜碎块，姬松月看得眼珠子都快掉进锅里了。不少洋葱、西红柿、胡萝卜碎块上都沾了一层烤焦的黑斑。尝了尝，味道倒是不算过分，可蔬菜块都跟在木炭里打过滚似的。

一会儿端上的面条里尽是搀着这些玩意儿，不会引发恐慌吗？

"没问题吗？还是我来帮忙吧。"朱雀探进头来，往厨房里吹进一阵恐慌。

姬松月一个箭步跳到厨房门口，语气坚定地说："一切进展顺利。"朱雀还想开口说点什么，被她态度强硬地挤出了厨房。

面条煮好了，米饭也煮好了，在这期间，姬松月拿出猜彩票中奖号的聪明劲头，苦思冥想补救方法。从小到大，她没有在大大小小的抽奖中抽中过哪怕一瓶矿泉水，但今天的她却被缪斯女神选作了幸运儿。她想到了一个绝佳的坏主意！

姬松月漫步到客厅对朱雀说："青椒没了，我去超市买点。"

一边玩游戏一边跟秦安宁聊天的朱雀立即从沙发上站起来："我去吧，小月姐。"

姬松月严肃地冲他使了个眼色："我马上回来，你陪朋友就可以了。"

正在这时，秦安宁突然说话了："姐姐，不用太麻烦，其实不放青椒也行。钱樱樱不吃青椒的。"

好吧，姬松月点了点头："其实橄榄油也没了。"

朱雀急切地指向厨房："可是我昨天还——"

姬松月知道他要说什么，她镇定自若地摇了摇食指："我要的是特级初榨橄榄油。"

于是秦安宁又说："没关系，姐姐，我们不介意的，我们吃饭一点都不挑。"

姬松月瞥了一眼时钟，压住一阵无名火，坚定地说："番茄酱家里也没有。"

"青椒也没有，橄榄油也没有，番茄酱也没有——这个也没有，那个也没有——那你煮空气算了。"小天使说。

"连个谎都不会撒。"小恶魔埋怨。

秦安宁略显尴尬地看向朱雀,两人飞快地交换了一个心照不宣的眼神,秦安宁心领神会地移开了目光。现在在她眼里,姬松月一定成了一朵料理界的奇葩了吧。

但姬松月管不了那么多,拿上钱包和大码的购物袋,急匆匆地出了门。没能打到车,她在站牌等了一刻钟,坐上了去附近美食一条街的公交车。四十分钟之后,她的大码购物袋里塞满了美食街皇冠餐厅买来的意大利面和咖喱饭。

一回家,来不及擦把汗,姬松月就往厨房跑。朱雀像往常一样跟过来,她正愁怎么打发他,门铃响了。

"快去开门!"姬松月说道。趁朱雀开门的空,她以迅雷不及掩耳之势将意大利面和咖喱饭酱汁倒进盘子,摆弄起来。

当姬松月手忙脚乱地来到客厅,一个身穿碎花连衣裙的漂亮女孩正站在客厅的中央,手里提着一盒八寸大小的水果蛋糕。看到姬松月,她微微一笑:"你好,姐姐。"

蝴蝶犬也一直飙高音，连续唱出十几个带有胸腔共鸣的高音C，要是帕瓦罗蒂还在世，说不定会愿意收它为徒。

二十三

钱樱樱拘谨地抚了抚仿佛沾满花瓣的裙摆，对姬松月说："给你添麻烦了。"

姬松月略感愧疚，毕竟请她来是另有目的。但如果这个女孩真的是罪魁祸首，她也是咎由自取，如果她不是，尽早澄清也是好事。

壁钟敲出一声低鸣，秦安宁说："六点半了。"

老实说，三个年轻人都有点不自在，姬松月也没好到哪里去。她提议道："我们吃饭吧。"大家都松口气一般表示赞同。

刚吃了没两口，秦安宁就瞪大了眼睛："姐姐，你是不是上过料理培训班啊？"

姬松月谦虚地摇摇头："没有。"

"天啊，太好吃了！比咱们在荷香街那家意面餐厅吃的还要好吃！"秦安宁手舞足蹈地说。此番举动引来了钱樱樱疑惑的眼神，姬松月知道她在想什么：如果这是恭维话，也有点太过夸张了吧。

"是真的！你吃一口。"秦安宁把盘子凑到钱樱樱面前，钱樱樱挑起一根面。嚼了几口，随即赞叹道："真的好吃！"朱雀若有所思地看了姬松月一眼，震惊中带着意味深长，他默念了一句："真的。"

姬松月不好意思地笑了，他们却把那笑声当成了低调。

钱樱樱又吃了几口面条。吃着吃着，她突然抬头问："你们有没有觉得，这味道很像美食街那家皇冠餐厅的意面啊？"

"还要更好吃！"秦安宁肯定地说。

"姐姐，你不会是那家餐厅厨师长的弟子吧？"钱樱樱问。

这是姬松月人生中第一次被人夸到胆怯。她装作惊喜地说："真的有那么好吃吗？"两个女孩频频点头，而姬松月只希望她们不要就这个问题再深入探讨下去了。

饭后甜点是钱樱樱带来的水果蛋糕。朱雀想去洗碗，姬松月担心他看到厨房里烧焦的蔬菜，严正拒绝了。她一边洗碗，一边反复排练着一会儿要对钱樱樱说的话，为自己打气。其实她并不想当着朱雀的面跟钱樱樱谈这些，但事与愿违，除此之外恐怕没有什么机会了。

姬松月擦干手上的水，做了个深呼吸，重新回到客厅。

"今天也是骑电动车来的？"姬松月问钱樱樱。

"坐公交车来的。"

"听他们说,你准备骑电动车上学?"姬松月希望他们没有听出她声音中轻微的震颤。

钱樱樱说:"对。"

秦安宁和朱雀都用奇怪的眼神看姬松月,像是在说,你听起来像一个电动车推销商。

"听说你上个月借了秦安宁姨妈的电动车?"在拖泥带水和咄咄逼人之间,姬松月只能选择后者。

这下三人的脸色都僵硬起来,朱雀抬起眼睛,眼神里都是困惑。他们被姬松月突如其来的古怪问题问蒙了。

钱樱樱微微蹙眉,含糊地哼了一声:"你怎么知道?"

姬松月避而不答:"你骑去哪里了?是来这里了吗?"

片刻前钱樱樱脸上"尴尬而不失礼貌的微笑"此刻消失无踪,只剩下了尴尬。她愣愣地看着姬松月,虽然没开口,但心意已经传达到了:关你什么事?

秦安宁问:"到底发生了什么?能让我们知道吗?突然被问到这些莫名其妙的问题,有点害怕。"

朱雀轻声问:"怎么了,小月姐?"

姬松月知道她不该将一切和盘托出,也知道她应该用一种更有技巧的方式旁敲侧击、声东击西、循序渐进,但她不想跟小孩子耍心机。

"之前朱雀的哥哥发生了意外,你们也都知道了。意外可能是由某个人的失误造成的。"姬松月瞥了朱雀一眼,这些他也知道了。

朱雀瞪大眼睛，屏住呼吸，目不转睛地看着她，脸上的表情堪称"恐惧来自未知"的最佳注解，两个女孩也都满脸震惊和茫然。姬松月只想尽快结束这无谓的恐慌，不让它再蔓延下去。

"意外发生前，某个人曾经撞翻了物业安放的停车告示牌，却没有做任何补救措施，才导致悲剧发生。据监控显示，事发前——也就是当晚九点左右，曾有一辆A9开头的电动车经过肇事地点，很可能是申珍的同款电动车，更巧合的是，你曾经借过她的电动车——"

此话一出，三个人瞬间石化，跟杜莎夫人蜡像馆里的展览品似的。过了好一会儿，钱樱樱才问："真的假的？"

感觉她只是问出这句话，就费了很大力气。秦安宁关切地看了钱樱樱一眼。而朱雀只是一直直勾勾地看着姬松月。

"我没有！"钱樱樱说，"我承认那天借了秦安宁姨妈的电动车，但我没来过水莲苑！"

姬松月问朱雀："那天晚上你们两个见面了吗？"

朱雀无精打采地说："没有。"

"这不就行了？"秦安宁问姬松月，"这样一来，她能洗刷嫌疑了吗？"

姬松月不甘心，她总觉得事情没那么简单。朱雀的表情变得非常怪异。过了一会儿他开口说："那天晚上我不在家。"

钱樱樱的脸上带着一种类似于刚被人抡了一巴掌的表情。

说不定钱樱樱没料到,朱雀会如此坦白——至少是当着"外人"的面如此坦白。但姬松月不认为自己是外人,她正在做的事,跟朱雀的意志指向相同的方向——追溯他哥哥生与死之间最重要的留白,哪怕那只是拼图大小的一小段。

"你回家之后,没发现你哥哥不在家?"姬松月问。

"那天他提前打过招呼,说会晚回来,所以我没放在心上。"朱雀说。

钱樱樱吸了吸鼻子,姬松月预感到她会哭,眨眼工夫,大颗的眼泪就啪嗒啪嗒地从她的脸上落了下来。这并不是姬松月的本意,她只想弄清真相,却把气氛搞得这么差,尤其是在他们共度了一段还算愉快的晚餐时光之后。但姬松月别无选择。

"我真的没有!"钱樱樱哭着说,"我发誓!"

姬松月避开朱雀的眼神,狠下心问她:"那你当晚去哪里了?抱歉,我知道我没有权利这么问,但是作为受害人家属,我的选择不多。如果肇事者真的是你,警察迟早会查到,如果不是你,相信我们都会松一口气。"

钱樱樱抽泣着:"事故那天我的确借过秦安宁的电动车,但我绝对没有来过这里!"

姬松月点了点头,鼓励她继续说下去。秦安宁埋怨地看着姬松月。

朱雀温柔地问:"你去哪里了?"

"我去哪里了?"钱樱樱捂着脑袋,无意识地将手指按进头发里,"我到底去哪里了?对了!我在月桂谷公园——"她急切地说:"你们知道吗?公园外有块空地,就是以前大妈们跳舞的广场!现在那里晚上人很少。"

秦安宁点头:"我知道。"

"我去那里见朋友!"钱樱樱求证似的看向秦安宁,"是薛欣,我们的初中同学,初三的时候转学了。上周她回月桂谷,约我见面。"

秦安宁又点头。

姬松月好歹松了口气:"所以这个薛欣应该能帮你证明。"

没想到钱樱樱却发出了绝望的叹息:"她放我鸽子了!"

事情越搅越乱,这会儿的姬松月被绕进了一个巨大的迷宫。她都不知道该相信什么,不该相信什么了。

钱樱樱说去了月桂谷公园,又被朋友放鸽子,有什么证据呢?如果在她痛哭流涕的时候还逼问下去,有点不近人情。她毕竟只是一个高中生。

"对了!我想起来了!"钱樱樱停止哭泣,"那天晚上我接到妈妈的电话,让我回家照顾妹妹,因为她跟爸爸吵架了,爸爸走了,她也要去上夜班。所以我——"她皱着眉头,仰脸看向天花板:"大概八点左右就把电动车还回去了!"

朱雀看向秦安宁，一直对姬松月愤愤不平的秦安宁却不自然地低下了头。姬松月感觉异样，于是问秦安宁："是这样吧？"

"抱歉，"秦安宁支支吾吾，"我当时也不在家。"

"不在家——"姬松月重复道。"那她是怎么把电动车还给你的？"

"推进车棚就行了。"秦安宁说。

"当时我急着回家，放好车之后，就把车钥匙放进她家的信报箱，然后打她手机说了一声。"钱樱樱说。

"信报箱？"姬松月问。

"就是一楼大厅里的智能信报箱，"秦安宁说，"是我让她放进去的。有次我去医院，家里没人，她捎来作业给我，就是放在信报箱里的。"

"所以那天晚上你并没有见到她？"姬松月问。大家都有点沮丧，很显然他们都明白她的意思：如果没有目击者，又怎么能证明，钱樱樱真的是在事故发生前将电动车还回去的呢？

"但是你回家之后，发现电动车是在的，对吗？"朱雀问。

"嗯。"秦安宁说。

"那是什么时候？"姬松月问。秦安宁似乎有点走神，跟梦游途中突然被人叫醒似的。"秦安宁，那天你几点回家？"姬松月又问了一遍。

秦安宁冷淡地说:"十一点左右吧。"

十一点左右?就算钱樱樱来一趟朱雀家,再返回秦安宁家,时间也充裕得很吧?这一出可真是出乎姬松月的意料,她失望地叹了口气。

"能不能问一句,你为什么这么晚回家?"姬松月说。

秦安宁看着朱雀,犹豫地说:"我们俩当时在方厦广场。"

姬松月知道,方厦广场是月桂谷年轻人的聚集地,几乎每个周末都会搞各式活动。怪不得刚才朱雀也说不在家,原来是跟秦安宁出去了。

钱樱樱哇地一声哭了。

"不过小区里总有监控吧?"姬松月安慰道,"总能找到证据的。"

秦安宁猛地站起身,发出一声烦躁的呻吟:"我外婆家的老式居民区里没有监控!"说完,她失落地看向朱雀,朱雀避开了她的视线。

钱樱樱双手搅着连衣裙裙摆上的花边,哭出了带着颤音的花腔女高音。天啊,姬松月按着愈发胀痛的太阳穴,这算什么事?

钱樱樱哭得上气不接下气:"真的不是我!"

"还了电动车之后,你就回家了?"姬松月问。

"没有,我一直在街上瞎逛。"

"可你刚才不是说,妈妈叫你回家照顾妹妹?"

"我在回家的路上又接到妈妈的电话,她说请假了,准备搬到外婆家住。她说反正我可以去奶奶家——"说着,又有泪水从钱樱樱的脸颊上滑落下来。

一直沉默的朱雀开口说:"我觉得有点奇怪。"

"怎么了?"秦安宁问。

"就算你是当晚十点以后回家的,可钱樱樱不会提前知道呀。"朱雀温和地看了钱樱樱一眼,"如果她早有计划,理论上还说得过去。假设,她知道你十点不在家,所以只是告诉你八点左右将电动车还了回去,其实没有。九点左右,她来水莲苑撞翻停车牌,在你回家前还回电动车,神不知鬼不觉。先不说这一系列毫无意义的瞎忙活有什么动机,事实上她根本不可能提前预知你不在家。于是她理所应当地以为,你会直接来取车子和钥匙,那她怎么可能只是假装来过?"

可这次秦安宁还是没开口。

开口的人是钱樱樱:"我知道。"

朱雀跟吞进一只蟾蜍似的,以震惊到几近呆滞的目光反复向钱樱樱确认。这会儿钱樱樱已经不哭了,只是呆呆地看着吊灯上垂下的一块水晶吊坠。

"知道什么?"姬松月问。

钱樱樱说:"我借电动车的时候,秦安宁就说要出门,如果还电动车的时候她不在,可以把钥匙存在信报箱。"

朱雀追问:"可秦安宁没说具体会几点回来吧?"

"她说十点之前回不来。"钱樱樱无力地说。

"能不能问一下？"姬松月问，"你为什么大老远跑来借电动车？"

钱樱樱摇摇头："那天我一直在秦安宁家里玩，之后收到初中同学的信息，说在月桂谷公园见面。当时正是下班时间，恐怕堵车会很严重——"

秦安宁接过话头："所以我就建议她别坐公交车，骑电动车比较好。傍晚她准备走的时候，我看到朋友圈里的消息，说方厦广场十点搞活动，就打算去方厦广场参加活动来着……"

此刻的钱樱樱跟刚踏进门时神采奕奕的她判若两人，但姬松月却有一种感觉，事情有点奇怪，尽管她也说不上奇怪在哪里。

"线索越挖越多，"小天使说，"过程顺利得有点诡异。"

小恶魔龇牙咧嘴："顺利还能惹着你啊？"

姬松月不会用"女人的直觉"这种恶俗的说法来说事，可她也给不出更理智的说法——比如可以拿得出手的证据之类的。

一切证据都指向了眼前的这个女孩。如果说晚饭之前姬松月还抱着探究的心情，晚饭结束后的现在，姬松月已经抱着为她遗憾的心情了。

当然姬松月无须同情她。就算无心之举做错了事，她为什么不去弥补？仅仅用"害怕"解释，就能逃脱责任吗？她的自私是对朱苑青最恶劣严重、最难以逆转、最不可原谅的恶行！还有什么比夺去一个人的性命，还若无其事地在受害者家属面前晃来晃去更恶毒的？

为了确认自己的想法并不过分，姬松月将目光投向朱雀，而他也正看着她，仿佛在揣摩她的想法。

"有时间同情她，不如同情一下自己。"小恶魔说。

"不过说实话，你并不希望她就是'凶手'吧？"小天使问。

"小月希不希望不重要，重要的是事实！"小恶魔说。

姬松月的心里又犯起了嘀咕。与其说不希望，不如说难以置信。不管怎么看，钱樱樱都不是那种恶毒的女孩吧？

小恶魔冷笑一声："人不可貌相。"

"我还是觉得不对劲。"小天使说。

"我发誓！"钱樱樱突然将手掌举到额头边，"我发誓，我没有！我真的八点就把电动车还回去了，相信我！"她轮番看着大家，朱雀和秦安宁纷纷报以同情的点头。

看着她泪流不止的样子，姬松月动摇了。

这局面也太过诡异了吧？有那么多巧合，都清晰地指向同一个"嫌疑人"，不知何故令姬松月联想到电影里为了专门展示给侦探看，而一路设置的连环陷阱。生活中真的可以同时存在这么多巧合吗？

如果——仅仅是如果，这些巧合是刻意拼凑出来的——

那这个局面也只有一种解释方法——两个女孩中有一个说谎了，或者两个人都说谎了。姬松月讨厌把事情复杂化，但如此一来，现实也许会更合理。

高昂的门铃声突然响了，女孩们用惊恐的目光看向大门。秦安宁一把握住钱樱樱的手，钱樱樱又一次啜泣起来，她使劲摇头："真的不是我！"她看着姬松月，姬松月搞不懂，她的眼神怎么会看起来如此坦诚、失望和悲伤，好像她才是受害者？

关于这位神秘的拜访者，姬松月也没有头绪。一旦通过技术手段查清车号，警察很快就会联系到申珍，继而找到秦安宁和钱樱樱。但也不可能这么快吧？她急匆匆地去开门，门前站着一个陌生男人。

这个男人大概五十岁开外，身上酒气很重，他的左臂缠着厚厚的绷带，脚下蹲着一只身披红色斗篷的蝴蝶犬，耳朵比脑袋还大。一看见姬松月，他就喋喋不休地念叨着拉丁文咒语式的独白，她几乎没听懂。

姬松月抢在他自我介绍之前说："你找错了人了。"

他执着地重复着："你好。"

醉得都认错家门了吧。"你好，"姬松月说，"你走错门了。"

蝴蝶犬嗷地叫了一声，抖了抖耳朵。

"没有，我来找姬松月。"他的左眼睑不停地抽搐着，姬松月花了至少三秒钟才明白他不是在挤眉弄眼，与此同时，她也明白了他的确没有找错门。可是他是谁？她根本不认识他。她绞尽脑汁也想不出，自己的交际圈里有这号人，除非有谁学了变装术。

"你是?"

"我——"他刚一开口,朱雀惊讶的声音从背后传来,"舅舅,你怎么来了?"醉鬼摇头晃脑地说:"我是他大舅。"

"请进吧。"姬松月说。

"你受伤了?"朱雀问。

"不小心摔了一跤,小意思。"大舅将目光转向姬松月,阴阳怪气地问了一句,"你就是姬松月?"

朱雀愣在玄关,没有说话,好像还没有反应过来。大舅摇摇晃晃地经过他身边,撞到了他的肩膀,朱雀这才被解穴似的跟在他身后往客厅走。两个女孩看到大摇大摆的大舅先是吓了一跳,接着都不知所措地站起身来。

大舅熟络地说:"挺热闹啊。"

"有什么事吗?"朱雀问。

大舅先是对两个女孩说:"你们坐,坐啊!"等两个女孩坐下,他才不慌不忙地对朱雀说:"来看看你,我不放心你一个人生活。"

"我现在跟小月姐住在一起。"朱雀说。

大舅的语气中带着不加掩饰的轻蔑:"她?"姬松月不明白为什么第一次见面,大舅就对她敌意十足。"跟我走吧,我跟你舅妈照顾你。"

"我不走。"朱雀说。

毫无预兆地,大舅突然怒吼道:"别任性!"话音未落,蝴蝶犬也吼上了。

"宋先生,请你好好说话。"姬松月说。

大舅以一种仇恨的神情看向她,姬松月猜他马上就要说,"关你什么事?"但是他死死盯了她一会儿,移开了视线,好像她已经屈服在了他的威胁之下。

"你回去吧,舅舅,我不会跟你走的。"

大舅指着姬松月,眼睛都快喷出绿光了:"你让她照顾你?"

朱雀斩钉截铁地说:"我能照顾自己。"

"你能照顾自己?你才十六岁,怎么照顾自己?要是你出了什么事,我怎么向你死去的妈妈交代啊?"

朱苑青出事到现在时间也不算短了,大舅从来没有联系过,一听说朱雀继承了大笔遗产,就突然放心不下他了?

朱雀重复道:"我能照顾好自己。"语气比上一次更坚定,也更冷淡了。他从来就不是那种会摆不耐烦架势的孩子。

"朱雀的姨妈已经答应跟他一起生活,在她回来之前,由我来照顾他。"姬松月说。

"呵呵,你这个人——真是脸皮够厚的!有你什么事?你又跳出来干什么?我跟你谈不着!你不要随便插言!"

"时间不早了,舅舅。"朱雀说。

"你小子这是在胳膊肘往外拐吗?"大舅一脸震惊地问。他的左眼睑抽搐得更快了,"你搞清楚,我才是你亲生舅舅啊！"

"你觉得我跟这事不相关也好，"姬松月说，"我还是不能放任你就这么带走他。虽然我跟他没有血缘关系，毕竟法律上，我是他哥哥的妻子。"

"你?"大舅鄙夷地问。

"有什么问题吗?"姬松月反问。

"哼，问题大了!"大舅说。

她身上有什么问题，竟然到了必须要受人唾弃的程度了? 姬松月也想知道。"什么问题?"

"呵呵，"大舅指了指惴惴不安地坐在沙发上的两个女孩，"你确定现在就想知道?"

"对。"姬松月说。

"那就别怪我不给你留面子了！你这个女人，为了钱可真是无所不用其极是吧? 你可是为了得到朱雀哥哥的财产，连勾引青少年都做得出来的女人啊！还有什么是你做不出来的?"

也许是极度气愤的原因，大舅的言语格外流畅，跟一开始因醉酒而说话磕巴的他判若两人。蝴蝶犬也一直飙高音，连续唱出十几个带有胸腔共鸣的高音C，要是帕瓦罗蒂还在世，说不定会愿意收它为徒。

钱樱樱捂住了嘴巴，厌恶地看着大舅，秦安宁飞快地瞥了姬松月一眼，又看向钱樱樱。姬松月没心情去关注她们交换眼神的事。她现在很后悔把这个精神病患者放进家里来。

再听他胡说八道下去已经没有必要了，跟他争辩更是无脑。

"走吧。"姬松月说。

"什么？"大舅说。

姬松月提高音量："你该走了！"虽然这位大舅看起来很粗鲁，还醉醺醺的，说不定会对她做出暴力行为，但不知何故，她一点也不害怕他，可能是她太生气了。当然了，如果因为判断失误而承受任何风险，那也是她自食其果。

"你说什么？"大舅重复道。音量比刚才大了一些，语气也更粗鲁了一些。

"她说你该走了。"朱雀温和但坚定地说。

"你！"大舅指着姬松月，咬牙切齿地说，"都是你！看看你都对这个孩子做了些什么！你这个可怕的女人，你竟然用那么肮脏的方法笼络人心！"

姬松月进退两难，她本人和朱雀都知道他在胡说八道。两个女孩虽然脸上带着厌恶的表情，却目光闪烁，表现出压抑的好奇心。

姬松月很想为自己洗刷嫌疑，但这样一来，就会将这场闹剧引向一个更可笑、更尴尬的境地。因为一旦她开始跟一个贱人争论，就必须在某种程度上作出妥协，比如先接受他的假设，再提出质疑，奋力举证、争取旁观者的赞同等等。她不想这样，尤其是当着朱雀的面。

作为一个成年人，姬松月知道这个男人是在无理取闹、死缠烂打，她知道她面临的指控是彻头彻尾的污蔑，因此她能够释怀。但朱雀和两个女孩年纪还小，难保不会在争执中受到伤害，而她最不希望看到的，就是让他受到伤害。

于是姬松月决定闭上嘴。逞一时之快为自己洗刷"罪名"又能怎样，弄到泥点溅得到处都是，最后受伤害的不还是朱雀吗？

"看啊，她不敢说话了吧？"大舅得意洋洋地说。

"不是的，"朱雀对一脸震惊的秦安宁和钱樱樱说，"他在说谎。"姬松月很欣慰他能站出来保护名誉，但她还是希望他别掺和进来。

"什么不是？证据我都拿到了！"大舅怒气冲冲地说。

一时的退让竟被当作理亏，换来无理取闹者的步步紧逼，姬松月深感无力。看来除了为自己发声，她别无选择了。"你拿到什么证据了？"她问。

"你们两人于本月在荷香街的高岭宾馆开房的证据！连那么小的孩子也下得去手，你可真是个恶心至极的女人啊！就你这样还能照顾孩子？别说道德败坏了，这是赤裸裸的犯罪啊！你应该被禁止跟朱雀见面！不仅如此，公安局还应该给你挂个号，禁止你跟未成年人近距离接触——至少保持五十米的距离！我要带他走！如果你一意孤行下去，公安局很快会联系你！不是我吓唬你！"

这是威胁，姬松月很清楚大舅在虚张声势，她也能看出他在装腔作势领域经验丰富、功力非凡，但她想不通，他是怎么得知两人住过高岭宾馆的。

姜蓉的名字浮现在脑海。

姬松月不否认，姜蓉的确有张能够气吞山河的大嘴巴，但她宁愿相信有一天自己的背上能长出翅膀，也不相信姜蓉的社交圈会跟眼前这位慢性酒精中毒的大舅有所重合。

但保险起见，姬松月还是问："你认识姜蓉？"

大舅怒吼道："什么蒜蓉姜蓉的，别转移话题！"

看这样子是不认识，可他究竟是怎么知道的呢？姬松月发现她正纠结于这个无足挂齿的问题难以自拔。她忍不住问："谁告诉你的？"

"这么快就承认了？"大舅震惊地问。

"你听谁说的？"姬松月又问。

"算了，小月姐，别跟他废话了。"朱雀说。

大舅好像被这话刺激到了，他手舞足蹈地叫道："我有证人！不信你可以找我拜把子的兄弟——江湖人称'酒桶大姜哥'——当面对质！他女儿就在你们公司工作，人家可是客户部的一把手！我看你还敢不敢抵赖！"

客户部除了姜蓉，还有谁姓姜？好一个"酒桶大姜哥"，姬松月的意识触电了。原来姜蓉的霸气是师出名门啊。

"像你这样的女人，根本不配做朱雀的监护人！"大舅怒斥。

"嗷嗷嗷！"蝴蝶犬附和。

"你应该也能看出，你在这里不受欢迎吧？"姬松月竖起食指轻轻地对大舅说，"你有两个选择，要么现在就走，要么我报警,然后你坐警车走。"

大舅哼哧哼哧地喘着气,没缠绷带的右臂抽搐一般冲着天花板一挥,跟被耶稣摸过的瘫痪病人一样,蹒跚地迈开脚步,朝姬松月走过来。朱雀看着他,用身体在她跟大舅之间架起一道屏障。

姬松月能看出他的担忧,于是更想快刀斩乱麻。她越过他,来到大舅面前。大舅似乎被她的气势震撼了,要不就是犯了酒精依赖症。他开始颤颤巍巍地在挎包里找着什么。

过了很久,大舅从包里拿出手机,对姬松月说:"报警啊!有本事你报警啊!让警察来查查你做的好事!你这个心理变态的女魔头!"

姬松月去抢手机,被大舅灵敏地躲过去。朱雀凑上来想拉他,她看准时机,一把夺过大舅手里的手机。

大舅发出野生类人猿一般的嘶吼:"嗷——"他的吼声与蝴蝶犬的吼声交织在一起,一时竟难辨彼此。

姬松月和摆好拉架架势的朱雀都久久没有从这阵怪异的吼叫中回过神来。坐在沙发上的钱樱樱吓得捂着嘴抽泣起来,秦安宁拍拍她的肩膀。

"快来人啊,抢劫了!"大舅喊道。

除了大舅,所有人都被惊呆了。姬松月愣在原地,大舅夺过手机,用看战败者的眼神看了姬松月一眼,一边拉着蝴蝶犬朝玄关走一边说:"原来你还是个抢劫犯啊。我绝对不能放任朱雀跟你这种女魔头一起生活!我不会善罢甘休的,你给我等着!"

大舅摔门而去,他愤怒的咒骂声和蝴蝶犬的吼叫声久久回荡。朱雀盯着大舅离开的方向,两个女孩坐在沙发上面面相觑。

他灰暗的人生中终于也拥有了属于他自己的小小奇迹。

凭借着这丝微光,他就不至迷失方向。

二十四

一整晚,姬松月辗转反侧。时钟嘀嗒嘀嗒,每过一秒,她就更清醒一点。

她恨自己什么都没做。

难道不应该在钱樱樱回家之前,先带她去一趟公安局说明情况?不用非得做一个智商超群的人才能看出她的嫌疑有多明显吧?现在自己怎么还能跟没事人一样躺在床上睡觉?这也有点太超自然了吧。

姬松月一下子从床上坐起来,恨不能当即就去公安局报到。片刻之后她又满心忧虑地躺倒在床上,唉声叹气。从两个女孩离开到现在为止,好几个小时过去了,虽然证据算得上确凿,她还是不愿相信钱樱樱就是犯人。

"你怎么会有这种想法?"小恶魔问。

"到底是为什么呢?"姬松月想。

回想门铃响起的瞬间,钱樱樱抬起慌乱的眼睛看着姬松月。姬松月的心似乎被针刺了一下,过了很久她才明白,那是一种类似于愧疚的感觉。当姬松月起身开门时,钱樱樱那求助般的真挚神情已然化作悲伤,好像眼前这个自以为是、妄下定论的成年人令她失望了。

对,正是那失望的眼神!

就算证据可以造假,那瞬间迸发,又瞬间消失的失望眼神也可以造假吗?如果钱樱樱有这个演技的话,姬松月可以肯定,她在二十岁之前就能步入奥斯卡终生成就的殿堂,与查理·卓别林、秀兰·邓波儿和沃尔特·迪斯尼等一众影视界巨人比肩而立,共同分享那无尽的荣耀。

"我也觉得不是她。"小天使说。

"你又有什么证据吗?"小恶魔说,"现在所有的证据都指向她,如果你想为她说话,也得拿出相应的证据反驳,不能信口开河!难不成你想告诉我,你是凭直觉判断的?"

小天使自知理亏,闭上了嘴。

小恶魔乘胜追击:"哎,姬松月,你不会真的因为那个假惺惺的眼神而相信她吧?别忘了,你可是一个心智成熟的成年人,不是小学生啊。"

姬松月决定,明天一早她就——

"去公安局说明情况?"小恶魔问。

姬松月握紧拳头对自己说:"先找秦安宁把事情问清楚。"

"呵呵,秦安宁。请问关秦安宁什么事?还是说,她是国际顶级刑侦分析学家,能给你把这事故分析个水落石出?"小恶魔不屑地问。

"说不定那根本就不是申珍的电动车!你还不明白?这可不是普通的指证啊!姬松月只是不想在没有说服自己的前提下,就指证一个未成年女孩罢了,因为目前还有几个疑点尚未明确。秦安宁将电动车借给'嫌疑人',她是一切证据的提供者,也是'嫌疑人'最好的朋友。不管在哪一方面,姬松月再找她谈谈都不为过吧?"小天使说,"问题确认之后再去公安局也不迟吧?"

难熬的夜晚终于褪去,双眼放光、眼圈漆黑的姬松月迎来了黎明的第一束曙光。清晨看到朱雀,她才想起这天是他参加"星光魔术比赛"复赛的日子。和初赛不同,进入复赛环节的选手都能得到独立的录制机会,也就是说,他的魔术会在节目中展示出来,透过屏幕被万千观众看到。

"我顺路送你过去。"姬松月说。

"我自己去吧。"朱雀说。

"我送你过去!"

"电视台离这里不远,不用麻烦。"朱雀说。

朱雀不明白,这不是远近的问题。半个小时之后,他坐在副驾驶座,不安地转动着食指上淡绿色的月光石戒指。姬松月就知道,他虽然表现得镇定,但也会在比赛前感到不安。提琴曲《只差一步》的旋律浸透了车厢,他看向窗外。

"现在感觉怎么样?"姬松月尽量让声音听起来像在

打趣。

"还行。"朱雀说。姬松月正考虑是否应该说点什么抚慰他的心绪，只听见他轻声说："如果想成为一个魔术师，站在舞台射灯的光束下，面对众人的目光，必须要学会承受压力。我觉得这种程度的压力，我还是OK的。"

即使出乎意料，但他能这么说，真的让姬松月很欣慰，也省了她的瞎担心。

电视台的五号录制大厅外有一撮人，都是来参加"星光魔术比赛"复赛的选手，登记之后，他们会按报名顺序进行录制。在朱雀等待登记的间隙，姬松月听到其他选手的谈话：决赛成绩前三名的选手，可以代表月桂谷晋级全国"星光魔术比赛"。

登记结束后，包括朱雀在内的选手们在工作人员的引领下走向录制大厅，陪同选手一起来的家人朋友都将被挡在门外。

姬松月只能陪他到这里了。她专注地凝视着朱雀的背影，期待从中找到一丝迹象，确认他坚定的信心。就在即将跨入那巨大的木门另一边之前，他转过头，露出微笑，朝她挥挥手说："别担心。"

姬松月摇摇头，想告诉朱雀，她没有在担心。就算略微不安，至少还没到担心的程度。这时候她发现，她的确是在担心。

与此同时姬松月也知道，朱雀一定能做好。他坚强、温柔,又讨人喜欢,如果真的能如愿成为一名魔术师,他一定会为自己感到骄傲吧。这样一来,他灰暗的人生中终于也拥有了属于他自己的小小奇迹。凭借着这丝微光,他就不至迷失方向,直到他拥有能指引他飞越黑暗的力量。他会变得坚强,坚强到有勇气面对姬松月或者任何人走进又离开他的生命。

朱苑青是否也会为这样的他感到骄傲?这样一来,姬松月也就完美地履行了她的使命吧?

姬松月也朝他挥手,沉重的木门在他身后关闭,遮蔽了她的视线。

一回家,姬松月就接到了申珍的电话。"小月你在哪儿?"申珍号叫着,"能过来一趟吗?"姬松月心中有个声音说,不必太过惊慌。果不其然。"我又失恋了!这回竟然是被甩了,天啊,你能相信吗?"

"能相信。"姬松月说。

"我不能相信!"申珍怒吼,"以前都是我甩他,这次竟然是他甩了我!说什么跟我在一起看不到未来。呵呵,能看到才怪呢。他懒惰到连眼镜蒙了厚厚一层灰都不去擦!我发誓,我再也不会跟他复合了。以前是觉得他太可怜才答应复合的,但是这次——"

姬松月打断了她:"你在家?"

"对!"申珍继续哀嚎,"他把东西都搬走了!他说再也不会回来了!他跟我之间彻底完了!"

"请允许我问一句,如果没记错的话,你跟许耀山不是已经分手了吗?别误会,不是我不关心你,只是不敢相信,我的记忆竟然裂开了这么大的漏洞。"

申珍慢吞吞地说:"好吧,之后我们又复合了一次,其实就在上周。那时候你整天神出鬼没,忙着跟李兆年谈情说爱,哪有心思管我的事?对了,我真没想到你俩会发展到这一步,毕竟上个月你还信誓旦旦地否决人家呢。怎么样?最近挺甜蜜的?"

姬松月拿不准申珍的话里有多少开玩笑的成分。但被闺蜜这样调侃,她的心里真的不舒服。她觉得被人跟李兆年凑在一起的感觉很尴尬,归根结底是因为,她至今仍然没有喜欢上他。

"行了,别说我了!"姬松月说。

申珍又抽了一声:"所以你现在能过来吗?我不想活了!"

姬松月只得往申珍家赶。她打算半路买点甜点,于是步行。天气炎热,骄阳似火,昨日的乌云被热风吹得不见踪影,又被炽热的阳光晒得融化了。在三岔路口等红灯时,她瞥到街角有个穿着碎花裙的身影从漫画店走出来。

女孩那微微仰头时侧脸的角度,跟昨天刚见过面的钱樱樱如出一辙!

姬松月立即锁定目标。红灯时间长得好像没有尽头,眼看钱樱樱的身影就要闪过街角,消失在视野中,她在马路另一边急得抓耳挠腮。

姬松月密切关注着钱樱樱的一举一动。看钱樱樱心事重重的样子,一定有隐情,大声喝止她,很可能会打草惊蛇。

信号灯似乎变成了一幅照片。有那么一会儿,姬松月甚至怀疑整个月桂谷的信号灯控制程序崩溃了。绿灯姗姗来迟,钱樱樱早已不见踪影。朝她消失的方向一路小跑,却一无所获。奇怪,她又不是魔术师,怎么会凭空消失呢?

停下脚步回望,才又重新捕捉到她的身影——她正神情忧郁地从一家沙冰店走出来。姬松月加快步伐,蹑手蹑脚地跑到离她不远的大橡树下,只见她又慢吞吞地走进一家饰品店,看那愁眉苦脸的样子不像是要买东西。

姬松月躲在橡树后朝店里张望,看见她正跟店员比画着什么,而店员频频摇头。她并没有放弃,而是双手合十,像是祈愿一般。店员一脸事不关己、只希望她快点离开的样子。没多久,门帘被拨开了,她沮丧地走了出来。果不其然,跟刚才去漫画店、沙冰店一样,她不是来买东西的。

钱樱樱看到姬松月的表情,跟罗斯·玛丽第一次看到她的婴儿似的,回过神来说:"你好,小月姐。"

小恶魔安慰道:"你这不是探听他人八卦的无耻嘴脸,而是调查取证的积极姿态。"

姬松月打量着饰品店的店牌问:"买东西啊?"

钱樱樱拘谨地笑了笑:"对。"

"没买到?"

"对。"

对你个大头鬼。就在这时,申珍又打来电话:"姬松月你在哪儿?怎么还不来?再不来我就自杀!"顶着盛夏正午的炎炎烈日,姬松月的头发都要烧起来了,申珍的哭喊声在痛击耳膜,一股无名火自心间迸发。

姬松月决定不把时间花在处心积虑和拐弯抹角上。"饰品店、沙冰店、漫画店,全都没有你想要的东西?"

此话一出,钱樱樱用昨晚看酒鬼大舅的厌恶眼神直勾勾地看向姬松月。"你在跟踪我?"她语气愤慨,"你竟然在跟踪我?"

姬松月有点为自己感到遗憾。在年轻人眼中,她都脑残到这种程度了?作为一个心智水平稳达平均值的成年人,姬松月就算再无聊,也没必要跟着她满大街跑吧?"没有,"姬松月说,"我刚才在路口看到你鬼鬼祟祟的,就跟了过来。纯属偶然。"

也许是"鬼鬼祟祟"刺激了钱樱樱,她不说话了。姬松月看出,这场原本可以套出点内幕的对谈就要结束了,即使她心有不甘。

"小月姐,"钱樱樱突然问,"是不是在你们成年人眼里,所谓的证据就是一切?你看我是不是特像肇事逃逸的那种人?"

又来了,那种失望的眼神。这次姬松月几乎可以确定,那失望不是装的。

"能不能告诉我,你在找什么?如果和那件事有关的话。"姬松月问。

"我在为我自己寻找不在场证明。"钱樱樱说。

姬松月温和地问:"还没找到?"

钱樱樱点点头:"那天晚上,妈妈突然打电话给我,要我回家照顾妹妹。还回电动车,刚坐上回家的公交车,她又打来电话,说要带妹妹去外婆家住,让我跟奶奶生活。我心情不好,半路下车逛街,超市、漫画店、沙冰店,沿路逛了很多店,可是奇怪了,没有一个店员记得我。如果有人证明我来过,那我就不可能在同一时间出现在水莲苑,对吗?"

"对。"姬松月说。

"我发誓,那天我真的没去水莲苑。"

去申珍家的路上,姬松月一直在想这件事。申珍一见到她就问:"发生什么了?你怎么比我这个刚失恋的人还要愁苦?"姬松月是打算找机会提起电动车,看申珍能提供点什么线索,可申珍哭起来没完没了,一直哀嚎:"啊,我这一次是真的彻底跟他分手了!再也不可能复合了!"

"闭嘴!"泡泡嚷道。

泡泡是申珍心爱的宠物鹦鹉。接受了长达一年的汉语言教育,至今只会说两句话——"闭嘴"和"随便你"。

泡泡周身覆盖着鲜艳的羽毛,圆滚滚的身体像是刚从打翻的调色盘里打过滚似的——绿色脑袋、橙色肚皮、黄色翅膀和红色尖喙。它用一双滚圆、懒散的眼睛直视姬松月片刻,就转头去看别处了。

"好了,"姬松月劝慰道,"别伤心了。"

申珍伤心欲绝:"叫我怎能不伤心?"

接下来的一小时,申珍滔滔不绝地复述着一千个伤心的理由。虽然有过数百次分手经历,但这应该是她最伤心的一次。

申珍哭道:"竟然被甩了,我真的不想活了啊——"

"随便你!"泡泡说,"随便你!"

一个小时之后,姬松月频频看向挂钟的方向,无声示意申珍应该给她点喘息的时间。毕竟高考生还有个课间休息是不是?可是申珍丝毫没有注意到姬松月的煞费苦心,只顾大倒苦水。泡泡一连说了七遍"闭嘴",她仍然听而不闻。

是姬松月的手机铃声打断了申珍延绵不绝的痛斥。本打算趁这通电话从水深火热之中跳出来,可这良好的愿望也只延续到电话接通为止。

"小月,今天晚上有安排吗?"李兆年问。

姬松月看了申珍一眼,申珍似乎被那罕见的温柔眼神吓到了,僵硬地从沙发上弹起来,疑惑地盯着姬松月看。

"申珍失恋了,我得陪陪她。"姬松月说。申珍赶忙摆手,来到她身边耳语道:"不用管我,你去约会吧。"

李兆年的声音异常失望,好像这是他们交往中第一次卡壳似的。

就在那个瞬间,姬松月的心被自我厌恶感深深地射中了。她不是在跟他玩推拉的小把戏，她所做的只是把他推得更远，然后再远一点。这就是她的心意，如今她彻底看清了自己的心意。

"你这是在做什么？整日走在这条名为'虚情假意'的钢索上，你又能对得起谁？"小天使问。

小恶魔说："不要这么想嘛。你一开始就跟他说，决定跟他相处试试看，可没打包票一定会跟他爱得天翻地覆啊。再说了，你和朱苑青的情况他又不是不知道，你应该给自己更多时间呀！"

"你能不能爱上他，"小天使说，"想必你自己最清楚。是继续耽误彼此的时间、精力和感情，还是在造成更多伤害之前收手，你看着办吧。"

"可是爱情跟婚姻有百分百的关系吗？我不是在讽刺，我是真的不懂。就像姬松月也不清楚她是否爱朱苑青，但她还是愿意跟他结婚啊。"小恶魔说。

那不一样，姬松月想，因为我跟朱苑青意气相投，和他在一起即使谈不上开怀，也轻松自在。如果能够选择的话，我愿意与他共度终生。

"那就告诉他吧，趁现在！"小天使说。

"再考虑一下，给彼此一个机会！就当是为了你妈妈！"小恶魔说。

姬松月的心跳跟脱轨的过山车似的急速攀升，眼看就要冲上深不可测的云霄。"嗯，我——"

"我还以为你是为了照顾那个男孩没法出来呢。"李兆年说。

姬松月没说话。

"对了,他的姨妈还没来接他?"李兆年问。

"没有。"姬松月说。

"不是说暑假之前吗?"李兆年问。

"暑假结束之前。"姬松月说。李兆年笑了,但不是高兴的那种笑。姬松月解释道:"他家的亲戚本来就少,最靠谱的也只有姨妈。"李兆年又一次发出了刚才那种意义不明的笑声,声音很小,但她知道不是她的幻听。她不甘心地继续解释:"他妈妈在他很小的时候,就因为血管瘤急性破裂去世了,妈妈那边的亲戚几乎已经断了联系——"

他又笑了,那笑声在她听来很可怕。"血管瘤?"李兆年问,"你从哪里知道的?"

"我说你是怎么了?这还用去图书馆翻阅群书才能查到吗?我一跟朱苑青认识,就知道他的继母,也就是朱雀的母亲早年就因病去世了。难道我还会跟你扯谎不成?有这个必要吗?"

"刚才你说他妈妈是怎么死的?"李兆年执着地问。

姬松月真后悔跟他提了这事:"不用放在心上,当我没说。"

可李兆年听而不闻。跟她不同,他那公事公办的声音怎么听都不像是在怄气:"朱雀的母亲是怎么死的?"

姬松月没好气地说:"血管瘤急性破裂!"

"不对。"李兆年的声音很冷漠。

"什么意思?"姬松月问。

"意思就是,"李兆年一字一顿地说,"你把他母亲的死因搞错了,她真正的死因是食物过敏。"

姬松月想冷笑一声,以示不屑,可她没笑出来。喉咙好像被什么东西哽住了。"不可能!"她说。先不说更为复杂的疑问,请问食物过敏能致死吗?她从来没有听说过。

"那你是在质疑我们的调查结果了?在你看来,当年具有专业资格的医院开具的死亡证明也不具参考性?法医的尸检报告也不具效力?"

这下姬松月傻了眼。她的脑袋里正掀起一场狂乱的风暴。脑细胞在激荡中痛苦呻吟,明显已经不够用了。有什么难以言喻的情绪正在胸腔内翻涌,几乎令她无法忍受。她就快吐出来了。

"食物过敏会致死吗?"

"一般不会,"李兆年说,"只有在严重过敏,并且抢救不及时的情况下才有可能发生。但一般对某种食物严重过敏的话,当事人都会知道并且多加注意。因此概率非常之小。"

"她是什么过敏?"姬松月问。

"花生。"李兆年说。

姬松月强压下一股无名火:"你没在开玩笑吧?"

"你觉得我会开这种玩笑吗?"

"可花生过敏怎么可能致死？我活到现在，连一个花生过敏的人都没见过！更别提花生过敏致死了！竟然有人一吃花生就过敏？天啊，世界上怎么会有人因为吃花生就死掉？你能想象吗？"姬松月歇斯底里地喊道。一回头，申珍和秦安宁都跟打挺的鲤鱼似的，站在她身后看着她，吓呆了。

姬松月也吓呆了，捂着嘴傻站在原地。她听见自己用高亢得不自然的声音对秦安宁说："你也在啊？"

秦安宁的慌乱也不亚于姬松月："啊，我正准备出门呢。"话音刚落，秦安宁一把抓起沙发上的书包，慌不择路地跑出了家门。

一直保持沉默的鹦鹉泡泡像刚通上电似的叫了一声："随便你！"

手机另一端，李兆年的语气缓和下来："小月，你还在听吗？调查的时候，得知这个结果我也挺惊讶的。不过有当年医院的死亡鉴定书和法医的尸检报告作证明，不会有问题。况且，概率几乎为零不等于概率为零。"

花生过敏。

所以朱雀的妈妈死于花生过敏？那朱雀为什么要撒谎？

他当她是傻瓜吗？有什么必要对她隐瞒通过正规渠道可以得知的死因？

不对，说不定朱雀没有撒谎！

两年前谈到朱雀妈妈的死因时，朱苑青罕见地闪烁其词。如果不是另有隐情的话，为什么连朱苑青都要企图隐瞒真相呢?

李兆年的声音在耳边吹过,她认真听着,却好像一句也没听进去。"过敏是免疫系统的防卫过度,也是一种常见疾病。当过敏患者接触到过敏源时,会引发荨麻疹、呼吸困难、鼻炎、休克等反应。具体到朱雀妈妈的例子,她的情况比较严重,误食过敏源之后引发了过敏性休克。原理很简单,一开始是呼吸道痉挛、呼吸困难等反应,由于情况没有得到缓解,呼吸道水肿越发严重,导致急性上呼吸道梗阻,最终缺氧窒息、心搏骤停。这一切发生得非常迅速,只有短短几分钟的时间。"

激烈的心跳声回荡在耳边,几乎掩盖了李兆年的声音。

"当年的案宗上显示,这是一起意外事故。事发时,家里只有不到四岁的小儿子跟妈妈在家。那天小儿子中暑了,没有去幼儿园。丈夫正在上班,而上大学的继子,也就是朱苑青在住校。她误食混有花生酱的米粥,造成了过敏。花生酱是她买给儿子的,据推测,很有可能是年幼的儿子一时调皮,在妈妈的米粥里倒进花生酱,引发惨剧。"

原来如此。如果得知真相,恐怕朱雀的一生都会被阴云笼罩,难以释怀。

世界上有哪个孩子能够忍受"自己害死妈妈"的可怕想法?世界上又有哪个父亲能够忍受将实情告诉儿子?于是朱苑青就和他父亲编了一套"血管瘤急性破裂"的白色谎言,为了将朱雀蒙在鼓里。

挂断电话，姬松月因超负荷而几近停滞的大脑回想起片刻前秦安宁离开的事。姬松月竟然忘了叮嘱她，千万别把刚才她听到的告诉朱雀！

泡泡啄啄脖子上的一圈蓝毛："闭嘴！"

在申珍怪异的眼神笼罩下，姬松月一个箭步蹿到门前，打算去追秦安宁。但她突然停下了脚步。

因为姬松月记起了一个令她震惊得双腿无力的事实。

现在哪怕一小片六月飘落的蔷薇花瓣，

都能将脆弱的她压垮。

二十五

这会儿姬松月终于明白，她的心为什么会像在飙过山车了。

那本笔记本！笔记本里缺少的一页！"毒药介绍"一节里"其他"那一段——"在某类特定情况下或特定人群中，某些食物也可用作毒药"！

那天晚上姬松月曾疑惑不已，到底什么食物可用作毒药？现在她明白了，难道不是有可以致命的过敏源吗？

难道说，朱苑青跟那个意外有什么关系？

姬松月使劲摇头。不是的！朱苑青不是那种人！而且他没有动机！

"不要装作已经忘记了呀。"小恶魔说道。

姬松月捂住脑袋使劲想，她到底忘记了什么。

小恶魔发出尖厉的假笑："看在你这么认真的分上，就提醒你一下吧。朱雀和朱苑青没有血缘关系对吧？俗话说，若要人不知除非己莫为,如果——"

如果朱苑青发现了继母的劣迹,看父亲蒙在鼓里太可怜,决定报复她,又不忍心对年幼的朱雀下手,他会怎么做?

姬松月依稀记得,笔记上标注的年份是"二零零六"。那是十二年前的春天,朱雀不到四岁。

朱苑青又为什么会撕掉那一页笔记?仅仅出于心虚?话说回来,记在笔记本上又被撕掉的内容转而发生在了现实生活中,是不是有点太过巧合了?

小天使低声说:"可是事发时他在住校呢。"

小恶魔觉得很可笑:"朱苑青上的是月桂谷本地大学,周末经常回家。如果那一天他悄悄回家,在继母的粥里掺了花生酱,潜藏在暗处。理论上也并非绝无可能,只是——"

只是,姬松月不相信他会那么做。

突然,有一双手搭在姬松月的肩膀上,她惨烈地尖叫了一声,飞速弹开了。随即那人也尖叫着弹开了。姬松月捂着起伏不定的胸口定睛一看,是申珍。申珍的眼珠瞪得跟夜光球似的。

"妈呀,吓死我了。"姬松月说。

"姬松月,你犯什么病了?头上怎么这么多虚汗?"申珍问。

"随便你!闭嘴!"

申珍气冲冲地说:"你给我闭嘴,泡泡!"

而泡泡丝毫不为之所动,只是一个劲地重复着:"闭嘴!闭嘴!闭嘴!"搅得人脑袋发涨。

姬松月有气无力地说:"我没事。"

"有病抓紧治,别硬扛着,小小的中暑也有可能引发生命危险。"申珍皱着眉头说。

"让我清静一会儿。"姬松月说。

这是两人认识二十年来,姬松月第一次向申珍提出这个要求。申珍哀嚎了一声,捂着嘴巴跑进了卧室。姬松月的意识知道,她应该追过去说两句安慰的话,但她的意志却对大脑发出的指令听而不闻。

她的身体在止不住地颤抖。

朱雀和朱苑青没有血缘关系、朱雀的妈妈死于食物过敏、朱雀对妈妈的死因一无所知、朱苑青日记里缺少的一页、撞翻停车告示牌的A9开头的电动车、朱苑青的意外车祸、全部指向钱樱樱的线索、钱樱樱向超市店员求助的急切神情……

这一切毫无秩序地在姬松月的脑袋里打着转,相互碰撞、冲击、乱弹,搅得她头晕目眩。

一片、一片、一片——姬松月似乎看到了一幅逐渐成型的拼图,每当有一小片拼图就位,眼前的景象就更接近全景。而这一切,也只是令她更加恐惧而已。假设"花生过敏"的事跟朱苑青有关,再假设朱雀后来知道了——

她感到一阵反胃。

不对!至少在朱苑青的事故上,朱雀没有嫌疑。事故发生时,他有不在场证明,这一点已经得到确认,那天晚上他跟秦安宁去方厦广场了。可要是秦安宁也被牵扯进来——

那样的话,就太可怕了。

不会!姬松月安慰自己,绝无可能!他们还只是孩子而已,设计不出那么复杂的陷阱。跟朱雀相处的时光虽然短暂却历历在目,他是一个很善良的孩子。除了他现在的样子,她无法想象他的其他任何样子。

"你这是怎么了?"申珍扒着卧室门向外张望,"又是冒汗,又是呕吐的,该不是怀孕了吧?"她快步走过来,握住姬松月的手,"天啊,你怀孕了?"申珍一向精通天马行空的精髓,不过这次姬松月顾不得讽刺她脱缰的想象力。

见到主人走出来,泡泡热情地喊道:"闭嘴!"

申珍翻了个白眼。泡泡拍打着鲜艳的翅膀,试图抵抗申珍的逼近,但无济于事。申珍一把摘下挂在吊篮旁的鹦鹉站架,亲昵地捂着泡泡,连同装葵花籽的小碗一起,将站架端到了书房里。这下清静了。

"你去枫香市旅行的那几天,借电动车给秦安宁了吧?"姬松月问。

申珍夸张地咧开嘴:"这是哪跟哪啊?跟你怀孕有什么关系?"

姬松月生气地甩开申珍的手:"我没怀孕!"

"那你这是怎么了?"申珍问。"告诉我不行吗?你这样一惊一乍的,真的让人很害怕!"她噘着嘴,叉起腰,气呼呼地看着姬松月。"你到底是在发什么疯?"

"你能不能先跟我讲讲秦安宁借你电动车的事?"

"你能不能先告诉我为什么?"申珍说,"是不是那孩子又闯祸了?"

姬松月摆出一副十指交叉于胸前的虔诚姿态:"不关她的事。"

一听这话,申珍从卧室门口纵身一跃,眨眼之间——字面意义上的——完成了助跑、起跳、腾空和落地等系列动作,闪电一般划过姬松月的眼前。

"我就知道!"姬松月握紧拳头,模仿非洲原始部落的舞蹈仪式,狂热地将双手举到空中。"果然有事!我就知道这孩子有问题!你发现了什么?告诉我!是不是又偶遇她跟一帮狐朋狗友翘课了?不要试图为她隐瞒,你应该明白,你现在包庇她,就是将她推向一条罪恶的不归路!"

什么叫"又偶遇"?姬松月什么时候偶遇过秦安宁闯祸?那不都是被害妄想狂申珍自己的幻想吗?

姬松月一连做了三个腹式深呼吸,轻轻地坐在了沙发上。她扯动紧绷的嘴角,拍拍身边一块橘子酱色的沙发垫,示意申珍坐下,用舒缓的语调说:"冷静下来。"

申珍问:"你是不是看到她趁我去旅行,骑电动车出去闯祸了?"

姬松月没点头,也没摇头。秦安宁抱歉了,为了套出点线索，你就先勉为其难，当一会儿叛逆女孩吧。

姬松月将她毕生的演技全部倾注于这场对话中。拐弯抹角、旁敲侧击、含沙射影，要是把对话录下来发给FBI，说不定人质谈判专家小组会愿意破格录取她。申珍证实了秦安宁的说法——之前借过电动车，但她并未在归还后的电动车上发现异样。

可怎么会这样呢？

姬松月皱起眉头，车身的划痕并不是决定性因素。整个告示牌不过是撑在地面上的铁杆连接着的一块塑料牌罢了，与电动车接触的只是一根铁杆，说不定不会造成严重的撞击痕迹。

姬松月倒在沙发上，唉声叹气。申珍严肃地问："现在能不能告诉我，那几天秦安宁骑着我的电动车去哪了？"

姬松月吓了一跳："我怎么知道？"

"别装了，刚才我就看出来了。"申珍叉着腰，"这孩子时不时会晚归，我猜你是看到她跟人约会去了吧？"

申珍这个人，脑回路真的堪称神奇，姬松月自愧不如。

"我早就有预感，"申珍说，"她早恋了。"

姬松月心不在焉地问："为什么？"

申珍不说话，只是郑重其事地喝了几口水。姬松月等着她喝完水，结果她还是一言不发。

"就是凭直觉呗？"姬松月讽刺。

"不是，我有证据！但不能告诉你。"申珍痛苦地说。但话音刚落，又听见她狠狠地说："算了，不管了！是因为她很久没写日记了！"说完还鬼鬼祟祟地环顾客厅，好像秦安宁随时有可能从某个角落冒出来。

"天啊，你竟然偷看她的日记？"姬松月嫌恶地问。

申珍赶忙摆手："不是故意的！上周我妈去看望亲戚了，她就来我这里过周末。下午趁她不在，我打算打扫一下她暂住的那间卧室，谁能想到她会随随便便把日记藏在书包里？"

"谁能想到你会随随便便翻看人家的书包啊？"姬松月反问，"而且你不是打扫卧室吗？打扫卧室跟翻看人家的书包之间，有什么必然的联系吗？"

申珍委屈地说："我是她的姨妈，我关心她的生活有什么不对？她妈妈可是千叮咛万嘱咐，要我一定看紧她，免得她早恋影响成绩，走上邪路！如果对她放任自流，导致成绩下滑，我怎么跟她妈妈交代？"

"那你就随便翻人家日记？"

"我不知道那是日记嘛，还以为是普通的课堂笔记呢。"申珍辩解。她是一个很好的朋友，可每次她一扮无辜似的嘟起嘴巴，姬松月总有一种想对她挥拳的强烈冲动。

"你知道之后，不是还继续翻看下去了？而且还翻到了最后一页。"

申珍一副被人看穿的尴尬神色，心虚地问："你怎么知道的？"

"你自己不都说了嘛,她都很久没写日记了。如果没看到最后一页,你怎么会知道她很久没写日记了?"姬松月问。

"我是真的为她担心,不希望她走上邪路啊!"申珍说,"现在看来,我这个姨妈做得还是不称职啊!"姬松月原以为她指的是偷看人家日记,结果令她痛心疾首的却是没能阻止秦安宁"早恋"。

"日记里写恋爱的事了?"姬松月问。

"也不完全是。"

这是什么奇葩回答?不完全是——到底是,还是不是?姬松月摇摇头,用极其疲惫的口吻说:"申珍,不要装大尾巴狼。"

申珍郑重点头,用诗朗诵般的庄重语调说:"如果我就是大尾巴狼呢?"

姬松月以一记迅猛的左勾拳令申珍放弃了做大尾巴狼的打算。

据申珍说,秦安宁的最后一篇日记,是一个周六下午,她帮朋友补习之后回家写的。之前她一直在帮那个男孩补习英语。日记里写道,那天她是哭着回家的,因为朋友的哥哥突然告诉她,以后都不用去了。

"为什么?"姬松月问。看到申珍挤眉弄眼的傻样,她突然明白了,"你的意思是说,她跟那个男孩恋爱了?"

"我怀疑是。通过以前的日记看,男孩是她的同学。她在日记中称他为'X',并没有提到喜欢他之类的,不过他是占用她日记篇幅最多的人，也是她最好的朋友。"

听了这话，姬松月的意识几近晕厥。

这个男孩是朱雀！毫无疑问。而阻止秦安宁为他补习的，正是朱苑青！

"你傻了？"申珍问。

姬松月倚在沙发上，眼神放空，仿佛被抽掉了灵魂。

申珍从茶几上的纸盒里抽出纸，装模作样地给她擦嘴。"哟，看看你，目光呆滞、龇牙咧嘴、面部僵硬，整个一面瘫患者。来，姐给你擦擦。"

"为什么？"姬松月问。

申珍手一抖："哎哟，你会说话啊？"

"你这个戏精有完没完！"姬松月推开她，"男孩的哥哥为什么阻止两人来往？日记里不会一点都没有提到吧？"

申珍悻悻地说："至少没写具体原因，只说男孩哥哥指责她对男孩产生了不良影响。这就是我怀疑她恋爱的证据。你想，除了恋爱之外，一个女孩能对一个同龄的男孩产生什么坏影响呢？而且这段时间以来，她的确很是消沉。"

申珍的猜测是，秦安宁跟X恋爱了，但姬松月不这么认为，回想之前偶遇朱雀跟钱樱樱在街头散步，她认为跟他恋爱的女孩是钱樱樱。朱苑青之所以不欢迎秦安宁，大概因为她和钱樱樱关系亲密，他不想让朱雀再跟她们纠缠下去。

就在这时，姬松月的手机铃声又响了，是一个陌生号。她颤颤巍巍地按下通话键。现在哪怕一小片六月飘落的蔷薇花瓣,都能将脆弱的她压垮。

"是小月姐吗?"女孩的声音很急切,"我是钱樱樱。我刚从朱雀那里要来你的手机号,是因为有件事想告诉你!我想也许你会在意。"

"什么事?"姬松月不安地问。

"我的不在场证明找到了!"钱樱樱兴奋地说,"是在一家糕点店。对了,昨晚的水果蛋糕也是在那家店买的。我问了那么多店,只有糕点店的店主愿意帮我回想,为了确认,他还查找了事故当晚的店内监控。晚上九点,我的确光顾过糕点店,监控录像可以为我证明。我把录像用优盘拷下来了。"

"祝贺你。"姬松月说。

"糕点店的监控可以证明,我没有作案时间。上次你说,小区监控显示电动车出现在水莲苑的时间是九点,而九点时我正在糕点店。"

这样一来,钱樱樱就摆脱了嫌疑。她不可能同时出现在水莲苑和糕点店。而真正的肇事者,也许正是那个将所有嫌疑的线索指向钱樱樱的人。那个人提供了钱樱樱借走电动车的证据,却没有提供她归还电动车的证据。她以自己不在家为由,抹杀了对钱樱樱有利的证据。而她,才是真正有时间、有动机、有"作案"工具的人!

一个刚上高中的女生,怎么可以恶毒到这种程度?姬松月被那处心积虑的恶毒震慑了,说不清是害怕、愤怒、还是震惊,她顿感浑身无力。仿佛有一团冰块从头顶融化,寒意顺着背脊流淌——

秦安宁的不在场证明,是朱雀提供的!朱雀一定是被她骗了,除此之外,姬松月想不出也接受不了任何异议。

申珍关切地问:"怎么了?"

看着身边毫不知情的闺蜜,姬松月欲哭无泪。手机铃声又一次响了。申珍发出海鸥一般咕咕的笑声:"今天挺忙的啊,电话一个接一个。"

"小月姐,是我,秦安宁。"

姬松月不知道该说什么,于是说了句"你好"。

"我现在正在你家,跟朱雀在一起。我有话想对你说,你方便回来吗?"一听这低落的声音,姬松月就明白,秦安宁终于决定坦白了。

她把他当成圣艾尔摩之火一样来守护，以为他是清晨幽谷百合上的第一滴露珠。

二十六

"复赛表现得怎么样？"姬松月强打精神，问来给她开门的朱雀。

"进决赛了。"朱雀微笑说。但他的声音一点也不雀跃，他看起来很累。因为他们都知道，前方等待他们的是重重迷雾。

本以为复赛成绩怎么也要拖上几周才公布，没想到当天就出成绩了。如果没有即将面对的这档子烂事，朱雀一定会开心到像气球一样飘起来。当然姬松月也会为他开心。

"恭喜你。"姬松月说。

"决赛的前三名，可以代表月桂谷参加全国规模的魔术比赛。"朱雀说。姬松月抬起眼睛看他，他的眼睛中摇曳着晶莹的光。

而姬松月只感到困惑。他到底是一个什么样的男孩？

秦安宁正站在客厅里等她："小月姐——"

姬松月指指沙发："请坐。"朱雀不安地看着秦安宁，姬松月恐惧地意识到，他知道的比她想象中更多。

"那天晚上九点左右，在水莲苑小区，有一辆电动车撞翻了停车告示牌，肇事者没有做任何补救措施，导致了朱雀哥哥因车祸身亡。"短短一句话，秦安宁已经泪流满面，"我就是那个肇事逃逸的犯人。"

姬松月点点头，这番自白没有令她太吃惊，下午秦安宁打来电话的时候，她就猜到了。朱雀也没有太吃惊，想必他也知道了。令姬松月惊讶的是，他竟然肯为了害死他哥哥的恶魔提供庇护。一想到朱雀并不像自己一样痛恨眼前的恶魔，难以言喻的背叛感令姬松月的心隐隐作痛。

"这件事跟钱樱樱和朱雀都没有关系，全是我一个人的错！其实那天我是准备去方厦广场的，之后又改变了主意。钱樱樱还电动车的时候我刚接到朱雀的电话，但为了不必对她解释来水莲苑的原因，我对她撒谎了。"

"你为什么要这么做？"姬松月问。

秦安宁将泪流满面的脸颊藏在双手中："我不是故意的，真的不是故意的！"

"到底是怎么回事？"

"之前我一直在帮朱雀补习。两个月前的一个周六，是我最后一次来这里帮他补习。那天告别时，朱雀的哥哥突然告诉我，他希望我以后跟朱雀保持距离，因为我对朱雀产生了不良影响。"

"什么不良影响？"姬松月问。

秦安宁不安地朝朱雀坐的方向瞥了一眼，这是谈话中她第一次流露出退缩的迹象。

姬松月绝对不允许这种事发生。她不会坐视不理，如有必要她甚至可以替秦安宁说。"初恋是每个年轻人都会经历的事，不必因此感到——"

秦安宁使劲摇头："不是那回事！"

这下可谓出乎意料。姬松月目不转睛地盯着秦安宁，猜测她又在要什么新花招。毕竟她可是一位能在受害人家属面前谈笑风生的好演员。

"实际上，"秦安宁抹掉眼泪，"朱雀的哥哥一直反对朱雀练习魔术，因为他觉得练习魔术需要花大量时间，会影响学习成绩。话是没错，但是朱雀真的很喜欢魔术！朱雀的哥哥还要我劝说朱雀放弃魔术，被我拒绝了。跟朱雀认真谈过之后，我决定支持他的梦想，还鼓励他报名参加校庆演出，前提是他不会怠慢学习。后来朱雀哥哥知道了，他勃然大怒，完全不听我的解释，禁止我跟朱雀继续来往，否则就要去学校告状。"

姬松月故作平静地问："然后呢？"

"朱雀的哥哥限朱雀在一周之内，将家里所有与魔术相关的用具和书籍都处理掉，否则他就会帮朱雀扔掉。朱雀当然舍不得扔掉，他将魔术书带到了学校。那天他哥哥有事出门，让朱雀在家学习。朱雀就打电话给我，问我能不能过来一趟,帮他把魔术用具带走。于是我骑姨妈的电动车,打算将他的东西带回家存放一段时间。"

朱雀一直低头不语,难道他自始至终都知道?

为了不至流露出露骨的厌恶,姬松月刻意避开眼神,不去看他。"之后发生了什么?"她问。

"之前我没有骑过电动车,踏板电动车不好掌握平衡,再加上那天下着小雨地上湿滑,我穿着雨衣行动不便。来到水莲苑小区那会儿,我被突然响起的手机铃声吓了一跳,去摸手机的时候,轮胎一滑撞倒了停车告示牌。下车查看,发现告示牌摔坏了。如果联系警察或者物业的话,我来过的事情就会暴露。朱雀的哥哥知道了,一定不会放过我们。我当时真的很害怕——"

姬松月打断了她:"所以你什么都没做?"

"对不起!"秦安宁说,"当时我惊慌失措,脑子里一团乱麻,全都是之前被朱雀的哥哥训斥的情景。我一个劲儿想着,绝对不能被他发现我来过这里,根本没想到会引发那么严重的后果。如果知道结果是这样,就算被学校开除,我也绝对不会直接走掉!我现在真的很后悔!"

姬松月深深叹息。

故事跟姬松月想的完全不同。她立足于绝望和救赎之间一个针尖般的悬崖上,望着万劫不复的深渊。就在此时,朱雀给了她会心一击。

"我当时也在。"朱雀说。

"你什么?"姬松月问。

秦安宁严厉地瞪视朱雀,朱雀却视而不见,秦安宁坐立不安,眼神也渐渐变得慌乱起来。"朱雀,你想好再说!"

"撞翻停车牌之后,秦安宁慌张地打电话给我,然后我到了楼下。"朱雀说,"所以我当时也在场。"

"没有这回事,别听他胡说!"秦安宁那优等生式一向淡漠的脸色浮现出愤怒的红晕。"我当时一心想着逃走,怎么可能打电话给他?"

看秦安宁那咄咄逼人的样子,姬松月顿感凶多吉少。她漂浮在绝望中,还装出一副不知绝望为何物的姿态。"然后呢?"她问朱雀。

"别听他的,他撒谎!"秦安宁对她说。

"那他为什么要撒谎?"姬松月反问。

"因为他——"秦安宁激烈地吼道,"他想袒护我!但是没有用。是我做错了,我现在承认,也愿意接受惩罚。别再做无谓的傻事了!"

"我有点没弄明白。"姬松月没弄明白的问题多得很,比如眨眼之间恶魔是如何从天使的身体中诞生的,但现在的这个问题更为紧迫。"你的意思是说,朱雀想要搅进这趟浑水,是为了袒护你。可他为什么会这么做?你可是变相杀死他哥哥的凶手啊!关于这件事,我可以退一步。你说他想袒护你,如果那是他的选择,即使我无法赞同,也会试着理解,即使无法理解,也不会对此指手画脚。但我真的不明白，为什么他会觉得，只要他搅进来，你就会没事了？"

姬松月明白秦安宁想要保护朱雀的心，但这种蹩脚的借口对于保护他来说，毫无帮助。任谁都不会相信。

她的演技不错，何止如此，简直堪称优秀，问题出在这套丝毫不具说服力的说辞上。如果不是这烂借口，凭演技她大概能唬住姬松月。

所以对他们来说，这就是一个角色扮演游戏吗？

面对手足无措的朱雀和以泪洗面的秦安宁，姬松月只感到她一刻也忍受不下去了。尤其是朱雀，她连看都不想多看他一眼。他是朱苑青的弟弟，她把他当成圣艾尔摩之火一样来守护，以为他是清晨幽谷百合上的第一滴露珠。看来她完全多想了。

"我真是个傻瓜。"姬松月说。

"一会儿我就去自首。"秦安宁说，"一开始我就想去自首，昨天看到钱樱樱被怀疑，我实在忍不住了！"

姬松月毫无来由地想起校庆演出那天，朱雀站在舞台射灯的光束中，从别人身上弹出扑克牌时那坚定又略带轻浮的笑容。

此时朱雀的声音却在颤抖，姬松月从未见他这样过。"秦安宁打电话给我，因为她很害怕。她不能被发现来过这里，一旦被发现，她就走不了了。你也知道哥哥一定会说到做到。当时有两个醉鬼从草坪那边走过来，匆忙之中我就劝她先走，答应她会处理好一切——修好停车牌或者打匿名电话给物业之类的。但是最终什么都没能做。"

"为什么没做?"姬松月问。

"那两人走远之后,我从花园的树丛里出来,发现塑料告示牌摔碎了,无药可救了。"朱雀说。

"你不是还说要打匿名电话给物业?"

"小区里没有公用电话,我就沿街一直走,走了很久都没有找到一个电话亭。那时候已经很晚了,我突然想到也许可以网购一个夜光停车牌,于是赶紧回家搜索网上的标牌商家——"

"然后呢?"姬松月说。

"那种尺寸需要订做。"朱雀说。

姬松月哼了一声:"然后你发现,你不记得告示牌的样子了。"

"我还记得,"朱雀用令她熟悉的温柔声音诉说着,"红色塑料圆形牌里,有一个黑色的'停'字,外面围了一圈绿色的边框。"

"这么确定?"姬松月冷漠地问。

"我的钥匙链上有个小手电,当时拿它仔细观察过。"朱雀说,"就在我向店家询问的时候,电话来了,哥哥出事了。"

在姬松月的想象中,引发事故的肇事者是一个冷血的人间恶魔,也只有这样想,她才能若无其事地继续生活下去。她连想象这个恶魔会穿上便服、背上皮包、匆匆走在上班族人流中都做不到，更别提想象他跟自己同住在一个屋檐下了。

转来转去，原来恶魔一直在身边。

"那是你哥哥啊！"姬松月忍不住怒吼，"你怎么可以一直隐瞒？"

朱雀的故事讲完了，姬松月惊恐地发现，这两个恶魔并不像她曾经在脑中描绘的那般邪恶。她为竟然产生这种"圣母"想法而憎恨自己。

秦安宁撞坏了停车牌，不知所措地找来朱雀商量，因为之前朱苑青的警告，两人都担心暴露她的行迹，慌乱之中他打发她先走。告示牌没法修了。他想打匿名电话给物业，但没有找到公共电话亭，于是去买告示牌……

他做错了，这一点毫无疑问。但跟她设想的不同，犯人并没有冷漠地径直走开，而是尽力去弥补，只是没能起效。

朱雀悲伤地说："没想到真的会发生意外……"

有什么东西——对姬松月和这房间里的人来说，都很重要的东西——消失了，烟消云散，一去不返。她的心碎成了一千片，每一片上都反射着迷失的纯真。说不定就连那破碎的纯真也只是镜花水月而已。

秦安宁一个劲儿地哭，哭得姬松月心烦意乱。姬松月猛地站起身，疾步走出客厅，一开始是为了掩饰一阵想哭的冲动，可关上卧室门，脑袋抵在墙上，她意识到，她已经没法再在这个屋檐下继续生活下去了。

姬松月从衣柜里拿出行李袋,边哭边收拾行李。书桌、地板、键盘、陶瓷兔子上,泪水滴得到处都是。可为什么这么伤心?她说不清。

敞开的抽屉里,笔记本躺在午后的阳光中,抽屉一角,是一盒创可贴——上次超市购物的礼品,是朱雀唾弃的粉红色。她还没来得及给他。

以后也不会有机会了。

她原本以为他是一个那么好的孩子,"樱桃炸弹"的甜蜜、雨夜中为她撑伞的感动、帮她包扎伤口的温柔、问"今天过得怎么样"时的洒脱、说"让蓝色小星星守护你"时的那份天真——

此刻全部消失殆尽了。

不对!创可贴!绿色小星星创可贴!

姬松月的脑袋嗡地一声响了,有哪里不对头,她一时间却说不上。她粗暴地揉着头发,试着回想刚才朱雀说的话。

天啊!姬松月将装了半满的行李袋一扔,疾步走回客厅,朱雀正双手撑着沙发边缘,低头坐着,秦安宁还在哭。

姬松月一把拉起朱雀的胳膊,他抬起迷茫湿润的眼睛,震惊地看着她。"你刚才说,停车牌是什么样的?"

朱雀揉揉眼睛,跟刚睡醒的兔子似的:"红色圆形,里面是一个'停'字。"

"还有呢?"姬松月问。

朱雀愣了一下:"外面有一圈边框。"

"你刚才说,是什么颜色的?"

朱雀好像被姬松月的粗暴吓呆了。秦安宁用手背抹掉脸颊上的泪水,不安地问:"小月姐,你怎么了?"

姬松月转过身问她,"停车牌的边框是什么颜色的?"

"这有什么关系吗?"秦安宁小心翼翼地说,"我是罪魁祸首,都是我不好,一会儿我就去——"

姬松月严厉地打断了她:"快回答我!"

"我不记得了!我不记得了!"秦安宁一边哭,一边使劲摇头,"我的脑袋乱得很,真的记不清了!我知道朱雀的哥哥因为停车牌发生事故的时候,都快吓死了!我装作什么事都没发生,其实每天都活在地狱里!"

秦安宁疯狂地摇着头,跟狂甩头发的摇滚乐手似的。虽然姬松月对她的逃跑行径厌恶至极,但看到她这副样子,也多少有点担心她会摇断脖子。"冷静一点,"姬松月说,"你是忘了,还是从一开始就没注意?"

"忘了。"

姬松月转而问朱雀:"你说是什么颜色?"

朱雀似乎从最初的震惊中苏醒了。"绿色。"他轻声说。

"绿色?"姬松月问。

朱雀没说话,只是微微蹙起眉头。现在他应该有所察觉了吧?停车牌的边框是绿色没错,后续调查中钱警官曾向姬松月展示过肇事现场的照片,其中包括配色奇怪、散落一地的停车牌,现在回忆起来,外围的边框的确是绿色的。

"我再问最后一次,你确定吗?"姬松月问。

朱雀左顾右盼,唯独不看她的眼睛:"我确定。"

"刚才你说谎了,对吗?"姬松月问。

朱雀抬起慌乱的眼睛,一跟姬松月对视,又立即移开目光,只有那双手一动不动地压在大腿下。不知何时秦安宁的哭泣声停止了,她呆呆地看着姬松月。

姬松月凝视着朱雀的眼睛,刚才差点被他骗了。

之前有两次朱雀把"绿色"错当成"蓝色",那时候姬松月就知道他是蓝绿色盲。可偏偏这一次,他竟然没有搞错这两种颜色,重点是,他相当确定。

如果他说停车牌边框是"蓝色",说不定姬松月会被他唬住。

明明以前总把"绿色"当"蓝色",这次怎么没搞错?不仅如此,现在的朱雀已经得知自己是色盲,在姬松月的反复追问下,他竟然没有一丝疑虑,坚称看到的是"绿色"。作为蓝绿色盲,他对此也太自信了吧?

他为何如此确定?

之所以他会如此确定,有一个合理的解释方法,"绿色"并非他亲眼所见,而是听人说的。

他能从哪听说呢?警方、邻居或者报纸上的报道吧。当然最有可能的还是秦安宁。也许如她所说,为了摆脱负罪感,她努力去遗忘,于是现在她忘了。但他还记得。

当然了,假设还有一种可能性:他的确在现场。他坚称在秦安宁撞翻停车牌后来到现场,那就假设他在现场。

如果朱雀在现场,想必会把"绿色"说成"蓝色"。很显然,不管是现在,还是之前接受调查,他都没有因说错颜色露出马脚。既然如此,说明他早被人纠正过了。那么早在之前被纠正时,他就应该知道他是蓝绿色盲了。

显然朱雀并不知道自己是蓝绿色盲,他是在打篮球受伤的那天才知道的。绿色小星星创可贴、得知自己是色盲时错愕的眼神、刚才坚称他在现场时那不自然的神色……

这样一来——

"你根本就没有去过现场!"姬松月说,"因为你是蓝绿色盲啊。"

色盲的身份就是朱雀没有去过事故现场的证明!

秦安宁双手合十:"小月姐,今晚我就去自首,但是求你——"她哽咽着。"朱雀当晚根本不在家,他什么都没有做错,要是因此受到牵连,那就太可怜了!他好容易进了魔术比赛的决赛,才正要踏上梦想之路呢。如果被人发现是色盲的话,说不定会被劝退。这样的话,他就永远没法实现做魔术师的梦想了!"

替朱雀报名参赛的人是姬松月,官网的报名须知上虽然没有明确禁止色盲、色弱患者参赛,但建议不要报名。如果被发现,即使不像秦安宁说的那么严重,也可能会影响他的前途。朱雀过关斩将,一路走来,姬松月比任何人都了解他的实力和心意,他理应站在更闪耀的舞台上展现自己,而不是被困在原地。

朱雀的眼中闪烁着失落的光团，那小小的光团颤动着，姬松月还以为它们会在下一个瞬间坠入地面。

姬松月很想问他，为什么你认为让我相信是你的错，秦安宁就会没事了？你觉得我会为了袒护你，放弃追溯朱苑青死亡的真相？

小恶魔笑道："那他对你来说一定很珍贵。"

"他很珍贵，但还没珍贵到让你蔑视真相吧？"小天使问。

他的确很珍贵，如果他没搞出今天这一档子"友情保卫战"，砸碎他在她心中那纯真无瑕的幻象，说不定她真的会为了保护他做出更多傻事。

"也许内心深处他知道，在经历了这么多打击之后，你不希望再用他的未来去祭奠已经无法挽回的悲剧了，不是吗？毕竟朱苑青的命运已经无法挽回，而他的未来还等待书写，就看你怎么写了……"小恶魔说。

"你这是什么意思？"小天使怒吼，"你要让她助纣为虐吗？"

最令姬松月难过的，还是朱雀选择庇护害死他哥哥的人。难道在他看来，秦安宁比他哥哥还重要吗？

"算了，也许他只是不想造成更多的损失罢了。"小恶魔说，"毕竟他哥哥已经无法挽回，可朋友这边还有条生路。这孩子总是默默忍受一切，他的心里一定也很难过吧。"

小天使回敬了一句:"恶心。"

恐怖的手机铃声再次响起。姬松月心乱如麻地按下通话键,是李兆年的声音。"小月,肇事电动车查到了,车主是申珍!"

"我知道。"姬松月说。

"什么?"电话那边传来夸张的喘息,"什么叫你知道?是申珍告诉你的?她不可能比我还快呀!"姬松月没说话。李兆年说:"但是申珍有不在场证明!"

"我已经知道那个人是谁了。"姬松月说着,朝秦安宁投去一瞥。

秦安宁正泪眼模糊地看着她:"姐姐,能带我去趟公安局吗?"

朱雀一把握住秦安宁的双手:"不管是曾经、现在,还是未来,你都是我最好的朋友,我只希望你能知道这一点。"

这场感人至深的"真情告白",令姬松月几近心碎。也许她永远都无法理解,朱雀为何袒护秦安宁到如此地步。但这不重要,因为她不想去理解,她已经放弃弄懂他的心了。

"会没事的。"姬松月对两人说。

但姬松月知道,这不是真的。朱苑青永远不会回来了,秦安宁即将独自面对她早该面对的未知恐惧,她本人至今未从这场噩梦中彻底醒来。而朱雀,她不知道,现在她已经不认识他了……

从公安局回家的路上,夜色浓郁,天空飘起了小雨,就像朱苑青离开的那天一样。这只是多雨的月桂谷夏日中的一个夜晚，姬松月漫长人生中的一段旅途。

窗外的城市在雨中沉睡。朱雀坐在计程车上沉默不语。车窗上粘着一滴滴饱满的雨珠，雨珠浸透了霓虹的光芒，异常闪耀。轻盈的雨声仿佛来自远方，姬松月看着玻璃上的雨珠，侧耳倾听。

这一天姬松月接到的最后一通电话，是朱雀远在西班牙的姨妈打来的。继接到钱樱樱、秦安宁、李兆年的"连环夺命 call"之后，她脑袋里负责"震惊"的部分已经被烧焦了，不论这位姨妈祭出什么爆炸性信息，她都只能麻木以对了。

挂断电话，姬松月对朱雀说："你姨妈说，她的离婚官司顺利得出乎意料，下周就可以回国了。"

朱雀低着头，轻轻说了句"哦"。

"她说可以照顾你。"

姬松月有些难过，一切都结束了，竟然是以这么一种最糟糕的方式。汹涌的感伤中泛着轻松，幸好朱雀的姨妈要回来了。毕竟经历了今天的事，她已经不知该如何跟他继续相处下去了。

计程车驶上高架桥，姬松月透过映满霓虹的车窗，看到了自己疲惫的脸庞，又透过自己的脸庞，看到了朱雀的侧影。他正看向窗外，她看不到他脸上的表情，只看到他用手背擦拭脸颊。

她不敢问他怎么了,因为害怕听到他的哽咽。后来他不再频频擦拭脸颊了。过了很久,计程车拐进熟悉的街口,朱雀突然开口说:"我不想跟姨妈一起生活。"

姬松月摇摇头:"这对你来说是最好的选择。"

"我不想要最好的!"朱雀说,"为什么非得跟别人绑在一起才能生活下去?我不想过那样的人生!靠自己活下去,这样不行吗?"

一朵烟花绽放的瞬间,彩虹色的光映亮了他的脸颊。

他仰望星空,脸上带着她熟悉的专注。

二十七

第二天上午,睡梦中的姬松月被手机铃声吓醒了。那时候她正在做一个从天空坠落的梦。身体砸在蓬松柔软的云团上,半睡半醒之间按下接通键,只听见李兆年兴奋的呼唤:"小月,早上我们抓到嫌疑人了!"这是什么话?嫌疑人不是昨天就送去了吗?不等她提出质疑,李兆年说道:"这家伙够狡猾!"

"她不是去自首了吗?"姬松月问。

"自首?"李兆年说,"看我们冲进去,他差点抱着狗跳窗!要不是胳膊绑着绷带,他真能从二楼跳下去!"

姬松月吓醒了:"大舅?"

一听她的语气,李兆年也吓了一跳:"你大舅怎么了?"

"我说的是朱雀的舅舅。"姬松月说。

李兆年感叹道:"天啊,你是怎么猜到的?不是从水晶球里看见的吧?"

姬松月深深叹了一口气。

原来，警方注意到事发前停车牌被损坏的疑点之后，对车厢做了严密检查，经过实验发现，收集自车厢的白色绒毛是狗毛。此后对朱苑青的尸体做检查，在他的身上找到了微小的人造纤维。

李兆年说：「根据排查，发现朱雀的舅舅负债累累，有极大嫌疑。找到他时，他反应强烈，企图逃跑。将他带入公安局，他很快对事发经过供认不讳。通过科学分析，确定车上的狗毛就是他的宠物蝴蝶犬脱落的毛发，而附着在朱苑青身上的人造纤维则来自于宠物犬的尼龙斗篷。」

姬松月震惊得连说句"原来如此"的力气都没有了。

事发当天，朱苑青的车上竟然的确载有另一个人。那个人就是朱雀的大舅。之前大舅联系过朱苑青借钱，被婉拒。然而，大舅却恬不知耻地等在水莲苑附近，在朱苑青回家经过时，拦住了他的车。不用说，他一上车就提起了借钱的事，被朱苑青果断拒绝了。

李兆年叹了口气："就在嫌疑人死缠烂打之时，汽车驶向花园小径。朱苑青忙于与他争执，没有看清前方的水泥墩。嫌疑人出于惊慌去抢方向盘，受惊的宠物犬也在车厢乱窜，造成了事故。嫌疑人也受了伤，但他看到朱苑青伤势严重，心生恐惧，就沿着通向树林的、没安装监控的小路溜走了。"

姬松月说："可是停车牌——"

"事发前路灯昏暗，停车牌也已被损坏，但还没到无法辨认水泥墩的程度。也就是说，朱雀的舅舅对事故负主要责任。"李兆年解释说。

姬松月的舌头好像冻伤了。她想问，"那秦安宁呢？"但是没问出口。

当姬松月把消息告诉朱雀时，他只是专注地听着，眼神还是那么温和坚定，一如既往。他虚弱地微笑了一下，她从那个微笑中看不出任何东西，于是也就无从猜测他的想法。

姬松月以为朱雀会提起秦安宁，但是他没有，不仅如此，他什么都没问。

朱苑青的葬礼安排在当天下午，只有几个亲戚和密友参加。在青翠的松林掩映下，茫茫墓园之中，从此又多了一座沉默的墓碑。而茫茫世界上，又多了一个孤独的女人。也许有一天，崭新的墓碑会被风化，而此刻对着墓碑寄以哀思的女人也将释怀。

阳光刺眼，姬松月眯起眼睛。

巨大的松树撑开它的塔形树冠，数千万根松针在阳光中舒展，远处看，像一朵朵绿色云团。轻快的松鼠和滚圆的布谷鸟隐藏其中，等待静谧傍晚的降临。草地上，几只麻雀叫了两声，苍翠的树冠里一阵窸窸窣窣，布谷鸟开始拍打翅膀。

现在姬松月明白了。朱苑青曾经向她描述，站在爷爷墓碑前那种荒凉空虚的感觉，当时她以为她明白，但是她没有。因为直到此刻,她才真正明白。

"打起精神来!"小天使鼓励道。

"她已经做得很好了。"小恶魔辩解。

小天使说:"她还能做得更好。"

"也许吧,"小恶魔说,"可是她已经够好了。现在她的海鲜炒饭和蔬菜沙拉做得很不错,也终于学会了做意面。她能跟孩子友好相处三周,重要的是,没把他弄哭。为了追寻朱苑青事故的真相,她挺身而出,虽说没找到重点。她爬过二十五层高楼,走过众目睽睽的学校礼堂,并且没有被自己绊倒,而且她就要升职了!也许她懒惰、得过且过又没责任心,可她毕竟靠着自己熬过了这段日子——"

听着小恶魔的袒护,姬松月不禁泪流满面。

"好了,小月。我知道你最近很辛苦,老实说,你做得不错,我一直没告诉你,是不想让你骄傲。"小天使轻声说。

"你怎么了,小月姐?"朱雀转身问。

姬松月轻轻摇头。

周末的夜晚,站在河岸边的人群中,仰望绚烂无比的烟花从天而降,仿佛在淋一场斑斓的花之雨。

朱雀发出赞叹的尖叫,举起双手伸向空中。姬松月从未见他如此雀跃过——十六岁男孩该有的那种雀跃。一朵烟花绽放的瞬间,彩虹色的光映亮了他的脸颊。他仰望星空,脸上带着她熟悉的专注。

刹那间,每个人看上去都如此快乐,好像快乐是世界上最简单、最理所当然的事。泪湿的昨日仿佛是一个幻觉,姬松月几乎要迷失于那一张张笑脸中了。

姹紫嫣红的烟花照亮了月桂谷的夜空。一枚枚烟花冲向天空,绽放成一朵朵绮丽的花朵。闪烁的花朵划过的瞬间,又分裂成无数颗萤火般的小星星。

朱雀看得入神,姬松月不知道他看的是哪一颗小星星。

姬松月顺着朱雀手指的方向看,一朵红色的烟花飞快地绽放,开出紫色的花。他指向星空的食指上戴着那枚令她怅然若失的月光石戒指。

"那件事你考虑了吗?"姬松月问。

"就算试着跟姨妈和表弟相处几天,"朱雀一本正经地说,"我也不会改变主意。"

"那就再多相处一段时间?"

姬松月想不到,一向随和的朱雀竟然可以这么固执。关于拒绝跟姨妈一起生活的事,他似乎不想退让。葬礼之后,她搬出了朱苑青家。一整天都拒绝开口的朱雀终于在她离开时作出让步,答应跟姨妈相处两天看看。

"你不用非得走,"朱雀说,"而且现在这么晚了——"

姬松月摇摇头。她已经决定去海边旅行,顺便理顺思路,开始新生活。只要能吹响号角,她不在乎是在清晨、正午还是午夜时分启航。两天后的现在,站在漫天焰火之下,她还未从那场漫长的梦境中醒来。

秦安宁已经被送回家,申珍至今未能接受现实,昨晚姬松月一连陪她去了四家酒吧,才有机会趁她发酒疯时打电话给许耀山,恳求他来接她。顺便说一句,他们又复合了,他向她求婚了。申珍不屑地说,不想被一枚戒指永远套住。话虽如此,她的左手无名指上却多了一枚戒指。

姬松月跟李兆年分手了。令她吃惊的是,他并没有太吃惊,他说早有预感,而且一直在等她开口。如果妈妈知道了,一定会怒斥她又一次毁了自己的生活。老实说,身心疲惫的姬松月还没准备好迎接这场风暴。她得去避避风头——这也是她想去度假的原因之一。

今天姬松月去了律师事务所。直到那时她才知道,三年前继承爷爷的遗产时,朱苑青在律师的说服下,顺便立了遗嘱。那时他与她还未相遇。此后遗嘱从未变更,说不定他已经忘了有过这么一档子事。遗嘱中,他将全部财产留给朱雀,出乎她的意料,那真的是一笔非常丰厚的遗产。

姬松月放弃争夺遗产,在文件上签了字。她告诉自己:遗嘱上写得清清楚楚。那孩子经历过那么多苦难,也许是命运女神在补偿他。

如果申珍知道,一定会将她骂得够呛,说不定会骂醒她。但是姬松月不想给申珍添麻烦,因为她还沉浸在被外甥女欺骗的悲痛中。

一想起朱雀,小恶魔用悲愤交加的哭腔唱起了披头士的热销单曲:"宝贝儿,你是个有钱人了——"

小天使呵呵一笑:"小月,你做得对。"

此刻凝视着流光溢彩，凝视着无穷无尽的夜空，凝视着闪烁了数百亿年，并将一直闪烁下去的星光，姬松月感到过去和未来都是如此遥远。

"不用担心，他们一定会喜欢上你的。"姬松月说。

朱雀没说话。

"我还是你的朋友。"姬松月说，"我永远是你的朋友，即使不能常伴你身边。如果你有任何问题，都可以来找我。如果你需要，我会——"

他装作没有听见，但她知道他听见了。

朱雀有些不自在，僵硬地左顾右盼，夸张地翘首凝视远方的河岸。"快看那一颗！"他的手指指向天空的彼岸，"好像你送我的戒指。"

姬松月看向那颗烟火，是真的。

那颗月光绿色的戒指，正像往常任何时候一样发出水绿色的微光，好像是一滴刚划过星空、溅在他食指上的烟火。他说得那么自然，就好像辨别绿色对他来说，是一件再轻松不过的事。他说对了，那朵烟花的确是淡绿色的。

绿色的月光石，蓝色的小星星。

突如其来的一阵风，让姬松月打了个寒颤。

如果朱雀所说的一切——"蓝色"的小星星、"蓝色"的月光石戒指和绿色的告示牌边框——都不过是谎言，而他早就知道，他跟朱苑青没有血缘关系，以及他妈妈猝死的"真相"……更有甚者，倘若不是他急需储藏魔术用具的空间，她怎么会找到朱苑青的那本记有"食物毒药"的笔记？如果那缺少的一页不是被朱苑青撕掉的，甚至，如果日记是伪造的……难道他一直在奋力掩护的人不是秦安宁，而是他自己？姬松月的脑袋乱作一团。

归根结底，姬松月自作聪明地为他找到的不在场证明，也只是基于这烟花一般变幻莫测的色彩而已。那些她深信不疑的真相——

姬松月摇摇头。

可无论如何，姬松月曾经竭尽全力追寻真相，为此不惜将自己和他推进深渊。现在一切都结束了……

她浑身无力，额头滚烫，脑袋里一团乱麻，好像发烧了。

小天使缥缈的歌声在耳畔响起："如果一切不过是，悬挂于飘摇不定的塑料板海面上的一只纸月亮——"

"你累了，小月。"小恶魔的叹息如同塞壬之音叩击她的心扉，"算了吧。忘了这一切，就让它过去吧。"

"你确定？"姬松月问朱雀。

"什么？"朱雀不安地说。

姬松月觉得他明白她在说什么，也许她偶尔也该相信直觉，哪怕它有点恶俗。"你确定那枚烟花像你的戒指？"

"可能是吧，"朱雀说，"也可能是我搞错了。"他将微笑的脸转向她，从天而降的鹅黄色烟火给他的脸庞染上一层蜂蜜色的光芒。"谢谢你带我来看烟花，这可能是我人生中最开心的一夜。"

烟花散尽,人潮散去。两人走在夏天深夜飘散着花香的街道上,朱雀毫无预兆地停下脚步,从挎包里往外拿出什么东西。姬松月也停下脚步,回头看他。

那是一个印满黄色月亮的深蓝色纸盒。朱雀变魔术似的,从纸盒里抽出一束缠着深紫色缎带的白色勿忘我花。

姬松月惊讶地问:"你刚才一直把鲜花放在纸盒里?"

朱雀摇摇头:"是干花。如果将勿忘我花放在不加水的花瓶里养很久,它就会变成干花。不会凋谢、不会褪色,也不会枯萎,就像现在,你几乎看不出它已经死了。如果你愿意的话,可以当作它一直在盛开。"

他双手捧起花,递给她。

"你不会忘记我和大雄吧?"朱雀问。一进暑假,钱樱樱就决定搬去跟奶奶一起住,还带走了可爱的天竺鼠大雄。姬松月会想念它,还有朱雀。

白色马蹄莲、白色玫瑰、白色勿忘我……

她的盛夏是白色的。

他像不像一颗樱桃炸弹?看起来甜蜜清爽,却在她的生活中炸开了一道混乱的裂痕。

"你什么时候出发?"姬松月问。朱雀的姨妈决定去一座南方城市定居,不出意外的话,他的暑假要在南方度过了。

"后天。"朱雀说。

"那时候我已经悠闲漫步于海边了。"姬松月说。

"你还会回来的,对吗?"朱雀问。

转过熟悉的街角,本来并肩而行的朱雀走到了前面,挡住了迎面而来的路灯灯光。他跟哆啦A梦似的,又从口袋里拿出什么,稍微有点犹豫,不像刚才那么爽朗。那是一个雪白的信封,上面是姬松月的字迹。

是之前姬松月写给朱苑青的信,她连日来悔恨的源泉。

信封完好无损,朱雀坦然地递到姬松月面前。"那天在茶几上发现的,是我收起来了。"

"你想知道里面写了什么吗?"姬松月问。如果朱雀点头的话,她会告诉他。

但朱雀摇了摇头:"我猜是分手信。如果想知道的话,之前我会拆开看。我的确有点好奇,但还没到非知道不可的程度。"

"你确定?"姬松月问。

"每个人都有为自己保守秘密的权利。"朱雀说,"所以不用告诉我。"

穿过水莲苑的花园小径,来到朱苑青家楼下,她该跟他道别了。其实姬松月有话跟朱雀说,照顾好自己——注意身体、多吃饭、多休息、好好生活之类的,可是这会儿事与愿违,她没说出口。

"别为我担心。"朱雀说。

姬松月点点头:"我知道有一天,你会成长为一个出色的男人,拥有一颗无坚不摧的心灵,任何风浪都无法击垮你。人们总说,家便是你心之所在。希望你的心永远知道你在做什么、想做什么、要做什么,即使偶然迷茫,也能很快找到方向。每一天清晨起床时,你都会比前一天更加坚强,因为你确定,你所做的是你该做的,而你要去的地方,是你心之所向。正是这一点,确保你不会迷失。"

朱雀只是低着头,姬松月甚至不确定他是否在听。

"再见。"姬松月说。

"我可以走,如果你想住在这里的话。"朱雀说。姬松月摇摇头,她订了明天一早的火车,现在要赶紧回家了。

这一刻终于到来了。

"再见,朱雀。"

朱雀瘪着嘴,生闷气似的不说话,也没看她。姬松月看着他,他避开了她的目光。她记起了他们三周前的见面。

"再见。"姬松月说。

朱雀紧握着双拳,僵硬的身体没有动。

姬松月严厉地说:"好好跟我说一声再见。"

朱雀摇了摇头,低垂的目光似乎正变得闪烁。姬松月感到她的心被什么撕扯着——有点像切肤之痛,又不全如此。正因为没有机会再见面了,她才想要好好跟他道别。否则将来她要花更多的时间走出这一段旅途。

她哭了。原本打算好好道别,然后微笑离开,潇洒踏上新征程的。

"再见。"朱雀终于说。

朱雀的声音听起来有点伤感,几乎令姬松月忍不住想抱抱他。

离别有点像一针麻醉剂,那缥缈的感觉开始得飞快,却结束得如此缓慢。而一切结束之后,最坏的感觉才刚刚开始。

"再见,朱雀。"姬松月说。

希望天使在灰烬中破茧重生,希望你能得到幸福。希望今夜,弗洛伦萨夜莺①的歌声能降临在你的枕头上,驱散你眼中的雾气,替我抚慰你受伤的灵魂。

---

① 英文读音与弗洛伦斯·南丁格尔"Florence Nightingale"相同,南丁格尔是世界上第一个真正的女护士,她是治愈的代名词。